PESADO

PESADO
KIESE LAYMON

2ª EDIÇÃO

TRADUÇÃO
Davi Boaventura

Porto Alegre
São Paulo • 2022

Copyright © 2018 Kiese Laymon
Título original: *Heavy, an american memoir*

Todos os direitos reservados, incluindo os direitos
de reprodução em parte ou no todo, em qualquer meio

CONSELHO EDITORIAL Eduardo Krause, Gustavo Faraon,
Luísa Zardo, Rodrigo Rosp e Samla Borges
TRADUÇÃO Davi Boaventura
PREPARAÇÃO Samla Borges
REVISÃO Raquel Belisario e Rodrigo Rosp
CAPA E PROJETO GRÁFICO Luísa Zardo
FOTO DO AUTOR Arquivo pessoal

DADOS INTERNACIONAIS DE
CATALOGAÇÃO NA PUBLICAÇÃO (CIP)

L427p Laymon, Kiese.
Pesado / Kiese Laymon ;
trad. Davi Boaventura — 2. ed. — Porto
Alegre: Dublinense, 2021.
288 p. ; 21 cm.

ISBN: 978-65-5553-057-5

1. Militância Negra. 2. Sociedade Norte-Americana.
3. Memórias. 4. Sociedade — Questões Sociais e Raciais.
I. Boaventura, Davi. II. Título.

CDD 323.12

Catalogação na fonte:
Ginamara de Oliveira Lima (CRB 10/1204)

Todos os direitos desta edição
reservados à Editora Dublinense Ltda.

Av. Augusto Meyer, 163 sala 605
Auxiliadora • Porto Alegre • RS
contato@dublinense.com.br

Para aquele alpendre que Vovó construiu

[...] porque a integridade não é uma questão insignificante. É pesado quando se fica bem.

TONI CADE BAMBARA,
THE SALT EATERS

11	O que se cobra
23	I. Menino-homem
25	Trem
43	Niuma
53	Empapado
63	Estar
79	II. Abundância negra
81	Precariedade
99	Formalidades
109	Hulk
125	Convicções
141	III. Projetos acadêmicos
143	Fantástico
161	Desastre
167	Já
183	Tão cedo
195	IV. Vícios norte-americanos
197	Ervilhas
213	Terror
233	Cintos de segurança
253	Promessas
275	O que se dobra

O QUE SE COBRA

Eu não queria escrever para você. Eu queria escrever uma mentira. Eu não queria escrever sinceramente sobre mentiras negras, amores negros, risadas negras, comidas negras, vícios negros, dólares negros, palavras negras, abusos negros, tristezas negras, estrias negras, umbigos negros, coxas negras, vitórias negras, passados negros, servilismos negros, consentimentos negros, famílias negras ou crianças negras. Eu não queria escrever sobre nós. Eu queria escrever uma memória dos Estados Unidos.

Eu queria escrever uma mentira.

Queria executar aquele velho trabalho negro de bajular e mentir para pessoas que nos pagam para bajular e mentir para elas todos os dias. Queria escrever sobre as relações das nossas famílias com carboidratos simples, com carnes fritas e com xarope de milho rico em frutose. Queria que o livro começasse comigo pesando quase cento e quarenta e cinco quilos e terminasse comigo pesando perto de setenta e cinco. Queria poder apimentar meu texto com amargas advertências destinadas a todos nós, os negros gordos do Sul Profundo, sem me esquecer das exortações sentimentais e açucaradas de Vovó. Eu não queria ver você cair na risada.

Eu queria escrever uma mentira.

Queria escrever sobre o quão fundamental os dedicados pais negros, as responsáveis mães negras, as mágicas avós negras e as perfeitamente disciplinadas crianças negras são para a nossa liberdade. Queria concentrar minhas palavras em certas coisas e em certas pessoas que nos querem mortos e desonrados. Queria que os brancos dos Estados Unidos, que já se revelaram tão relutantes em confrontar suas próprias farsas, reconsiderassem o quanto suas mentiras limitaram o nosso acesso a um amor generoso, a escolhas saudáveis e a segundas chances. Queria que o livro começasse e terminasse com a suposição de que, se os brancos dos Estados Unidos enfrentassem o insaciável apetite que eles têm a respeito do sofrimento dos negros dos Estados Unidos, e se nós enfrentássemos o insaciável apetite que temos em relação a comidas insalubres, todos nós poderíamos ser transportados até uma renovada era de prosperidade nacional. Eu queria criar um espetáculo literário fantástico. E queria que esse espetáculo literário não exigisse de você, de Vovó ou até de mim mesmo nada mais do que o nosso engajamento em uma dieta com restrição de açúcar e baixa ingestão de carboidratos, além de levantamento de peso, de doze mil passos por dia, de litros e litros de água e da proibição de comer qualquer comida depois da meia-noite. Eu queria que você me fizesse uma promessa. Eu não queria que você se lembrasse.

    Eu queria escrever uma mentira.
    Eu queria que essa mentira fosse instigante.
    Eu escrevi essa mentira.
    E ela foi instigante.
    Você teria se encantado.
    Mas eu não descobri nada.
    Você teria se encantado.
    Eu comecei de novo e escrevi a memória que desejávamos me ver esquecer.
    Eu tinha onze anos de idade, um metro e oitenta, e noventa e quatro quilos quando você me disse para ficar ali em pé, fingindo que era seu marido. Você me entregou o chapéu marrom e sujo do meu pai, cinco dólares e a ordem para que

eu jogasse na máquina ao lado da sua. Nós estávamos debaixo das estrelas da Vegas Strip celebrando o único Natal que passamos longe da estreita casa de Vovó em Forest, Mississippi. Mas, ao invés de inserir os cinco dólares na máquina, guardei o dinheiro no bolso da minha jaqueta dos Raiders. E, depois de você puxar quatro vezes aquela alavanca, me lembro de duzentas e sessenta moedas inundando o coletor na sua frente. Nós olhamos para um lado, nós olhamos para o outro, nós nos ajoelhamos. E enfiamos dentro daquele copo branco esfolado uma quantidade interminável de moedas.

— Vamos capitalizar, Kie — você me disse. — Vamos capitalizar.

Eu amei o modo como você usou o verbo "capitalizar" para descrever o que nós estávamos fazendo. Quando você embrulhou minha mão nas suas e me disse para segurar firme o copo, eu estava convencido de que nós éramos o casal negro mais sortudo de Las Vegas. Só que, apesar de você estar ganhando, apesar de nós termos acabado de ganhar, você não olhou para mim. Você continuou puxando aquela alavanca e olhando por cima dos seus ombros.

— Só mais um minutinho — você me disse. — Acho que eu consigo ganhar de novo. Prometo. Só mais um minutinho.

Toda vez que você me prometia alguma coisa, eu acreditava. Naquela noite, quando voltamos para a casa de Tia Linda, contei para Vovó sobre todas as moedas que nós capitalizamos. Vovó não disse uma palavra sequer. Ela desviou os olhos trêmulos de mim, encontrou os seus olhos e disse:

— É isso, então? Cê sabe bem que nium cassino cresce com as próprias forças, né? Eles crescem com o dinheiro dos idiota.

Você dormiu em um colchonete naquela noite em Vegas. Eu deveria dormir ao seu lado, mas não consegui fechar os olhos porque estava feliz demais. Seus roncos me lembravam de que você estava viva. E, se você estava viva e perto de mim, eu tinha tudo o que queria ter do mundo.

Depois de voltarmos de Las Vegas, você aproveitou algumas daquelas moedas do copo branco esfolado para comprar uma raquete extra de tênis. Na primeira vez em que jogamos, lá na escola Callaway, estávamos brincando de não deixar a bolinha cair e acabamos nos distraindo por causa do barulho de uma bombinha M-80. Olhamos na direção do colégio e vimos uma mulher negra, vestida com um casaco jeans desbotado, apoiando um dos joelhos no chão. Ela limpava o sangue do nariz na frente de um homem negro magro que usava uma jaqueta azul da Members Only.

— Abaixa as mãos — escutamos o homem dizer. E a mulher do casaco jeans desbotado lentamente abaixou as mãos e aquele cara avançou contra o rosto dela com umas pancadas de mão meio aberta, meio fechada. A mulher do casaco jeans desbotado caiu no chão, murmurou alguma coisa para o homem e cobriu o próprio rosto.

Sem trocarmos qualquer palavra um com o outro, nós dois agarramos nossas raquetes e corremos na direção do casal.

— Filho da puta! — você gritou enquanto o homem erguia a mulher do chão. — Não se atreva a bater nela de novo, seu filho da puta.

Quando o homem viu que estávamos chegando mais perto, ele arrastou a mulher pela trilha de terra do lugar.

— Filho da puta — eu berrei, antes de olhar para você e confirmar se eu podia mesmo xingar na sua frente. Do outro lado do prédio, o homem e a mulher de casaco jeans desbotado cujo rosto ele tinha destruído entraram em um Mazda preto despedaçado. Ela afivelou o cinto de segurança e eles dispararam pela rua. Nós não chamamos a polícia. Nós não corremos de volta para o nosso Nova.

Nós recuperamos o fôlego.
Nós nos demos as mãos.
Nós nos ajoelhamos.

Eu nunca tinha rezado sentindo aquele tipo de raiva ou aquele tipo de medo. Eu sabia que nós dois rezávamos pela segurança da mulher do casaco jeans desbotado. Mas entendi que também rezávamos por nós mesmos. Se tivéssemos encostado naquele homem, ele teria sofrido as consequências.

Nós teríamos matado aquele cara.

Percebi naquele dia que a gente não se amava de uma maneira simples. Nós pertencíamos a duas gerações negras intensamente diferentes, mas eu era seu filho. Nós tínhamos as mesmas coxas fortes, os mesmos braços curtos, as mesmas bochechas cheias, o mesmo temperamento sentimental e a mesma imaginação intermitente. Nós éramos excelentes para o trabalho até que o nosso corpo desistia de trabalhar, éramos excelentes em dar risada e dar risada e dar risada até que as risadas se acabavam. Nós éramos excelentes na arte de esconder e também na de criar ilusões, jurando que estávamos pelados quando nós estávamos perfeitamente vestidos. A carne do nosso coração era compacta. Mas, uma vez que essa carne era perfurada, nós conduzíamos nossos corações até uma dança de guerra, sem qualquer estratégia de defesa no horizonte. Independente do quanto estávamos apavorados ou machucados, não nos permitíamos um pedido de ajuda. A gente cozinhava. A gente se lembrava. A gente se erguia com a mesma força do incrível Hulk. A gente se ressentia de quem tinha testemunhado nosso sofrimento. A gente se preparava para o próximo desastre, de alguma forma confiando que, apesar de nós não termos nenhuma evidência comprobatória, nós sempre iríamos nos recuperar.

Na minha infância, nas noites em que eu e você não dormíamos juntos, eu me lembro de tremer, imaginando uma vida na qual eu não era seu filho. Me lembro de você ralhar comigo para eu sempre usar os verbos corretos em qualquer conversa com pessoas brancas ou com os policiais. Me lembro de acreditar que todas as suas mentiras eram apenas erros e de esquecer esses erros assim que nós acordávamos abraçados um no outro. Toda vez que você me dizia que tanto minha teimosia quanto o desejo brutal dos brancos do Mississippi em relação ao sofrimento dos negros eram receitas para uma morte precoce — ou, no mínimo, para institucionalização ou encarceramento —, eu sabia que você estava certa.

Eu só não me importava.

Eu me importava com o jeito que você trincava os dentes quando me batia por eu não ser perfeito. Eu me importava com as garotas da escola observando meus hematomas. Era com você que eu me importava. Alguns dias, e muitas vezes horas, antes de você me bater, você me tocava com afeto. Você dizia que me amava. Você me chamava de seu melhor amigo. Você me perdoava por ter perdido a chave de casa. Você empapava as ranhuras do meu rosto com as mãos melecadas de vaselina. Você usava seus dedões enrugados, molhados com saliva, para limpar o sono dos meus olhos. Você me fazia sentir como se eu fosse o menino negro mais bonito da história do Mississippi até que, de repente, eu não era mais tão bonito assim.

— Eu não queria te machucar — você me disse da última vez que nós dois conversamos. — Eu não lembro de bater da mesma forma que você lembra de apanhar, Kie. Não estou falando que não aconteceu. Só estou dizendo que não lembro da mesma forma que você lembra.

Eu ainda acredito em você.

Neste verão, precisei de uma última conversa com Vovó para entender que ninguém na nossa família — e pouquíssimas pessoas neste país — sente qualquer desejo de lidar com o peso do nosso passado, o que significa dizer que ninguém na nossa família — e pouquíssimas pessoas neste país — quer ser livre. Perguntei a Vovó o porquê dela ter ficado no Mississippi ao invés de fugir para o Meio-Oeste com o resto da família, se os brancos da região a atormentavam tanto, e o porquê dela contar tantas histórias usando os verbos no presente.

— É a terra, Kie — ela me disse. — A gente trabalha demais na terra pra cabar fugido, né? E as pessoas aqui, e eu também, a gente meio que acredita que essa terra um dia vai ser livre. Eu venho comendo o alimento que esse chão me dá desde o dia que nasci. Ervilha. Tomate. Pepino. Couve. Cê tá me escutando? É tudo que eu posso te dizer. E as histórias, olha, eu só tento juntar todo o brio que existe em mim antes de me entregar pro Senhor. E, quando eu conto essas histórias pras minhas crianças, eu só tô tentando mostrar procês o quanto a vida te cobra.

Por um segundo, pensei no porquê da fala coloquial de Vovó me soar bem mais pesada do que se ela se submetesse à norma culta da língua. Então perguntei a ela se eu podia perguntar mais uma pergunta difícil. E, pela primeira vez nas nossas vidas, Vovó me olhou como se estivesse com medo. Ela pegou as chaves e me fez empurrar sua cadeira de rodas até a lateral da casa, sob o forte cheiro da sua nogueira-pecã. Quando chegamos lá, eu me ajoelhei e perguntei se ela se importava de conversarmos sobre algumas palavras, memórias, emergências, pesos e violência sexual dentro da nossa família.

Vovó recolheu os fios grisalhos que escapavam por debaixo da sua peruca e esfregou com suas duas mãos as rugas do seu rosto. Na mesma hora, perguntei o porquê dela sempre cobrir o rosto quando ficava nervosa ou quando ela dava risada e o porquê dela sempre usar aquele cabelo postiço na cabeça.

— Escolhas — ela murmurou. — Eu já te disse, Kie. Não posso deixar nium homem, nem mesmo meu neto, escolher minhas escolha — Vovó olhava para o que tinha sobrado do nosso jardim. — Kie, acho que a gente já se lembrou o suficiente por hoje. Eu sei que cê vem tentando falar sobre aquelas coisas de trinta anos atrás. Mas eu preciso falar sobre outros assuntos antes.

E ali, no mesmo lugar onde Vovó me ensinou a pendurar as roupas no varal, ela me falou sobre não se ter permissão para votar, sobre não mijar onde ela foi obrigada a mijar, sobre não comer o que ela foi obrigada a comer, não caminhar o tanto que ela precisou caminhar, não dirigir como ela precisou dirigir só porque ela nasceu como uma garota negra pobre do condado de Scott, Mississippi. Ela falou sobre a vergonha que é as pessoas brancas sempre quererem pisotear as necessidades das pessoas negras. Ela contou sobre o quanto amava comer os vegetais plantados na sua terra e sobre o medo de seguir para o Norte com o resto da família durante a Grande Migração. Contou várias histórias de luta e de sobrevivência, histórias transcorridas em quartos, escritórios, banheiros, escolas dominicais, estacionamentos, cozinhas e plantações. Contou histórias sobre o seu corpo e os capatazes brancos na granja. Contou sobre o Sr. Mumford, sobre os diáconos na nossa igreja, sobre os homens que trabalhavam com ela. Contou histórias sobre seu pai, seus tios, seus primos e seu marido.

— Acho que os homens da região — ela me disse, já perto do fim — se esqueceram de que eu era filha de alguém.

E o corpo de Vovó começou a gargalhar. E meu corpo também caiu na risada.

— Eu sou negra e sou mulher — ela me disse, no final das contas. — E eu amo Jesus. É quem eu sempre fui. Não tenho medo de atirar em alguém que estiver tentando me machucar ou machucar algum dos meus. Cê tá me escutando? Eu tô bem porque eu rezo todos os dias. Alguns dias, as lágrimas escorrem dos meus olhos, Kie. Mas sua vó é muito pesada pra flutuar ou se afogar nas lágrimas porque alguém não enxergou ela como um corpo digno de respeito. Cê tá me escutando? Nada pior no mundo do que ver suas crianças se afogando e saber que não tem nada que cê possa fazer porque cê tá assustada que, se correr tentando salvar elas, elas vão descobrir que cê também não sabe nadar. Mas eu vou bem. Cê tá me escutando?

Sim, eu escutei. Mas eu também vi e cheirei o que a diabetes fez no pé direito dela. Vovó não sentia o pé, não controlava o intestino e não saboreava a comida há mais de uma década. Naquele domingo, como no domingo anterior, Vovó queria me fazer entender que o mundo poderia ser muito pior. Como você, ela lutou, todos os dias da vida dela, contra o pior dos homens brancos e contra as terríveis maquinações masculinas, mas uma coisa que vocês indiretamente me ensinaram foi que as cicatrizes não intencionais, aquelas acumuladas em batalhas vencidas, muitas vezes machucam mais do que as batalhas perdidas.

— Eu acredito em você — eu disse a ela. — Sempre vou acreditar em você, mesmo quando eu sei que você está mentindo — e perguntei a Vovó se o verbo que ela passou o dia inteiro falando era mesmo COBRAR ou DOBRAR.

— Cobrar — ela disse. — COBRAR. O que a vida te cobra. E, depois do tanto que a vida cobrou de você e da sua mãe, cês hoje são muito mais que mãe e filho e cês se afogaram muito mais do que qualquer um dos dois vai querer admitir.

Vovó estava certa e Vovó estava errada.

Eu e você nunca fomos uma família daquelas que mantêm o armário do banheiro abarrotado de esparadrapos, álcool e antissépticos. Nunca fomos uma família de hora certa para dormir e histórias de ninar, e sim uma família de gastos proibitivos, despensas, geladeiras, máquinas de lavar e secadoras. Nós sempre fomos uma escalavrada família negra do sul dos Estados Unidos, de muitas risadas, mentiras escandalosas e livros. A presença de todos aqueles livros, de todas aquelas risadas, de todas aquelas mentiras, e sua insistência para eu ler, reler, escrever e revisar todos aqueles textos, fizeram com que eu nunca me intimidasse ou me impressionasse facilmente com palavras, pontuação, orações, parágrafos, capítulos e espaços em branco. Você me deu um laboratório negro e sulista para que eu pudesse trabalhar com as palavras. Naquele espaço, aprendi como costurar memória e imaginação, muito embora minha grande vontade na época fosse, na verdade, morrer.

O presente que você me deu através da leitura, da releitura, da escrita e da revisão foi o motivo para eu começar este livro trinta anos atrás debaixo do alpendre de Vovó. No entanto, apesar desses presentes, ou talvez por causa deles, é importante que eu aceite que, como todas as crianças dos Estados Unidos, eu fui brutalmente desonesto contigo. E que você, como todos os pais e mães dos Estados Unidos, foi brutalmente desonesta comigo.

Alguns meses atrás, eu esperei por você com dez dólares no bolso, um dinheiro roubado de uma assustada mulher negra que nunca roubaria dez dólares de mim. Você estava sentada na frente de uma máquina caça-níquel, olhando para os lados bastante nervosa depois de gastar suas últimas moedas. Nós estávamos a dois mil e quinhentos quilômetros de casa. Você não percebeu que eu estava ali. E eu sabia que, se você tivesse se virado na minha direção, você comentaria sobre o meu peso, e não sobre os lugares em que nossos corpos estiveram desde o nosso derradeiro encontro anterior.

Eu queria dar um tapinha no seu ombro e perguntar se você estava pronta para ir embora. No caminho de casa, eu queria perguntar a você se a gente merecia viver diferentes tipos de liberdade, diferentes procedimentos de memória, diferentes políticas, diferentes práticas e diferentes relações com a honestidade. Eu queria perguntar a você se também merecíamos diferentes tipos de livro. Estou escrevendo para você um tipo diferente de livro porque os livros, pelo bem ou pelo mal, nos trouxeram até aqui. Estou escrevendo porque, na sua frente, eu tenho medo de perguntar as questões que eu gostaria de perguntar.

Eu tentaria matar toda e qualquer pessoa que te machucasse ou falasse mal de você. E você tentaria matar toda e qualquer pessoa que me machucasse ou falasse mal de mim. Mas nenhum dos dois, sob qualquer circunstância, seria sincero a respeito do passado. É assim que aprendemos a amar nos Estados Unidos. A nossa desonestidade, a nossa covardia e a nossa indevida empáfia pessoal, muito mais do que o tanto ou do quão pouco nós pesamos, são alguns dos motivos pelos quais nós estamos sofrendo. Nesse sentido, e em muitos outros sentidos também, nós somos os diligentes filhos desta nação. Não precisávamos ser assim.

Eu queria escrever uma mentira.

Você queria ler uma mentira.

No entanto, aqui está o que eu escrevi para você.

I.
MENINO-HOMEM

TREM

Você estava em pé em uma sala de aula de West Jackson ensinando crianças negras sobre como o uso correto do verbo "estar" poderia salvá-las das pessoas brancas enquanto eu me ajoelhava em North Jackson, preparado para roubar a identidade de uma menina negra de quinze anos chamada Layla Weathersby. Eu tinha doze anos, era três anos mais novo do que Layla, a garota com os cotovelos mais brilhantes, os olhos mais úmidos e os tênis mais brancos na casa de Beulah Beauford. Tanto quanto os caras mais velhos, e tanto quanto Dougie e eu, tudo o que Layla queria era mergulhar no fundo mais fundo da piscina.

A casa de Beulah Beauford, localizada nos extremos de um bairro de North Jackson bem ao lado do nosso, era, entre todas as casas que eu já tinha visitado na vida, somente a segunda com enciclopédias atualizadas, duas despensas cheias de Pop-Tarts de morango e uma piscina particular. Ao contrário de nós dois, que dividíamos uma casa alugada com milhares de livros e duas famílias de ratos, Beulah Beauford e o marido eram donos do próprio teto. E, quando eu e você nos mudamos do apartamento em West Jackson para a nossa pequena casa no Queens, e eventualmente para North Jackson, meu sonho era que as pessoas acreditassem que a casa de Beulah Beauford era, na verdade, uma propriedade nossa. A sala da nossa casa possuía mais livros do que qualquer outra sala, muito mais livros do que a casa de Beulah Beauford, mas, além de você, ninguém do meu pequeno mundo infantil queria mergulhar nas páginas ou comer os livros.

Antes de me deixar lá, você me disse que eu deveria usar as enciclopédias de Beulah Beauford para escrever um artigo sobre esses políticos chamados Benjamin Franklin Wade e Thaddeus Stevens. Você também me disse para comparar as ideias dos dois a respeito de cidadania com esta declaração do presidente Ronald Reagan: "Devemos rejeitar a ideia de que, toda vez que uma lei é desrespeitada, a sociedade é a culpada, e não o infrator. É o momento de restaurarmos o princípio americano de que cada indivíduo é o único responsável pelas suas próprias ações".

Depois eu deveria ler o primeiro capítulo de *Absalão, Absalão!*, aquele livro de William Faulkner, e imitar o estilo do autor para escrever um conto passado em Jackson. A primeira frase do livro se estendia por um milhão de palavras, o que era bem legal, e se desdobrava em palavras como "glicínias" e "treliças", mas eu não sabia como escrever no estilo de Faulkner e, ao mesmo tempo, escrever um texto sincero sobre a nossa cidade. Ronald Reagan me deixou nauseado e William Faulkner fez com que eu me sentisse mais bêbado do que um homem branco, então decidi que as minhas opções eram apanhar de você ou escrever o artigo quando eu chegasse em casa.

Além de Layla e do filho de Beulah Beauford, Dougie, era comum encontrar na casa pelo menos outros dois adolescentes de dezessete anos, amigos do primo mais velho de Dougie, Daryl. Daryl tinha se mudado para a casa de Beulah Beauford um ano antes, vindo de Minnesota, e o quarto dele era um verdadeiro santuário dedicado a Vanity 6, Apollonia Kotero e Prince Rogers Nelson. Daryl e os amigos dele começaram enrolando os próprios cigarros, passaram a fumar maconha e, no fim, saíram pelas ruas de North Jackson vendendo umas coisinhas que faziam os moradores da região se sentirem um pouco melhor em relação à vida. Naquele verão de 1987, entre fumar e vender, eles também nadavam, assistiam filmes pornôs, bebiam sodas Nehi, assavam salsichas, comiam espinafre, ficavam bêbados, ficavam chapados, imitavam a voz de Mike Tyson, confabulavam sobre os trens do amor e toda semana modificavam as regras de acesso à piscina na casa de Beulah Beauford.

Em uma semana, se a gente quisesse nadar, a regra era que eu, Dougie e Layla precisávamos preparar para eles todo o suco em pó superadocicado do planeta, devidamente harmonizado com a quantidade correta de pedras de gelo. Duas semanas mais tarde, a regra era que eu e Dougie precisávamos enrolar cinco meias ao redor das mãos e lutar até o nariz de um dos dois sangrar. No meu penúltimo dia na casa de Beulah Beauford, a regra era simples: se Layla quisesse mergulhar no fundo mais fundo da piscina, ela precisava ir para o quarto de Daryl com todos os caras por quinze minutos, enquanto eu e Dougie precisávamos roubar o dinheiro da bolsa de Layla para entregar na mão dos caras mais velhos quando todo mundo saísse do quarto.

Layla, que cheirava a Now and Laters de maçã, manteiga de carité e alvejante, sempre vestia um maiô amarrotado da cor do céu por debaixo do seu macacão jeans marmorizado da Guess. E apenas assisti enquanto ela seguia pelo corredor com Daryl, Wedge e esse cara chamado Delaney, o adolescente com as maiores panturrilhas do bairro. Delaney jurava ter sido iniciado entre os Vice Lords na semana anterior.

Todos nós acreditamos nele.

Quando a porta do quarto de Daryl foi fechada, eu e Dougie começamos a vasculhar a bolsa de Layla. Roubar coisas, chegar na última fase de Donkey Kong, quase nunca perder as brigas e dizer "seríssimo", "de castigo" e "na maromba" eram os superpoderes de Dougie. Ele não era, assim, o grande especialista em nenhuma dessas coisas, mas, dentro do meu círculo de conhecidos, ele se esforçava dez vezes mais do que qualquer outra pessoa em Jackson.

Como Layla não tinha nenhum dinheiro para ser roubado nesse dia, Dougie roubou somente o pó compacto dela, garantindo que ia encher a caixinha com aqueles baseados vagabundos que Daryl tinha mostrado a ele como enrolar. Eu encontrei e roubei um minipacote amassado de Now and Laters de maçã, guardado junto com uma garrafa lacrada de cera para sapatos brancos.

Dentro do bolso menor da bolsa de Layla, enrolada em folhas pautadas, descobri também essa carteira de identidade falsa. Nenhuma das bordas era lisa o suficiente e na foto Layla vestia uma camisa vermelha da Panama Jack e tinha um aparelho nos dentes da arcada inferior. A identidade exibia a data de nascimento de Layla, o nome da sua escola, seu peso, sua altura e uma fascinante foto dela e da família na frente do Gólgota, mas sem o nome dela no documento — e eu me lembro que Layla era pelo menos quinze centímetros menor e vinte quilos mais magra do que eu. No verso da identidade, bem no centro, brilhando, com letras rabiscadas por um marcador preto meio sangrento, lia-se a frase USE EM CASO DE EMERGÊNCIAS.

Até aquele momento, eu nunca tinha realmente imaginado Layla no meio de alguma emergência, muito menos emergências. Parte da minha ingenuidade derivava do fato de Layla ser uma menina negra e eu ter sido ensinado pelos garotos mais velhos, que foram ensinados pelos garotos mais velhos, que foram ensinados pelos garotos mais velhos, que meninas negras vão ficar bem, independente do que a gente faça com elas. A outra parte da minha ingenuidade se apoiava em Layla ser três anos mais velha e nós dois nunca termos estabelecido uma conversa por mais de oito segundos. Layla não era a menina mais estilosa de North Jackson, mas ela definitivamente era a pessoa mais divertida na casa de Beulah Beauford, e ela sabia mais do mundo do que todos nós juntos. Ela era especialista em detonar Daryl por causa do cheiro que exalava dos pés dele, mesmo quando Daryl calçava as basqueteiras, era especialista em relembrar Delaney sobre como seu nado de peito era sempre uma "tentativa de afogamento" e era especialista em não dar risada da piada de ninguém até ela se sentir confortável e preparada. Eu não era o tipo de garoto negro gordo que puxava conversa com meninas negras interessantes, e Layla não era o tipo de menina negra interessante que puxava conversa com garotos negros gordos como eu, a não ser para me pedir para sair da frente dela ou me mandar andar mais rápido ou me convencer a preparar um suco em pó para ela.

Eu sequer tinha a minha própria identidade, mas eu tinha essa carteira azul com fecho de velcro da Jackson State. Você me deu de Natal. Eu guardava nela a nota de dois dólares que Vovó uma vez me deu de aniversário. Atrás de uma foto em preto e branco de Vovó, dentro de um dos compartimentos, ficava uma antiga carteira de habilitação sua. Você me disse que eu não podia sair de casa sem esse seu documento no bolso até que eu pudesse ter a minha própria habilitação — embora uma habilitação de verdade, você me disse muito mais do que uma vez, não simbolizasse minha passagem para o mundo adulto, era só um documento indicando que, tecnicamente, eu estava protegido dos Vice Lords, dos Homens e da polícia de Jackson, que, de acordo com os seus relatos, trabalhava tanto para Ronald Reagan quanto para o diabo.

— Que é que eles estão fazendo aí, hein? — eu perguntei a Dougie, cuja orelha estava colada na porta de Daryl.

— Porra, que cê acha? Um trem do amor, né.

Sorri como se soubesse o que significava um trem do amor, quando, na real, não fazia a menor ideia de como funcionavam esses trens do amor, tanto do ponto de vista físico quanto do ponto de vista da palavra em si. Era somente uma imagem laranja e vermelha na minha imaginação. Ocupava o espaço de um nome próprio, mas se movimentava como o mais ativo dos verbos ativos. Tanto que só dizer "trem do amor", independente de você participar ou apenas ouvir falar, produzia um brilho e uma gravidade que todo menino negro em Jackson respeitava. As outras únicas três palavras que conseguiam brilho e gravidade semelhantes eram "Eu fui iniciado".

— Eles mandaram um trem do amor hoje de manhã também — Dougie disse.

— Layla também estava aqui hoje de manhã?

— Que nada. Outra menina aí.

— Quem foi?

— Esqueci o nome — Dougie disse. — LaWon ou LaDon alguma merda. Eles mandaram dois trens do amor nela. Mas fica quieto, porra. Escuta.

E eu fiquei ali me perguntando o porquê dos gemidos fracos e dos chiadinhos que os caras soltavam no quarto de Daryl me provocarem uma vontade de morrer. Eu não entendia com toda a certeza, mas presumi que algum tipo de relação sexual estava acontecendo lá dentro, mesmo não entendendo por que Layla ofegava muito menos do que as mulheres brancas no Cinemax ou as de *The young and the restless*. Imaginei os dedos curtos de Layla se travando e seus olhos revirados nas órbitas. Se todo mundo estava pelado no quarto, o que eles todos estavam fazendo com as mãos? Como é que eles olhavam para os pentelhos uns dos outros? Alguém estava chorando?

Quinze minutos mais tarde, a porta do quarto foi aberta.

— Os dois neguinhos aí tão mandando ver, né? — Delaney perguntou para nós. Daryl e Wedge saíram do quarto alguns segundos depois com as camisas enroladas nas cabeças como se fossem turbantes. Dougie começou a entrar no quarto de Daryl.

— Ô, cê acha que vai pra onde, maluco? — Daryl perguntou a Dougie. — Keece aqui meteu a caralhada em você outro dia. Então, Keece, entra aí com esse seu rabo do tamanho de uma bola de futebol e se joga, se você quiser alguma coisa. Acho até que ela gosta de você, na real.

Eu olhei para Dougie, que estava olhando para o chão.

— Eu tô de boa — eu disse a Daryl, e andei para trás dos caras. — Não quero nada agora, não.

Quando percebi que ninguém tinha entrado no banheiro ainda, fingi que precisava mijar. Depois de ouvir uma das portas do quintal se fechar, andei de volta para o corredor e parei na porta do quarto de Daryl.

— Keece-Grande — Layla disse do quarto. — Vou ficar de olho em você.

Não sei bem o que Layla enxergou de diferente em um menino de doze anos de idade, cujo peso beirava os noventa e sete quilos, com um corte de cabelo suspeito e sem qualquer ondulação, mas, debaixo dos três pôsteres mal colados do Vanity 6 e do cheiro de cloro do quarto de Daryl, eu vi que ela continuava com os tênis nos pés e que as longas estrias cruzando a parte posterior de suas coxas eram muito mais bonitas do que as estrias em camadas que se formavam nos meus bíceps e na minha bunda.

— Keece-Grande — ela me disse de novo. — Você pode me pegar um suco em pó, o amarelo?

— Claro — eu disse. — Espera. Você pode me dizer como é que seus tênis ficam tão brancos?

— Por que você está sussurrando?

— Ah — eu disse mais alto —, eu só estava me perguntando como é que seus tênis ficam tão brancos.

— Água sanitária e cera de sapato branco — ela disse, arrumando o lençol.

— Água sanitária e cera de sapato branco?

— Isso. Passa a água sanitária primeiro na parte branca, tipo, com uma escova de dente. Agora, me diz, por que você sempre vive lendo uns livros quando você vem aqui?

— Ah, porque minha mãe vai arrancar meu couro se eu não ler.

— Que engraçado — Layla disse, e deu risada e deu risada e deu risada até que a risada dela se acabou. — Minha mãe meio que não liga nem um pouco. Mas ouvi dizer que sua mãe liga *pra caralho*.

— Ela não liga nada — eu disse, e segui na direção da cozinha para caçar uns Pop-Tarts de morango. Na despensa de Beulah Beauford, eu me lembro de sempre encontrar um redemoinho de caixas vermelhas e amarelas e verde-cor-de--planta. Na nossa casa, não existia sequer uma despensa. Mal tínhamos outra comida que não fosse queijo apimentado velho, as tampinhas dos pães de forma, uma caixa de vinho pela metade e azeitonas inchadas. Mas, ali, eu senti falta do nosso congelador. Senti falta da nossa cozinha.

Senti falta de você.

Abri uma garrafa lacrada de um espesso molho à base de queijo azul e engoli tudo que eu aguentei engolir. Depois coloquei gelo picado em um copo enorme de plástico vermelho e adicionei uma mistura de limonada. Usei uma faca fuleira de manteiga para mexer o líquido antes de voltar para o quarto de Daryl.

Do lado de fora da porta, vi Layla sentada, vestindo seu maiô. Eu só tinha chegado perto de três mulheres peladas até então: você, Vovó e Renata.

— Você me trouxe uma bebida, Keece-Grande?

— Trouxe a limonada que você me pediu — eu disse, ainda sem entrar totalmente no quarto. — E um Pop-Tart de morango, se você quiser metade.

— Eu quero.

Bom, eu nunca tinha beijado ninguém da minha idade e comecei a me preocupar que, se Layla tentasse me beijar, meus lábios talvez estivessem muito rachados, ou que minha respiração exalasse um cheiro forte de queijo azul, ou que em algum momento ela quisesse, quem sabe, conferir de perto minhas estrias e a grande verruga achatada na minha nádega esquerda.

Tirei a identidade de Layla do meu bolso, peguei o Now and Laters do meu outro bolso e coloquei ambos no chão do lado esquerdo da porta. Em seguida, arrumei o suco e o Pop-Tart de morango por cima da identidade.

— Você vai comigo até a piscina? — ela me perguntou. — Não quero ir lá sozinha.

— Por quê? Você acha que Daryl e os caras vão dar risada de você?

Layla arrumou a alça no seu ombro esquerdo e olhou para o suco.

— Não acho — eu me lembro dela dizer. — Não acho que eles vão dar risada de mim. Eles falaram que eu precisava ir no quarto se eu quisesse mergulhar no fundo mais fundo da piscina. Então eu vim no quarto.

— Ah — eu disse. — Isso.

— E você?

— Eu o quê?

— Você acha que eles vão dar risada de mim?

— Acho que sim — eu disse. — É que, né, eles sempre ficam dando risada quando estão nervosos. Mas por que você chama esse suco de amarelo e não de limonada?

— Porque é o que ele é pra mim — ela disse. — É amarelo e é suco em pó. Não tem limão aí. Você vem comigo?

Eu me lembro de estar com as costas viradas para a janela do quarto de Daryl e me perguntar se por acaso existia por aí um mundo concreto cuja grande característica seria abrigar histórias vividas por pessoas que começavam felizes e de repente se viam tristes. A palavra que me surgiu na cabeça foi "felitristeza", assim mesmo, sem espaço e sem hífen, aglutinada. Contar histórias felitristes sobre coisas como o que tinha acabado de acontecer no quarto era o que os caras mais velhos faziam de melhor na casa de Beulah Beauford. Não importava se a história era verdadeira ou não. O que importava era que elas fossem boas histórias. Boas histórias pareciam sinceras. Boas histórias faziam você se sentir como se não tivesse visto o que você achava que tinha acabado de ver. Eu sabia que os caras iam contar histórias sobre o que rolou no quarto de Daryl, histórias que seriam boas para todos os três e tristes para Layla em três configurações bem distintas uma da outra. Eu queria contar para Layla algumas das histórias felitristes dos nossos quartos, mas eu não sabia se deveria começar essas histórias felitristes com "Eu" ou "Ela" ou "Ele" ou "Nós" ou "Uma vez" ou "Não diga a ninguém" ou "Essa história pode parecer meio nojenta pra você, mas...".

— Estou começando a não me sentir muito bem — escutei Layla dizer atrás de mim.

— Que é que tá acontecendo?

— Não sei.

Sem me virar para ela, eu sussurrei:

— Eu igual. Quer dizer, eu também — e então fugi da casa de Beulah Beauford, deixando Layla sozinha para lidar com o fundo mais fundo da piscina.

A corrida até em casa se estendeu por um pouco menos de dois quilômetros. Eu corria várias arrancadas no basquete e nos treinos de futebol, e eu sempre me senti muito rápido para o meu tamanho, mas eu nunca tinha corrido aquela distância toda sem parar para um descanso. Correr aquela distância toda, para garotos pesados como eu, conversava diretamente com a necessidade do cérebro e do coração de esquecerem que estavam correndo aquela distância toda. Era esse o motivo para Dougie, Layla e eu adorarmos o fundo mais fundo da piscina. Porque, pelo tempo que você estivesse por lá, por alguns minutos da sua vida, independente dos caras ficarem rindo da gente, nossos corpos se esqueciam do quanto eles pesavam.

E então eles se lembravam.

QUANDO VOCÊ E EU morávamos no apartamento da Rua Robinson, sua aluna Renata vinha ficar de babá e cuidar de mim algumas vezes na semana. Renata, que tinha uma das pernas torta, sempre cozinhava costeletas de porco, arroz e molho de carne. A gente assistia luta livre aos sábados. Uma noite, depois das lutas, Renata me pediu para irmos ao seu quarto para ela treinar umas imobilizações. Enquanto eu esperava de costas, me preparando para a dor, Renata me disse que amava o modo como minhas calças de moletom valorizavam minhas coxas e minhas panturrilhas. Ninguém tinha me dito gostar das minhas panturrilhas ou das minhas coxas antes de Renata.

Quando Renata me perguntou se eu queria um gole do suco cremoso dela, eu tentei tomar pela parte do copo que ela ainda não tinha tomado, já que você me falava para nunca tomar nada do copo de ninguém. Quando ela me perguntou o porquê de eu não querer tomar do copo dela, eu respondi que era por você ter me dito que eu poderia pegar herpes se bebesse do copo de alguém com os meus lábios rachados.

— Sua mãe é a pessoa mais inteligente e a mais engraçada que eu vou conhecer na vida — ela me disse.

— Que legal — eu disse, e posicionei meus lábios bem onde ela me disse para posicionar. O suco estava mais doce do que picolé derretido e muito mais azedo do que pepino em conserva.

— Está gostoso, né? — ela perguntou. — Não te dá vontade de me beijar?

Eu não sabia como reagir de outra maneira a não ser ficar apavorado com a possibilidade de ter a minha primeira namorada de verdade. Me lembro de devolver um sorriso falso e beber um pouco mais de suco só para poder ter alguma coisa que me ocupasse as mãos.

Quando terminei com o copo, Renata levantou a camisa, desabotoou o sutiã e preencheu minha boca com o seio esquerdo dela. Ao mesmo tempo, ela usou a mão direita para apertar minhas narinas até eu só conseguir respirar pelos cantos dos lábios.

Segurei minha boca o mais aberta possível, na esperança de não rasgar o peito de Renata com meus dentes empenados da frente. Me lembro também de ter pedido a Deus para que o suco tivesse vencido a batalha no meu hálito contra as costeletas de porco, o arroz e o molho de carne. Eu achava que Renata iria desistir de ser minha namorada se os mamilos dela começassem a cheirar a costeletas de porco, arroz e molho de carne. E me engasgar nos peitos de Renata me fez me sentir mais leve do que nunca. Depois de alguns minutos, ela agarrou meu pênis e me disse várias vezes:

— Segure firme, Kie. Você consegue segurar firme?

Renata respirava de um jeito que parecia indicar o quanto ela estava adorando o que acontecia dentro do seu próprio corpo. E o som da respiração dela me fez me sentir sensual pela segunda vez na vida.

Quase toda vez que Renata vinha cuidar de mim, ela me colocava em posição de luta livre, me sufocava e me pedia para segurar firme. Quando ela vinha e não me sufocava ou não me pedia para segurar firme, eu me perguntava o que é que tinha de errado comigo. Sempre imaginei que o problema eram minhas coxas e minhas panturrilhas, por elas não serem musculosas o suficiente. Nos dias em que Renata não me tocava, eu não comia e não bebia e ia ao banheiro para me exercitar até não me aguentar mais de cãibras.

Depois de alguns meses, o verdadeiro namorado de Renata apareceu, em um dia que ela estava de babá. Eles beberam o suco cremoso juntos. Uma hora, quando os dois pensaram que eu estava dormindo, escutei Renata choramingar no armário e sussurrar os mesmos barulhos que ela sussurrava comigo.

Escutei também o namorado dela dizer:

— Você nem invente de dizer não — e então escutei Renata começar a xingar o namorado. Abri a porta do armário e vi os dois ali em pé, suados e pelados. O namorado de verdade tinha o corpo de Apollo Creed, só que com o pescoço mais longo. E eu nunca tinha visto o corpo nu de Renata tão de perto. De imediato, fiquei espantado que alguém com o corpo tão bonito quanto o dela, com um namorado de verdade com um corpo tão bonito quanto o de Apollo Creed, quisesse alguma coisa com um corpo grande e bagunçado como o meu.

— Fecha esse armário, seu neguinho gordo de merda — o namorado de verdade me disse. — Que caralho cê tá olhando?

Quando eu disse que ia pegar sua arma para dar um tiro na testa deles, os dois saíram correndo de casa com as roupas pela metade. Renata decidiu que não queria mais ser minha namorada. A gente nunca mais se viu. E eu sabia que era porque minhas pernas eram gordas e porque eu deixei a pele dela com cheiro de costeletas de porco, arroz e molho de carne na primeira vez que ela enfiou os seios na minha boca. Você ficou louca comigo naquela noite, porque sua cama parecia ter sido invadida por pelo menos duas pessoas. Eu disse para você que não me deitei na cama com Renata. Eu não disse para você que eu queria ter deitado.

NO DIA QUE FUGI da casa de Beulah Beauford, eu me sentei na calçada da nossa casa por horas, pensando no que eu ouvi do lado de fora do quarto de Daryl e no que eu sentia no nosso quarto. Você me fez ler mais livros e escrever mais palavras em resposta a esses livros do que qualquer um dos pais dos meus amigos, mas nada do que eu li algum dia me preparou para escrever ou falar sobre minhas memórias de sexo, sons, espaço, violência e medo.

Normalmente, quando eu queria escapar das lembranças, eu transcrevia letras de rap ou desenhava casas de dois andares ou escrevia poemas para Layla ou assistia comédias negras na tevê ou imaginava novas piadas para contar na sala de aula ou praticava alguns arremessos de média distância ou comia e bebia qualquer coisa que não estivesse estragada. Na calçada, esperando você chegar em casa, eu não podia fazer nada do que eu gostaria de fazer.

Quando você chegou em casa, naquela noite que eu fugi da casa de Beulah Beauford, eu te abracei, te agradeci, falei o quanto te amava. E odiei, pela primeira vez, o quanto meu corpo parecia macio perto do seu. Eu sabia que iria apanhar ou ser obrigado a escrever redações e redações por não ter preparado o artigo que você tinha me mandado preparar. Redações, claro, eram uma sequência de longas e repetidas frases nas quais eu explicava o que eu faria de diferente a partir dali, começando com "Eu prometo..." e por aí vai. Eu odiava escrever essas redações, e sempre escrevia meia linha a menos do que era o combinado, mas eu odiava muito mais apanhar.

Você acendeu as luzes no momento em que entramos em casa e ficou em pé na frente de uma estante de livros.

— O que você está vendo aqui, Kie? — você me perguntou.

Olhei primeiro para seu dashiki azul, um dashiki muito acima do tamanho adequado para o seu corpo, seus pés largos espremidos nos sapatos de Beulah Beauford, a queloide brilhante no seu antebraço e seu cabelo afro levemente penteado para a esquerda.

— Não o que você vê *em* mim, Kie — você disse. — O que você está vendo *além* de mim?

Enquanto eu pensava na resposta para aquela pergunta, você me disse que estava se aproximando da defesa da sua tese em Wisconsin. Eu abracei seu pescoço, falei o quanto me sentia orgulhoso de você e perguntei se a defesa da tese significava que você seria uma doutora de verdade e se, sendo então uma doutora de verdade, você ia ganhar muito dinheiro.

— Olhe — você disse, e apontou para as prateleiras de baixo na estante. Esperando atrás de você, ali estavam os livros mais azuis que eu já tinha visto na vida. E eu na mesma hora perguntei como iríamos pagar por aqueles livros se não tínhamos nem dinheiro suficiente para a conta de luz ou para o aluguel.

— Kiese Laymon, você gosta das enciclopédias ou não gosta?

Eu me levantei e corri as mãos pelas lombadas. Você geralmente só me chamava pelo nome completo quando estava prestes a me bater.

— Quer dizer que eu não preciso nem mais ir na casa de Beulah Beauford?

— Cheire os livros — você me disse, e então abriu a enciclopédia da extrema esquerda. — Controle-se. E não diga "nem mais". Diga "nunca mais".

— Nunca mais — eu disse, e coloquei meu nariz o mais perto possível da lombada do livro. Você disse que minha primeira tarefa era consultar as enciclopédias para escrever um relatório de duas páginas sobre as leis segregacionistas e as estratégias de libertação utilizadas pelas autoridades negras empossadas no Mississippi pós-Reconstrução. O relatório deveria ser entregue até o final da semana.

— Hum... — eu disse, antes de você entrar no quarto para ligar para Malachi Hunter. — Acho que eu quero emagrecer. Você pode me ajudar? Ando suando muito quando fico perto das pessoas que eu não quero de jeito nenhum que me vejam suado.

— Você quer dizer das meninas, Kie?

— Acho que sim, das meninas.

— Se alguém não gostar de você por quem você é — você me disse —, essa pessoa não é digna do seu suor. Guarde seu suor para alguém que saiba valorizá-lo. Acho que estou ganhando nas coxas todo o peso que você quer perder no tronco.

Suas coxas sempre foram grossas, mas cada vez mais, nos últimos meses, eu via menos as maçãs do seu rosto. Seu pescoço parecia muito mais curto. Seus peitos pareciam cada vez mais pesados quando você andava pela casa naquela velha camiseta gigante da Jackson State. Você me parecia cada vez mais bonita.

Nós jogamos Scrabble naquela noite e eu ganhei de você pela segunda vez na vida. Você pediu por uma revanche e eu ganhei de novo.

— Estou surpresa que você não tentou soletrar "ser" ou alguma conjugação do verbo "ir" a cada rodada — você me disse enquanto caminhava na direção das novas enciclopédias. Eu observei você ficar lá parada na frente da estante, com sua calça de moletom e sua camiseta da universidade. Você sorria de orelha a orelha ao passar os dedos com delicadeza pelos livros. — O dia em que sua vó trouxe uma coleção de enciclopédias para casa foi o dia mais feliz da minha infância, Kie.

— Vou precisar ir na casa de Beulah Beauford para usar as enciclopédias dela agora que a gente tem as nossas?

Você respondeu minha pergunta com uma pergunta, o que era uma artimanha ilegal dentro de casa, segundo suas próprias regras, querendo saber se eu tinha utilizado as enciclopédias de Beulah Beauford para escrever o artigo ou o conto que eu deveria ter escrito.

— Se você não escreveu o ensaio ou o conto, o que você fez por lá? — você apenas ficou em pé, com a enciclopédia na mão, à espera de uma resposta. — Me responda, Kie. E não me invente nenhuma história.

Pensei no que eu fiz, no que eu escrevi, no que eu vi, no que eu escutei e em como eu fugi. Imaginei Layla contando a história daquele dia. Eu podia conceber um relato em que Layla me fazia parecer uma pessoa melhor do que aqueles caras mais velhos. Eu também podia conceber um relato em que Layla me fazia parecer muito pior do que eles. Mas, de modo geral, eu criava dentro da minha cabeça um relato que concentrava a narração toda nela e descrevia todos os caras mais velhos e Dougie e eu como o mesmo tipo de gente meio nublada e terrível.

Por eu continuar sem responder sua pergunta, você disse que o fato de eu não escrever o artigo era só mais um combalido exemplo de alguém se recusando a lutar por excelência, educação e responsabilidade quando excelência, educação e responsabilidade eram requisitos essenciais para manter as carnes dos meninos negros no Mississippi plenamente saudáveis e protegidas do povo branco.

Eu te observei, apenas sentindo o que significava ser um menino negro saudável e seguro no Mississippi, ao mesmo tempo que me perguntava o porquê de ninguém nunca falar sobre o que era necessário para manter as meninas negras em segurança e com saúde. Meu corpo sabia de coisas que minha boca e minha mente não podiam, ou talvez não conseguiam, expressar. Ele sabia que, por todo o bairro, os garotos eram treinados para machucar as garotas de uma maneira que as garotas nunca poderiam machucar os garotos de volta, e que garotos héteros eram treinados para machucar garotos queer de maneiras que os garotos queer nunca poderiam machucar os garotos héteros de volta, e que homens eram treinados para machucar as mulheres de maneiras que as mulheres nunca poderiam machucar os homens de volta, e que os pais eram treinados para machucar os filhos de maneiras que os filhos nunca poderiam machucar os pais de volta, e que babás eram treinadas para machucar as crianças de maneiras que as crianças nunca poderiam machucar as babás de volta. Meu corpo sabia muito bem que o povo branco era treinado para nos machucar de maneiras que nós nunca poderíamos machucar o povo branco de volta. E eu não sabia como contar para você ou para qualquer outra pessoa as histórias que meu corpo me contava, mas, como você, eu sabia como fugir, como me esquivar, como enganar o adversário.

— Kiese Laymon, o que você fez ao invés de escrever o artigo? — você me perguntou de novo. — Eu vou perguntar só mais uma vez e vou pegar o meu cinto. Por que você não escreveu o trabalho que mandei você escrever?

Eu queria dizer que eu odiava como você enfatizava certos verbos na fala. No entanto, o que eu disse foi:

— Desculpe. Eu só fiquei muito cansado de mergulhar no fundo mais fundo da piscina na casa de Beulah Beauford e queria voltar para casa. Não vai acontecer de novo. Obrigado pelas enciclopédias novas. Eu sei que elas estarão protegendo minhas carnes dos brancos.

— "Vão proteger" — você me disse. — Não diga "estarão protegendo", Kie. "Elas vão proteger minhas carnes". Se você sabe ser melhor, então seja melhor. Prometa que você vai se esforçar mais.

— Agora?
— Sim, agora. Você promete?
— Sim.
— Diga.
— Eu prometo — eu disse. — Eu prometo.

Você não me bateu. Pelo contrário, você apenas me fez escrever dez linhas de uma redação. Escrevi nove e meia, porque eu era mesmo muito teimoso.

Eu prometo ler e escrever o que me foi pedido para ler e escrever quando eu for à casa de Beulah Beauford.

Eu prometo ler e escrever o que me foi pedido para ler e escrever quando eu for à casa de Beulah Beauford.

Eu prometo ler e escrever o que me foi pedido para ler e escrever quando eu for à casa de Beulah Beauford.

Eu prometo ler e escrever o que me foi pedido para ler e escrever quando eu for à casa de Beulah Beauford.

Eu prometo ler e escrever o que me foi pedido para ler e escrever quando eu for à casa de Beulah Beauford.

Eu prometo ler e escrever o que me foi pedido para ler e escrever quando eu for à casa de Beulah Beauford.

Eu prometo ler e escrever o que me foi pedido para ler e escrever quando eu for à casa de Beulah Beauford.

Eu prometo ler e escrever o que me foi pedido para ler e escrever quando eu for à casa de Beulah Beauford.

Eu prometo ler e escrever o que me foi pedido para ler e escrever quando eu for à casa de Beulah Beauford.

Eu prometo ler e escrever o que me foi pedido para ler e escrever.

NIUMA

Mais tarde naquela mesma noite, no Jitney Jungle, você encheu nosso carrinho com sopa de cogumelos, atum, pão de trigo e uma garrafa grande de suco de cranberry. Perguntei se eu podia levar também a última edição da *Right on!*, porque Salt-N-Pepa estavam na capa. Você me disse para ler enquanto nós esperávamos na fila. E, quando chegamos ao caixa, coloquei toda aquela comida na esteira automática e observei as latas se afastando da gente. Atrás do caixa, afixados em um painel, eles mantinham uma série de cheques e cópias de habilitação com um aviso de NÃO ACEITAR NIUMA COMPRA A PRAZO DESSES CLIENTES em letras maiúsculas. Uma cópia da sua carteira de motorista e um dos seus cheques estavam lá bem no meio do painel. Seu cheque me pareceu ser o incontestável campeão entre os cheques borrachudos do Jitney Jungle.

— Vamos embora — eu disse ao ver você remexer na sua bolsa e retirar seu talão. — Não estou com niuma fome.

— Kie, não diga "niuma".

— Certo. Não vou falar "niuma" de novo — eu disse. — Mas a gente pode só ir embora, então?

Você olhou na direção da velha negra atrás do caixa. Ela parecia uma versão escura de Vera Louise Gorman, aquela personagem da série *Alice*, mas os lábios eram mais grossos e os dentes eram menores.

— Essas pessoas não sabem nem como se soletra "nenhuma" — você disse, e eu fiquei na dúvida se você já tinha visto sua foto no painel ou não, mas logo depois percebi seus ombros se arquearem enquanto o ar saía do seu peito. — Você está certo, Kie — escutei você dizer. — Vamos embora. Temos atum e biscoitos em casa.

Eu disse para você que, para mim, a pessoa que escreveu o aviso só quis mesmo se aproximar de como as pessoas falam no dia a dia.

— Não tente justificar a mediocridade — você me disse.

— Então Vovó é medíocre?

— Vovó foi obrigada a trabalhar para os brancos ao invés de ir para a escola, e ela terminou a escola em um curso por correspondência. Ela tem motivo para falar do jeito que ela fala. Qual é a justificativa que essas pessoas aqui têm?

— Não sei. Nós nem sabemos quem elas são.

— Não tente justificar a mediocridade, Kie — você me disse de novo quando saímos do mercado de mãos dadas. Você olhou para o céu. — Espero que Vovó esteja do lado de fora de casa olhando as estrelas hoje. O céu está tão limpo.

De vez em quando, Vovó nos mandava aquelas jarras de picles e de conservas de peras. Ou então ela enviava ali pela metade do mês uma remessa de queijo do governo, manteiga de amendoim e biscoitos. Vovó gargalhava e gargalhava até a risada dela se acabar quando eu chamava aquele queijo do governo de queijo afro-americano gourmet. Você tentava subir em um pedestal diante do queijo afro-americano gourmet, mas não foram poucas as vezes em que eu flagrei você preparando sanduíches prensados cheios de manteiga e queijo afro-americano gourmet dentro de alguma coisa ultraburguesa tipo pão de centeio. Eu nunca conseguia entender por que você se envergonhava tanto de como a comida revelava a nossa pobreza, ou por que você se envergonhava tanto de obrigar meu pai a pagar a pensão alimentícia.

No caminho para o carro, quando saímos do Jitney Jungle, eu me perguntei como deveria ser ter um rosto como o seu, um dos rostos mais bonitos e reconhecíveis do mundo, um rosto exposto na parede do maior mercado de North Jackson só porque você alegava ter um dinheiro no banco quando na verdade você não tinha nenhum. Você era a única cientista política negra da região convidada a falar nos programas de tevê durante as temporadas eleitorais. E a maneira como você exageradamente pronunciava as palavras, defendia as comunidades negras contra o ressentimento branco e insistia em corrigir quem por acaso errasse a conjugação dos verbos irregulares fez com que os negros e negras de Jackson imaginassem que nós, via de regra, tínhamos muito mais dinheiro para lanches, dinheiro para o gás, dinheiro para o aluguel e dinheiro para as miudezas da vida.

Nós não tínhamos nada.

— Por que eles colocaram uma foto da sua habilitação lá, como se você tivesse roubado um banco? — perguntei para você no estacionamento. — Você consegue me explicar?

— Eu estou cansada, Kie — você me disse. — Você sabe o quanto sua vó precisou batalhar para conseguir um trabalho decente naquela granja?

— Acho que sei — eu respondi. — Quer que eu dirija?

Nós estávamos a três quilômetros de casa e você não estava falando coisa com coisa. Você já falava assim alguns anos antes do colapso.

— Estou cansada — você continuou dizendo, agora sentada no banco do passageiro. — Eu trabalho muito, Kie. De verdade. Eu trabalho muito. Mas eles nunca pagam o que a gente merece. Eu tento falar essa mesma coisa para sua vó. Dirija devagar, Kie — você disse, e eu estiquei o braço e apertei a dobrinha quente atrás do seu joelho. Era o que você fazia comigo nos meus momentos de tristeza.

Quando chegamos em casa, você já estava roncando. Eu não queria te acordar, então desliguei o carro na garagem e abaixei o banco do passageiro. E fiquei lá observando sua respiração e o seu queixo bem encaixadinho no seu ombro esquerdo.

Fiquei te olhando dormir e pensei que, poucas semanas antes, você organizou essa festa para os seus alunos na nossa sala. Você tocou a noite inteira uma mistura de Anita Baker, Sade, Patrice Rushen e Phil Collins. Malachi Hunter veio para a festa, mas não fez mais do que beber uísque e olhar para você. A casa estava cheia de estudantes apaixonados por você. Shareece queria ver você cair na risada. Cornell queria ver você dançar. Carlton queria ver você conversar. Judy queria ver você escutar.

Perto do final da noite, você se sentou à mesa com Beulah Beauford. Você falou alguma coisa sobre como Denzel era "infinitamente mais interessante" do que Bryant Gumbel ou Dr. J, e todas as pessoas na mesa explodiram na risada. Eu observei você olhar para Malachi Hunter, que estava sorrindo de orelha a orelha na cozinha. Malachi Hunter sabia, independente dele merecer ou não, que, entre os escolhidos, ele tinha sido o verdadeiro escolhido pela mulher mais exuberante do nosso mundo.

Sentado no carro, eu apenas peguei minha carteira, tirei sua habilitação antiga e coloquei o documento em cima do painel. Naquele dia de verão, no dia em que Dougie me ensinou o significado dos "trens do amor", no dia em que deixei Layla sozinha na casa de Beulah Beauford, no dia em que me perdi na lembrança do que aconteceu com Renata no nosso quarto, no dia em que você comprou enciclopédias com a intenção de proteger minhas carnes dos brancos, nós dois nos amparamos como se fôssemos as primeiras pessoas no mundo a flutuar por cima, por baixo e ao redor de todas as estrelas laranja-avermelhadas da galáxia.

EU TERIA GOSTADO da psicóloga maltrapilha que você fez Malachi Hunter pagar para mim dois dias depois se ela não tivesse se esforçado tanto para falar com o máximo de correção e não tivesse me feito todas essas perguntas sobre pais, comida e igreja e se você não estivesse sentada o tempo inteiro com a gente na sala. A primeira pergunta que a psicóloga me fez foi sobre como eu me sentia a respeito dos meus pais se divorciarem.

— Não penso muito no assunto — eu disse.

Ela me pediu para relatar todas as minhas lembranças da época em que meus pais estavam juntos. Eu contei sobre como vocês se conheceram na universidade em 1973. Contei que, dez meses depois de vocês se conhecerem, você estava grávida de mim. E que meu pai permaneceu no Zaire durante toda a gestação. Mas que você não ficou sozinha durante as trinta e duas horas do trabalho de parto e também não ficou sozinha durante a cesárea, porque Vovó estava lá. E que meu pai enviou para você o nome "Kiese" em uma carta, algumas semanas antes do meu nascimento. E que você falou para ele como queria que meu primeiro nome fosse "Citoyen" e que meu nome do meio fosse "Makeba", como Miriam Makeba, a cantora e ativista sul-africana.

A psicóloga achou que eu estava mentindo quando eu disse não ter nenhuma memória do meu pai no Mississippi. Eu falei para ela que somente as fotos me provavam que meu pai esteve com a gente no Mississippi. Essas fotos mostravam que ele adorava usar bermudas justas e curtas e gorros coloridos em vermelho, preto e verde e que ele gostava de discutir sobre questões profundas e de ficar chapado sob o dedo apontado e os dentes cerrados de Malcolm X. Eu falei para ela que as primeiras memórias do meu pai só se formaram dentro de mim depois de vocês dois terminarem a relação em Madison. E que, em certa ocasião, quando você me deixou, em um sábado, na casa dele, você me entregou um dinheiro que Vovó tinha nos enviado. Eu deveria dar esse dinheiro para ele poder pagar as compras. Não lembrei qual era a quantia na minha mão, mas me lembrei de como peguei um dólar do bolo de dinheiro e guardei no meu bolso antes de entregar o restante para ele.

Era completamente incompreensível para mim essa ideia de não termos comida na geladeira e, ainda assim, darmos para meu pai o dinheiro que Vovó tinha nos enviado.

A vida no apartamento do meu pai em Wisconsin era diferente da nossa vida. Eu me lembro das duas casas terem muita música e muito cheiro de incenso, mas a casa do meu pai vinha com muito mais regras. As pessoas precisavam tirar os sapatos para entrar. Eu não podia jamais tocar nas paredes. Uma vez, fui com ele lavar roupas na lavanderia automática e meu pai viu a sujeira das minhas cuecas. Ele jurou que a culpa era sua por não me ensinar a limpar a bunda direito. Então, quando eu limpava minha bunda no apartamento dele, eu não podia usar mais do que quatro folhas de papel higiênico. E o papel precisava ser dobrado da maneira certa, e não simplesmente embolado. Quando a gente comia, meu pai já tinha planejado cada mordida do cardápio. E, independente do que fosse servido, meu prato sempre vinha com espaços vazios entre os alimentos.

— A apresentação é importante — me lembro do meu pai dizer. — Assim como paciência e disciplina. Valorize seu tempo durante as refeições, meu filho.

Naquele dia, meu pai apareceu com umas bolas de neve que ele tinha congelado no inverno para que a gente pudesse brincar de guerra de bolas de neve no verão. Depois da guerra de bolas de neve, nós fomos até esse depósito de lixo perto do conjunto habitacional, onde encontramos um filhote de guaxinim. Eu nunca tinha visto um filhote de guaxinim ou de gambá, pelo menos não assim tão de perto, e fiquei apavorado, não só de tocar no bicho, mas até de presenciar sua tentativa de sobrevivência. Meu pai então me ergueu e me deixou espiar mais perto da lixeira. O filhote de guaxinim de repente revirou alguma coisa com os bracinhos loucos dele e olhou para cima e no susto eu puxei meu corpo para fora o mais rápido possível.

Eu me lembro de cruzar os braços, esticar os lábios e apenas olhar para meu pai enquanto ele morria de tanto rir de mim. Foi a primeira vez que vi meu pai agir como uma pessoa normal, como um pateta. Em seguida, contornamos o depósito de lixo e fomos para o lago Mendota, onde assisti meu pai arremessando pedrinhas contra o sol que nunca ia embora.

Foram essas as lembranças do meu pai que contei à psicóloga. Por algum motivo, essas memórias fizeram você chorar.

— Você pode me falar um pouco mais sobre a sua relação com a violência? — a psicóloga me perguntou, quando terminei o meu relato.

Olhei para você. Você estava de pernas cruzadas, olhando para mim com os olhos nublados.

— O que você quer dizer com violência? — perguntei a ela.

— O que eu quero dizer é: se você está tendo problemas com casos de violência na escola e como são suas experiências com violência dentro de casa.

— Eu não estou tendo problemas com casos de violência na escola — eu disse. — E eu também não estou tendo nenhuma experiência com violência dentro de casa.

A psicóloga me contou que, pelo que você explicou a ela, eu vinha enfrentando alguns problemas relacionados à violência. Eu me perguntei quando é que vocês tinham se encontrado e por que eu não pude observar sua conversa com ela do mesmo jeito que você observava a minha.

— Sua mãe me explicou que, quando você está nervoso, você bebe e come coisas que você não deveria beber e comer. Ela me disse que você vem consumindo álcool. Então quero que você me conte sobre suas experiências com álcool e com violência tanto em casa quanto na escola.

Olhei outra vez para você.

— Eu só bebi vinho de caixa três vezes quando não tinha mais nada para comer ou beber em casa, porque vinho de caixa é mais doce do que água.

— Conte até dez — a psicóloga me disse de repente.
— Como assim?
— Está bem claro para mim que você está acumulando raiva dentro de si por causa da separação dos seus pais, e contar até dez pode ajudar. Use essa técnica toda vez que você sentir que está ficando nervoso em função do divórcio, independente de onde você estiver, ou se você sentir vontade de beber um pouco de vinho, ou se sentir vontade de comer comidas açucaradas, vá ao banheiro e conte até dez.
— Técnica é uma coisa tipo um estilo de vida?
— Isso.
— Mas eu não sinto niuma raiva porque meus pais não estão mais juntos — eu falei a ela. — Assim, eu tenho Vovó também. Eu não sinto mesmo niuma raiva deles por terem se divorciado. Eu só estou querendo que meu pai pague direito a pensão alimentícia, mas está tudo bem comigo.
— Não fale no gerúndio — você disse do outro lado da sala. — E também não fale "niuma". Ele está apenas se exibindo agora.
— Eu gostaria que meu pai pagasse a pensão alimentícia dentro do prazo — eu disse. — Mas está tudo bem comigo.
— Me façam um favor, sim? — a psicóloga disse ao nos levar até a porta. — Lembrem-se sempre que, em caso de emergência, vocês vão procurar um espaço de silêncio para cada um dos dois e contar até dez. Se estiver escuro, vocês podem ir para a rua e contar pelo menos dez estrelas. Tudo o que parece errado vai parecer certo se vocês apenas fizerem esse exercício. Também acho que vai ajudar se vocês dois estabelecerem um limite para o consumo de açúcar e de carboidratos e puderem praticar um pouco mais de exercícios físicos.

QUANDO CHEGAMOS em casa, você e eu disputamos nosso último jogo de um contra um na entrada da garagem. Seu aluno Carlton Reeves tinha instalado uma tabela no nosso jardim um ano antes e desde então nós dois disputávamos partidas de vinte e um algumas vezes por mês. No nosso primeiro jogo, fiquei assustado com o quão fisicamente intensa você conseguia ser, tanto no ataque quanto na defesa. Eu era mais alto do que você, mais pesado do que você, mais habilidoso do que você, mais forte do que você, mas não fazia a menor diferença. No ataque, se você não arremessava seu arremesso de uma mão só bem no meio do pulo, girando pela direita do seu quadril, você me afastava empurrando a bunda contra as minhas coxas. Se você estava perto o suficiente da cesta, você arremessava aquele seu gancho meio esquisito ou vinha com um arremesso falso para tentar cavar uma falta.

Naquele dia, no entanto, eu já era muito alto para você se arriscar nos arremessos falsos e as minhas panturrilhas já eram fortes demais para deixar você me empurrar tão fácil. Bloqueei seus três primeiros arremessos, e a bola foi parar nas azaleias da família vizinha. No ataque, eu simplesmente arremessava por cima da sua cabeça ou driblava com um corte para a esquerda. Naquele dia, eu percebi que podia ter te derrotado um ano antes. E você também percebeu que eu podia ter te derrotado um ano antes. E nenhum de nós dois ficou feliz por ter essa percepção. Então o que aconteceu foi o seguinte: eu apenas chegava a vinte pontos e perdia o lance livre de propósito, só para deixar você se aproximar no placar.

Em algum momento, porém, nós fomos obrigados a decidir se eu iria ganhar ou não. Seu pescoço brilhava de suor. E não sei exatamente o porquê, mas ganhar de você me pareceu um gesto doloroso. Eu não queria magoar seus sentimentos. Saber, ou talvez aceitar, que eu podia ganhar de você já era o suficiente para mim. E nós dois sabíamos que aquele seria nosso último jogo, independente da pontuação, porque nós dois sabíamos, sem trocarmos nenhuma palavra sobre o assunto, que a sua necessidade de não perder era muito maior que a minha necessidade de vencer. Quando você fez aquele último arremesso da partida, você comemorou, você me abraçou, você me disse que tinha sido um bom jogo e segurou minha mão.

— Obrigada por me deixar ganhar, Kie — você disse. — Eu precisava disso. E obrigada pelo que você fez hoje no consultório da psicóloga.

Eu me lembro de olhar para você e acreditar que tínhamos virado uma página na nossa relação. Nós iríamos estabelecer um limite sério para o consumo de açúcar e de carboidratos. Nós iríamos praticar mais exercícios. E, sem nos preocuparmos com o futuro, nós dois iríamos sair de casa e iríamos contar pelo menos dez estrelas até que tudo de errado no nosso mundo deixasse de parecer tão errado.

EMPAPADO

— Kie, eu não vou falar de novo — você me disse na manhã seguinte. Nós estávamos sentados dentro do carro, na frente da garagem de Beulah Beauford. — Saia deste carro agora.

Eu não conseguia explicar para você os motivos de eu não querer ficar na casa de Beulah Beauford. Você repetiu que precisava ir embora, que ia participar da organização da campanha presidencial de Jesse Jackson no condado de Sunflower e não queria me deixar sozinho em casa, porque alguém tinha invadido nossa sala alguns meses antes. Respondi que sabia o quanto você estava mentindo para mim e que você ia era se encontrar com Malachi Hunter.

— Kiese Laymon, eu não vou falar outra vez. Controle-se. E tire sua bunda gorda do meu carro.

Fiquei em pé do lado de fora do carro, de braços cruzados, meus braços cobrindo minha barriga e meu peito. Você nunca tinha me chamado de gordo. E acho que você não percebeu o que estava acontecendo.

— Espero que você esteja com o artigo pronto quando eu chegar para te buscar — você disse. — Estou cansada de ver você brincar comigo.

Na calçada, abri minha carteira, tirei sua habilitação antiga e arremessei o documento pela janela do carro. Você só jogou a habilitação de volta pela janela do passageiro e manobrou para poder disparar pela rua.

Layla não voltou para a casa de Beulah Beauford naquele domingo, mas Daryl, Delaney e Wedge voltaram. Perguntei a Dougie o que aconteceu depois que eu fui embora da casa. Ele me disse que a galera só comeu hambúrguer, bebeu licor e fumou maconha até umas meninas chegarem por lá. Dougie também me disse que as garotas eram mais velhas do que Layla e que duas delas foram obrigadas a ir para o quarto de Daryl com os caras.

Mais tarde naquele domingo, percebi que, exceto Dougie, estávamos todos dentro d'água. Algumas vezes, quando Dougie sumia do jardim, era porque ele tinha ido preparar sanduíches para todo mundo, mas dessa vez Dougie estava desaparecido há um bom tempo, então resolvi sair da piscina também.

Passei, primeiro, na frente do quarto de Dougie. Ninguém estava lá.

Passei pelo banheiro social, mas, de novo, ninguém estava lá. Aí, mais embaixo, no corredor, vi a porta do quarto de Daryl entreaberta.

Cheguei perto da porta o suficiente para ver Delaney parado no meio do quarto, com seu calção de banho marrom todo empapado e enrolado nas panturrilhas. Dougie estava ajoelhado na frente dele, com as mãos apoiadas nas próprias costas. A língua de Dougie estava para fora da boca, lambendo a ponta do pênis de Delaney.

Quando eles me viram, Delaney puxou seu calção de banho para cima e se vestiu. Dougie limpou as mãos na sua camisa do Pittsburgh Steelers e andou na minha direção, cabisbaixo. Eu me virei, caminhei até o final do corredor e me preparei para brigar ou sair correndo pela porta da casa de Beulah Beauford. Delaney agarrou meu braço e me mandou sentar na sala.

Eu sentei no banquinho na frente do piano de Beulah Beauford e Delaney sentou ao meu lado. Ele me disse que, se eu não contasse nada para ninguém, ia me ensinar como tocar *O bife*.

Fiquei lá sentado, com os dois punhos fechados por cima das coxas. Parte de mim queria que Delaney me tocasse de novo para eu poder ter a chance de tentar matá-lo. Mas a maior parte estava apavorada que ele me obrigasse a ficar de joelhos e que ele me obrigasse a pôr as mãos nas minhas costas e a lamber a ponta do seu pênis até ele decidir que era hora de parar.

Permaneci sentado, observando as teclas estáticas do piano e escutando pela metade o que Delaney tocava e aquela explicação arrastada sobre como ele aprendeu a tocar *O bife*.

Quando acabou a música, Delaney se levantou e me olhou mais uma vez.

— Não fale pra ninguém, beleza? — ele disse. — Sério. Eu só estava brincando com aquele pirralho. Era só um jogo. Entendeu?

Vovó sempre me ensinou a esvaziar os bolsos antes de atacar alguém, então eu meti as duas mãos nos meus bolsos, retirei minha carteira molhada e bati com sua habilitação em cima do piano.

Delaney olhou para o documento.

— Essa aí é a sua mãe? Cara, ela trabalha com o meu pai. Por favor, sério, não fala nada pra sua mãe. Sua mãe não é brinquedo. E meu pai vai me arregaçar o cu se ele descobrir. Estou falando sério. Era só eu e D. brincando, nada demais. Estou falando sério.

Segui Delaney até a porta da casa de Beulah Beauford e assisti a corrida que ele deu pela rua como se estivesse sendo perseguido e de repente não encontrasse mais ar para respirar, que foi quando ele começou a caminhar e olhar para trás e apontar os dedos para mim, fingindo que as mãos dele eram duas armas.

Alguns segundos depois, Delaney já tinha sumido da rua.

Sentei na calçada pedregosa de Beulah Beauford e, com as pedrinhas, comecei a desenhar carinhas sorridentes com lábios grossos. Minha cabeça estava pesada. Eu não entendia o motivo que levou Delaney a acreditar que me ensinar *O bife* transformaria o que ele fez em uma coisa tranquila ou por que Dougie estava com as mãos nas próprias costas enquanto se ajoelhava no chão do quarto, assim como eu não entendia o porquê de Delaney achar tudo bem participar de um trem do amor, mas ficar tão assustado por eu saber o que ele tinha feito com Dougie. Uma parte de mim não entendia o porquê dos caras mais velhos quererem se trancar sozinhos com Dougie e com Layla, mas não comigo. Uma parte de mim sabia que era por eu ser a pessoa mais gorda e a mais suada entre todas as pessoas na casa de Beulah Beauford.

Lembro, por exemplo, que, desde que atingimos aquela idade em que se tem autorização para passar o dia ou a noite na casa de algum conhecido, mantínhamos o costume de brincar de esconde-esconde. Uma pessoa contava até trinta e cinco e os outros corriam para se esconder, geralmente dentro de um armário escuro ou pelos corredores das casas. A brincadeira sempre envolvia meninos e meninas e, na escuridão dos corredores e dos armários, muitas vezes meus amigos se tocavam de maneiras que eles não teriam coragem de se tocar se as luzes estivessem acesas. Eu morria de medo de tocar em alguém, mas não tinha tanto medo assim a ponto de não querer que os outros me tocassem. Meu corpo não se importava se a pessoa me tocando era um menino ou uma menina. Meu corpo se sentia agradecido por qualquer toque carinhoso, independente da origem daquele toque.

Mais ou menos na mesma época, as meninas e os corpos das meninas e as bundas das meninas e os toques das meninas começaram a fazer com que eu me sentisse não só mais especial como também mais sexy e mais bonito do que como eu me sentia em relação aos toques dos meninos e às bundas dos meninos. Eu não sabia o porquê e não sabia quais palavras usar para poder me explicar. Eu também não sabia se alguém aceitaria escutar uma explicação minha sobre essa dinâmica tão assustadora, ainda que eu conseguisse desencavar as melhores palavras do meu vocabulário. Na minha cabeça, você deveria ser a pessoa com quem eu poderia conversar sobre esses assuntos, já que você foi a pessoa que me ensinou a ler e a escrever. Mas sexualidade, corpos, bons sentimentos, dores, toques carinhosos e bundas nunca foram temas presentes nas nossas discussões.

Meu corpo contava histórias diferentes em relação a você e em relação a Renata. Apesar do toque de Renata ser ríspido e do seu ser suave, quando qualquer uma de vocês duas me tocava eu sentia que aquele toque era amor, até que de repente esse amor se acabava. Então me vinha uma sensação de morte. E, muito embora eu não tivesse a menor ideia do que acontecia dentro dos cérebros e dos corpos de Layla e de Dougie no momento em que eles entraram no quarto de Daryl, eu continuava me perguntando se eles chegaram a sentir algum tipo de amor lá dentro com os caras.

Eu sei que eu sentiria.

A cada meia hora, eu entrava na casa de Beulah Beauford e ligava para o apartamento de Malachi Hunter procurando por você. Eu odiava o fato de nunca conseguir me esquecer do telefone de Malachi Hunter, odiava como eu era capaz de memorizar cada sílaba declamada pela secretária eletrônica dele.

"Você ligou para a casa de Malachi J. Hunter, o alfa e o ômega dos corretores imobiliários da nova região Sul. Não estou disponível no momento. Por favor, deixe uma mensagem detalhada e eu retorno a sua ligação. Obrigado".

A expressão favorita de Malachi Hunter para começar uma frase era: "A desgraça do homem branco". De acordo com Malachi Hunter, o maior fracasso da desgraça do homem branco foi superestimar a si mesmo e subestimar a determinação do "revolucionário negro do Mississippi". Não existiam mulheres negras, mulheres brancas ou mulheres mexicanas na imaginação política de Malachi Hunter. Mas, uma vez que eu entendi que, para Malachi Hunter, o "revolucionário negro do Mississippi" era, na verdade, o próprio Malachi Hunter, e que ser o "revolucionário negro do Mississippi" significava se comportar do mesmo jeito que ele via os brancos ricos e radicais do Mississippi se comportarem, eu entendi quase tudo o que eu precisava entender a respeito de Malachi Hunter.

Você e ele não compartilhavam as mesmas concepções políticas envolvendo os negros do Mississippi. Você estava mais interessada em organizar e tutelar os movimentos políticos de base para ajudar os negros da zona rural do Mississippi a saírem da pobreza e a se protegerem da negligência dos brancos. Malachi Hunter estava mais interessado em se tornar, antes de completar cinquenta anos de idade, um símbolo negro de riqueza e de poder no Sul dos Estados Unidos. Mas, quando o assunto envolvia as crianças, vocês dois estavam interessados — e realmente obcecados — no que vocês chamavam de "princípios de transformação". Vocês dois achavam que as crianças negras não deveriam assistir programas de tevê ou escutar músicas ou ler livros que apresentassem cenas de violência, nudez, conflitos adultos ou palavrões porque violência, nudez, conflitos adultos ou palavrões não se enquadravam nas categorias dos "princípios de transformação".

Sempre achei essa ideia muito engraçada.

— Aqui é o Kie — eu disse para a secretária eletrônica de Malachi Hunter. — Por favor, venha me buscar. Você disse que ia me bater se eu fosse sozinho para casa, então estou aqui esperando na calçada de Beulah Beauford. Por favor, venha me buscar. A casa de Beulah Beauford, essa casa me destrói a cabeça. É realmente triste aqui.

Uma hora depois, você chegou. Não importava mais onde eu estava antes ou quanto tempo você demorou para aparecer ou quão magoados nós estávamos um com o outro mais cedo, nada na Terra poderia ser tão bonito quanto te ver estacionando o carro para me levar embora.

— Eu te amo — eu disse assim que entrei no automóvel. Você não me respondeu nada. — Eu te amo — eu disse de novo. Sua bochecha direita não parava de tremer. — Você não escutou as mensagens que eu deixei?

— Coloque o cinto — você me disse com a sua voz mais frágil até então. Uma semana antes, você me obrigou a usar o cinto de segurança pela primeira vez. E, ali no carro, afivelei o cinto no mesmo segundo em que uma lágrima redonda e cristalina descia pela sua bochecha. A lágrima perdeu velocidade, escorregou por cima do seu lábio superior afilado e fugiu pelo cantinho escuro da sua boca. Até aquele momento, as únicas ocasiões em que eu já tinha visto você chorar envolviam conversas sobre minhas notas na escola ou você mentindo sobre ter um dinheiro que na verdade não existia ou você inventando alguma desculpa esquisita sobre o porquê do meu pai não pagar a pensão alimentícia.

Coloquei minha mão esquerda na sua mão direita, a mão fechada com a qual você dirigia o carro.

— Por que você não pode cuidar de mim? — eu perguntei, e você parou o carro no semáforo da esquina entre a Beasley e a Hanging Moss e lentamente virou seu rosto na minha direção.

O branco do seu olho esquerdo estava tomado por uma nuvem de sangue. E a pele marrom ao redor do olho estava muito mais escura e com o dobro do tamanho. Parecia que alguém tinha injetado uma pequena ameixa por debaixo da sua pálpebra.

Quando chegamos em casa, você sabia o que eu ia imediatamente procurar. Você me empurrou e correu para o seu quarto. De longe, vi você levantar o travesseiro onde seu revólver quase sempre dormia. Se eu alcançasse aquela arma antes, você sabia o que eu faria com ela.

Ao invés de ir para o meu quarto, peguei um pouco de gelo, guardanapos, um frasco de pera em conserva, uma colher e nossa faca de açougueiro.

— Caramba, sério, vou estar te amarrando na cadeira pra você ficar parada — eu disse, limpando o sangue seco do seu rosto com meus dedões empapados de saliva.

— "Vou te amarrar" — você disse. — Não diga "vou estar" e ainda mais um verbo.

— Vou estar — eu disse. — Vou estar. Vou estar fugindo das pulgas na casa de Beulah Beauford. E essas pulgas lá, olha, elas vão estar ganhando o título de serem as pulgas mais psicopatas do mundo se elas vão estar me mordendo do jeito que elas querem estar me mordendo até o último fio de cabelo da minha cabeça.

Você riu tão forte e me mandou tomar cuidado com o uso excessivo dos verbos. Torci para você nunca mais parar de dar risada.

— Não quero nenhuma pera em conserva, Kie — você me disse. — Pelo menos não agora.

— Por quê?

— Elas são muito doces.

Quando você finalmente colocou seu braço em volta do meu pescoço, senti todo o peso do seu corpo em mim.

— Me segure firme, Kie — você me disse da nossa cama. — Você é meu melhor amigo. E eu te peço desculpa — você disse já meio dormindo, com as cobertas por cima dos hematomas inchados e escorregadios do seu rosto.

— Você também é minha melhor amiga — eu disse. — Minha melhor amiga por toda a eternidade.

Deitado ao seu lado na cama, me lembrei da primeira vez em que você me chamou de seu melhor amigo. Eu sabia que você tinha dado um beijo nas minhas bochechas porque você me amava. Eu sabia que você tinha me pedido para te segurar firme porque você me amava. Você era uma pessoa gentil. Por mais de um ano, essa era a nossa rotina durante as manhãs, tanto no meu quarto quanto no seu. E então você conheceu Malachi Hunter. Algumas semanas depois, você começou a me bater por supostas malcriações ou porque minhas notas não eram as-mais-excelentes-do-mundo. Algumas vezes você me batia no alto da cabeça. Às vezes você me batia nas mãos.

Às vezes você me batia com toda a sua força bem no meio da minha boca com cintos, sapatos, punhos e cabides.

Eu me lembro do dia em que você me obrigou a tirar a roupa e a deitar na mesma cama em que nós costumávamos dormir. Não sei se alguma vez antes na vida eu gritei com tanta intensidade. Você me forçou a virar o rosto para o colchão, para que eu não pudesse me preparar. E, por mais que a surra tenha me machucado, saber que você olhava para aquele meu corpo negro nu e gordo e batia em mim com toda a sua força, quando eu mal tinha completado nove anos de idade, me machucou muito mais. A laceração da carne, de todo jeito, acredito eu, não doeu o que deveria doer porque, no fundo, eu sabia que você não queria me machucar. Eu sabia que você não queria me machucar porque, às vezes, você me tocava como se você me amasse. E eu gostaria muito que você tivesse escolhido apenas um tipo de toque, mesmo que essa sua escolha fosse me bater dez vezes por dia todos os dias.

Teria sido muito menos confuso.

VOCÊ AINDA ESTAVA roncando quando Malachi Hunter estacionou o Volvo preto dele na frente da nossa casa. Você acordou quando eu tentava matar um revolucionário negro do Mississippi por ele ter machucado seu rosto naquela noite.

Duas horas depois, você e Malachi Hunter tomavam uma taça de vinho no seu quarto. Do meu quarto, eu escutava ratos de caudas longas escalando dentro das nossas paredes, pneus molhados passando por debaixo das nossas janelas e o monólogo nasal de Johnny Carson. Eu não conseguia escutar sua voz, a única voz que eu queria escutar ao acordar, a última voz que eu queria escutar antes de dormir.

Abri a porta do meu quarto e andei os poucos passos até o seu pelo corredor. Atrás da porta trancada, Malachi Hunter pedia desculpas por acertar um soco no seu rosto, desculpas por te fazer sangrar, desculpas por brigar com o seu filho, desculpas por te punir por você só querer saber a verdade. Você disse a Malachi Hunter que, sim, você queria uma filha e que, sim, você pedia desculpas a ele por ter fugido.

Voltei para meu quarto e escutei a porta do seu quarto ser destrancada e trancada de novo.

Os guinchos vindos da sua cama ficaram mais altos. Eu me ajoelhei e pedi a Deus para não escutar você gemer debaixo do peso do revolucionário negro do Mississippi.

Eu odiei meu corpo.

Andei até a cozinha, peguei a maior colher que encontrei e mergulhei metade dela na manteiga de amendoim e na conserva de peras que Vovó tinha nos enviado. Eu escutei os gemidos ecoarem pela cozinha. Enfiei a colher um pouco mais fundo na conserva de pera e coloquei a colher inteira na boca. Fiz esse movimento de novo e de novo até o frasco de manteiga de amendoim ficar completamente vazio.

Os gemidos continuaram. Eu odiei meu corpo.

Antes de sair da cozinha, tomei também alguns goles do vinho de caixa, na esperança de obliterar aquelas ondas sonoras que tanto me ameaçavam. E, no momento em que eu deveria estar terminando o relatório que você me pediu sobre Fannie Lou Hamer, eu me vi escrevendo sobre destruir meu corpo negro e pesado de doze anos de idade em um desastre que eu estava muito triste, muito bêbado — e realmente muito assustado — para tentar descrever em detalhes.

Na manhã seguinte, tive meu primeiro sonho molhado. Fiquei com muito medo de contar para você quais foram as reações do meu corpo enquanto você dormia com Malachi Hunter, porque eu sabia que você me perguntaria os motivos. Apesar da vontade de que você nunca mais voltasse a me tocar, eu não queria mentir para você. Mentir para você me parecia uma traição. E traição me parecia um crime que você não deve cometer contra a sua melhor amiga.

ESTAR

Algumas semanas depois do início do verão, quando contar até dez e restringir o açúcar e os carboidratos não funcionou para nenhum de nós dois, você me levou para passar uns dias com Vovó em Forest, Mississippi. Eu amava Vovó, mas, na verdade, não gostava muito de ir à casa dela, exceto às sextas-feiras. Toda sexta-feira, Vovó me deixava assistir *Os gatões*, um programa que você dizia "operar em um mundo ainda mais racista do que o mundo em que a gente vive, uma performance onde dois traficantes brancos, que volta e meia violam os termos da condicional, enganam os policiais dentro de um Dodge Charger vermelho plotado com a bandeira confederada e, ainda por cima, apelidado de General Lee, sem nunca serem encarcerados".

Naquela sexta-feira à noite, quando você me mandou passar uns dias com Vovó, eu perguntei a ela se os negros conseguiam se livrar da polícia da mesma forma que Bo e Luke Duke conseguiam se livrar.

— Não — ela me disse antes mesmo de eu terminar a pergunta. — Não. De jeito nenhum. Nunca. Você nem tente se meter em uma confusão assim, Kie.

Nas pouquíssimas aparições de personagens negros dentro de *Os gatões*, eu me lembro de ver Vovó e o namorado dela, Ofa D., se aproximando da televisão e torcendo por eles tal como Vovó e Ofa D. torciam em um jogo de basquete da

Georgetown ou durante as vitórias da Jackson State ou quando um competidor negro por acaso aparecia no *Roda da fortuna*.

Como a maioria das mulheres negras em Forest, Vovó possuía uma série de trabalhos paralelos além de cumprir horário no chão da granja. Um dos seus trabalhos paralelos era vender vegetais cultivados no seu jardim. Outro era vender peixe frito, bolo inglês e tortas de batata-doce todo sábado à noite para qualquer pessoa na rua. O trabalho paralelo mais importante de Vovó, no entanto, era limpar, cozinhar, passar as roupas e lavar os pratos para essa família branca, os Mumfords.

Depois da igreja, naquele domingo, a caminho da casa dos Mumfords, reclamei com Vovó que minhas calças estavam tão apertadas que precisei abrir o zíper para conseguir respirar. Vovó deu risada e deu risada e deu risada até que a risada se acabou. E ela me disse que não ia demorar muito na casa dos Mumfords. Eu sempre via as roupas nojentas dos Mumfords perto do tanque de Vovó e as roupas limpas deles no varal atrás da casa dela.

Eu odiava aquelas roupas.

Os Mumfords moravam perto da Trinta e Cinco. Eu me impressionava com o fato de que as casas perto da Trinta e Cinco eram as únicas casas de Forest que realmente se pareciam com as de *Leave it to beaver*, *Who's the boss?* e *Mr. Belvedere*. Mas, quando eu imaginava o interior das casas da gente branca rica, eu me imaginava roubando toda a comida da casa enquanto eles dormiam. Eu queria devorar uma mão cheia de Crunch 'n Munch e encher as taças gigantes com o refrigerante de gengibre e o gelo picado que jorravam das geladeiras prateadas. Eu queria deixar as taças vazias e os farelos de Crunch 'n Munch nas bancadas das cozinhas só para os brancos tomarem consciência da minha visita e saberem que eles é que seriam os responsáveis pela limpeza.

Vovó deixou a chave na ignição e me prometeu voltar em mais ou menos vinte minutos.

— Não diga uma palavra sequer praquele menino briguento dos Mumfords se ele aparecer por aqui, Kie — ela disse. — Ele não tem um pingo de educação. Cê tá me escutando? Não saia desse carro a não ser que seja uma emergência.

Eu confirmei com a cabeça e me espalhei pelo banco da frente do Impala. Quase na mesma hora que Vovó entrou na casa, surgiu esse menino que parecia ser uma versão de nove anos de Mike D. do Beastie Boys. Esse garoto dos Mumfords era branquelo como um osso e magro de um jeito que Vovó costumava chamar de "peba". Ela não tinha muito dinheiro, e sua casa de cinquenta e cinco metros quadrados se dividia em ser, por dentro, tão limpa quanto água sanitária e, por fora, tão esfarrapada quanto uma barata morta. Mas eu sempre me perguntei o porquê de Vovó nunca chamar as pessoas com menos condições materiais do que a gente de peba. Ela chamava essas pessoas de "gente que não tem nem um penico pra mijar" ou "gente pra quem o dinheiro nunca chega" ou "gente sem nium dinheiro pra botar no miaeiro", nunca de peba, ela só falava mesmo em "pobre" ou "peba" se fosse para falar sobre o corpo das pessoas.

Sem bater, o menino branco peba abriu a porta do motorista do carro de Vovó.

— Cê é o neto da Reno? — ele me perguntou.

— Quem é a Reno?

— Cê conhece a Reno. A velha preta que limpa a minha casa.

Eu nunca tinha visto aquele menino branco peba, mas eu já tinha visto aquela calça de banho cinza brilhante da Jams, já tinha visto aquelas longas meias listradas e aquela camisa cinza do Luke Skywalker no nosso cesto de roupa suja e também pendurada no nosso varal. E não gostei de como conhecer as roupas de um menino branco peba antes de conhecer o menino branco peba fez eu me sentir. E detestei como esse menino branco peba chamou Vovó de "Reno, a velha preta que limpa a minha casa".

Eu saí do carro e enfiei as mãos dentro dos bolsos.

— Então, cê é o neto da Reno? — o menino perguntou. — O neto que é de Jackson?

Antes que eu respondesse que sim, o menino Mumford me disse que não podíamos entrar na casa, mas que poderíamos brincar no quintal. A expressão "Tô de boa" era uma expressão que eu usava com frequência em Jackson, mas acho que nunca falei aquelas palavras com tanto significado como naquele dia.

Esse, porém, foi o meu sentimento até descobrir o tamanho da garagem dos Mumfords e ver, no canto à esquerda, uma porta aberta que desembocava em um cubículo. Andei na direção daquela saleta e vi uma máquina de lavar, uma secadora e uma balança no chão.

— Como vocês chamam essa sala? — eu perguntei.

— É a lavanderia — ele disse. — Por que vocês ficam atirando nas pessoas em Jackson? Posso perguntar isso pra você?

Ignorei a pergunta do menino branco peba. Na casa de Vovó, nossa máquina de lavar ficava na sala de jantar e nós não tínhamos uma secadora, então pendurávamos todas as roupas no varal.

— Espera. O que essa balança está fazendo aqui?

— Meu papá gosta de se pesar aqui fora.

— A máquina de lavar funciona?

— Funciona — ele disse. — Como se fosse nova.

— E a secadora também? — eu perguntei, e olhei para os ferros de passar em cima da tábua de passar, também com aparência de nova. Eu não sabia como falar o que eu queria falar. Subi na balança no canto. — Essa balança está certa?

— Não me pergunte — ele disse. — Eu nunca usei. Eu disse pra você, é a balança do meu papá.

Voltei para o carro de Vovó, sentei no banco do motorista e tranquei as portas. Me lembro de segurar o volante com uma das mãos e enterrar as unhas da outra no meu joelho, me perguntando quão gorda era uma criança de doze anos que pesava noventa e nove quilos.

Menos de um minuto depois de eu entrar no carro, o menino Mumford voltou. Sem bater, ele tentou abrir a porta do motorista de novo.

— Vem cá brincar, Jackson — ele disse, do lado de fora do carro.

— Quero não. Tô de boa — eu disse a ele, e abaixei o vidro da janela.

— Você quer atirar na cabeça dos esquilos com minha metralhadora lá no quintal?

— Quero não — eu disse a ele. — Minha mãe não me deixa atirar na cabeça de nenhum esquilo. E eu não tenho permissão pra atirar com armas. Tô de boa.

— Mas tudo o que vocês fazem em Jackson é atirar com armas.

Sentei por alguns segundos dentro do Impala de Vovó com uma podridão se espalhando pelo meu peito antes de Vovó sair da casa carregando um cesto de roupa suja. Ela vinha com um envelope em cima da pilha de roupas.

Quando falei para Vovó o que o menino Mumford tinha me dito, ela me mandou ficar longe daquela gente.

— Cê sabe com quem cê tá se metendo? — ela perguntou. — Essa gente branca, eles podem muito bem trancar a gente dentro da cadeia pra sempre, Kie.

E não parei de olhar para Vovó enquanto ela dirigia até em casa. Eu tentava decidir se deveria ou não perguntar para ela o porquê dela lavar, secar, passar e dobrar as roupas nojentas dos Mumfords se os Mumfords tinham uma máquina de lavar melhor do que a nossa, uma secadora funcionando sem defeitos, um ferro de passar perfeitamente novo e também uma tábua de passar impecável. Eu queria perguntar a ela se existiam trabalhos paralelos melhores do que lavar as roupas nojentas das pessoas brancas nos fins de semana. Mas eu não disse uma palavra sequer na primeira metade do caminho até em casa. Eu apenas olhei para o rosto de Vovó e observei as marcas de expressão cada vez mais profundas ao redor da sua boca, marcas que eu nunca tinha visto antes.

Minha vontade era encolher e escorregar pelas rugas de Vovó.

Entendi naquele dia o porquê de você e Vovó torcerem tanto pelas vitórias dos negros, independente do quão pequenas essas vitórias pudessem ser. Para Vovó, essas vitórias eram sempre vitórias pessoais. Para você, essas vitórias eram sempre vitórias políticas. E vocês duas sabiam, e me mostravam, que a gente não precisava nem mesmo ganhar para as pessoas brancas nos punirem. Tudo o que a gente precisava fazer era não perder do jeito que elas queriam que a gente perdesse.

Eu segui me lamentando por não ter entrado na casa dos Mumfords e roubado toda a comida deles. Roubar a comida deles me parecia ser a única maneira de apagar o sentimento podre na minha barriga.

Antes de irmos para casa, porém, Vovó pegou o envelope que ela recebeu na casa dos Mumfords, escreveu o seu nome e o seu endereço na frente e depositou o envelope em uma caixa de correio no centro da cidade.

— Vovó — eu disse, enquanto entrávamos na Old Morton —, essa gente branca sabe que seu nome é Catherine ou eles acham mesmo que seu nome é Reno?

— Eu sei o meu nome — Vovó disse — e eu sei que essa gente branca me paga toda semana.

— Você fala a verdade pros Mumfords quando você está na casa deles?

— Claro que não — ela disse. — Não é o meu trabalho.

— Então o que você fica falando pra eles?

— Eu fico falando o que eu preciso ficar falando pra pegar o dinheiro deles e cuidar da minha família.

— Mas alguma vez você já roubou comida deles?

— Claro que não, Kie — ela me disse. — Eles me testam assim o tempo inteiro. Se eu alguma vez tivesse roubado alguma coisa dessa gente, a gente não teria nada hoje. Cê tá me escutando? Nada. Tô te falando o que eu sei agora. Não roube nada de niuma gente branca. Nunca. Ou é bem possível que cê vá parar no inferno com eles um dia.

No mundo de Vovó, a maioria do pessoal branco estava destinado ao inferno, não por serem brancos, e sim por serem falsos cristãos que, na verdade, nunca prestaram atenção na Bíblia. E Vovó realmente acreditava que só existiam duas formas de evitar a inevitável caminhada dos brancos em direção ao inferno: doses satisfatórias de Jesus e a imediata imersão na Missionária Igreja Batista da Concórdia. Eu não entendia o inferno nem o diabo, mas eu entendia a Missionária Igreja Batista da Concórdia.

E eu odiava quase toda ela.

Minhas calças estavam sempre muito apertadas durante a escola dominical, então elas terminavam encharcadas. Minha camisa sufocava meu esôfago. Minha gravata clipada não era mais do que uma gravata clipada. E, independente da temperatura, Vovó me obrigava a usar um colete de poliéster. Meus pés, ainda por cima, cresceram tão rápido que os mocassins nunca me serviam. E, para piorar, Vovó me proibiu de colocar moedas nos meus mocassins porque, segundo ela, esse era um costume só de gente truculenta.

Dentro da Missionária Igreja Batista da Concórdia, eu amava a atenção que recebia por ser o jovem negro e gordo no meio das senhoras negras: elas eram as únicas mulheres do mundo que consideravam meu excesso de peso uma característica elegante. Eu me sentia paquerado e, como a maioria dos jovens negros e gordos quando se sente assim, eu me apaixonei. Eu me apaixonei pelas notas dobradas do órgão, pelo retrogosto do suco de uva, pela estabilidade dos ventiladores se movendo através da umidade, pela expectativa de ver alguém incorporar o Espírito Santo, pelas palmas misericordiosas depois do menininho cabeçudo que não sabia ler muito bem ser obrigado a ler uma saudação à congregação.

Mas, por mais que eu amasse certas particularidades da igreja, e por mais que eu me esforçasse, eu não conseguia amar a palavra sagrada que era entoada no púlpito. As vozes que carregavam essa palavra eram escorregadias e autoconfiantes de uma maneira, para mim, inverossímil. A palavra na Igreja da Concórdia era sempre pronunciada pelas bocas dos reverendos, dos diáconos ou de pastores visitantes que agiam como se conhecessem Vovó e as amigas dela melhor do que elas mesmas.

Na igreja, a maior parte do público era formada por senhoras negras. Mas as vozes e as palavras dessas mulheres só eram escutadas durante as músicas, nas respostas automáticas às palavras do pastor ou durante os anúncios religiosos. Enquanto Vovó e todas as pessoas do lugar repetiam os améns e se bem-aventuravam através dos lustrosos sermões vazios, eu ficava lá sentado, geralmente no final do banco, chupando os dentes, sentindo um calor terrível, um tédio absurdo, e muito, muito ressentido por Vovó e suas amigas não terem a coragem de mandar aqueles pregadores miseráveis calarem a porra da boca e irem se sentar em algum outro lugar.

Meu problema com a igreja era que eu sabia o que ela, na verdade, poderia ser. Toda quarta-feira, as mulheres mais velhas da congregação participavam de uma atividade chamada Missão de Casa: elas se encontravam na casa de alguém com suas melhores comidas, suas bíblias, seus cadernos e seus testemunhos. A trilha sonora ali não era de música instrumental, mas essas mulheres, as amigas de Vovó, usavam a vida delas, suas músicas de louvor (que talvez fossem músicas de luto) e seus livros sagrados como textos de base para, toda semana, valorizar, perdoar e criticar o caminho percorrido por elas até o silêncio lacrimoso.

Eu não entendia o inferno porque, em certa medida, eu não acreditava ser possível a existência de um lugar mais quente do que o Mississippi em agosto. Mas eu entendia o que era se sentir bem. E eu não me sentia bem na Missionária Igreja Batista da Concórdia. Eu me sentia bem assistindo Vovó e suas amigas amarem umas às outras durante aquelas Missões de Casa.

QUANDO ESTACIONAMOS o carro, Vovó me disse para pegar aquelas roupas nojentas e deixá-las ao lado da máquina de lavar. Peguei as roupas e, ao invés de parar ao lado da máquina de lavar, segui até a cozinha e coloquei o cesto no vão entre a geladeira e o forno.

Olhei ao redor para ver se Vovó também tinha entrado na cozinha antes de pisar com meus dois mocassins dentro do cesto de roupa dos Mumfords e fazer aquela "corridinha" que nós fazíamos no início dos treinos de basquete ou do futebol americano.

— Eu tô com sua arma bem aqui, seu branquelo de merda — eu disse, pisoteando as roupas daqueles brancos com o máximo de força e velocidade. — Cês nem sabem, eu tô com sua arma bem aqui, seu branquelo de merda.

Minha corridinha já durava uns bons trinta segundos quando Vovó surgiu do meio do nada e surrou minhas pernas com um cinto azul de couro falso, o que, no entanto, não me conteve nem um pouco. Continuei como se não houvesse amanhã.

— Kie — Vovó disse —, saia da minha cozinha e pare de agir como um idiota desaluado.

Parei e aceitei a surra. Na sequência, perguntei para Vovó se ela tinha falado "desaluado" ou "desamuado". E disse a ela que eu preferia mesmo ser um desaluado, porque eu amava as estrelas e as galáxias, apesar de não ter certeza se desaluado era uma palavra de verdade. Eu e Vovó amávamos conversar sobre as palavras. Ela era a melhor pessoa para dobrar, quebrar e construir palavras inexistentes no dicionário. E perguntei a ela qual palavra eu poderia usar para fazer o menino Mumford se sentir da mesma maneira que nós nos sentíamos.

— Niuma precisão de inventar palavras que já existem, Kie — ela disse. — Você não viu nada a não ser a branquitude naquela criança peba. E você não quer sentir nium tipo de branquitude dentro de você. Eu sinto pena deles.

Olhei para Vovó e disse a ela que eu me sentia como um crioulo, e que me sentir como um crioulo deixava no meu coração, nos meus pulmões, no meu fígado e no meu cérebro a sensação de que os tecidos do meu corpo estavam derretendo e escorrendo pelas pontas dos meus dedos dos pés.

— Não é sobre botar os brancos pra sentir do mesmo jeito que você se sente — ela disse. — É sobre não sentir o que eles querem que você sinta. Cê tá me escutando? Muito melhor você saber bem de onde você veio e esquecer essa gente — e Vovó começou a rir. — Kie, como se chama o que você fez na roupa deles?

— Ah — eu disse, retomando o movimento. — No treino, a gente vem chamando de corridinha.

— Você deu uma corridinhazinha nas roupas dos branquelos?

— Não é corridinhazinha — eu disse, rindo. — Já está no diminutivo, Vovó.

— Corridinhazinha? — ela disse de novo, e continuou a rir até quase cair da cadeira. — Corridinhazinha?

— Vovó — eu disse, e sentei perto das suas pernas. — Eu odeio as roupas dos brancos. Estou falando sério.

— Eu sei que cê tá falando sério — Vovó interrompeu a risada. — Eu também não tenho muita simpatia por eles ou pela roupa deles, mas lavar as roupas nojentas dessa gente é como a gente come e como consegui que sua mãe e esse povo vivessem juntos os anos da escola. Cê sabe que eu venho lavando a roupa desse povo por anos e eu nunca nem vi eles um dia valorizarem uma toalha de rosto?

— Como assim, Vovó?

— Eu disse o que eu disse. Eles não sabem nem o que é um banho de toalha — e eu esperei por uma piscadela, um sorriso, um revirar de olho. Nada. — E, no dia que aquele menino peba que estava te perturbando veio me perguntar como é que se toma banho sem ser no chuveiro, eu disse praquele bebê: "se você resolver arrastar esse pano velho da sua bunda até seu rosto, isso aí é entre você e Deus", e aquele bebê ficou lá caindo na risada como se eu tivesse contado uma piada. Você sabe que eu falei esse negócio tão séria quanto um ataque do coração, Kie.

Enquanto eu morria de tanto rir, Vovó me disse que me bateu por eu ficar brincando na cozinha dela, e não por bagunçar a roupa dos brancos. Ela disse que já passava horas demais na cozinha dos brancos e tudo o que ela queria era que as suas crianças respeitassem o espaço dela na cozinha quando ela estivesse em casa.

Eu perguntei a Vovó por que ela me bateu nas pernas quando eu fiz a corridinha, e não na cabeça ou no pescoço ou nas minhas costas, como você teria batido.

— Porque eu não quero te machucar — ela disse. — Eu quero que você aprenda a ter bom senso, mas não vou querer nunca te machucar.

Vovó se levantou e me mandou segui-la até o jardim. Nós saímos da casa e colhemos feijão-manteiga, feijão-fradinho, couve, tomates verdes e abobrinhas amarelas.

— Sabe por que eu amo meu jardim, Kie?

— Porque você não quer depender dos brancos para se alimentar?

— Deus do céu, relaxe, por favor — Vovó disse, andando de volta para debaixo do alpendre. — Não fico sonhando com niuma dessas pessoas quando eu tô na minha própria casa. Eu amo é ficar sabendo por onde passou a comida que atravessa dentro da gente. Cê entendeu o que eu quis dizer?

— Acho que sim — eu disse para Vovó quando nos sentamos para descascar as vagens dos feijões e conversar um pouco mais sobre as corridinhas. Os feijões estavam no meio das minhas pernas quando ela se levantou e escarafunchou meu balde.

— Kie, tente descascar assim, ó — Vovó me disse. E observei suas mãos e como elas lidavam com cada vagem. Quando ela aproximou as mãos do meu rosto, no entanto, eu dei um pulo para trás. — Ei, não tô tentando te machucar — ela disse. — Por que cê tá pulando tão assustado?

Eu não sabia o que responder.

Vovó pegou o balde das minhas pernas e levou para a cozinha. Fiquei lá sentado, olhando para as minhas mãos. Elas não paravam de tremer. Senti o suor se acumular entre as minhas coxas. Meu corpo se lembrava do dia anterior e estranhamente sabia o que ia acontecer no dia seguinte.

No jantar, Vovó me pediu desculpas por bater nas minhas pernas e me disse que, quando, mais tarde naquela noite, eu me sentasse para escrever meu relatório sobre o Livro dos Salmos, eu poderia escrever também sobre o nosso jeito de falar. Assim como você, Vovó me obrigava a preparar trabalhos escritos todas as noites. Mas, ao contrário das suas tarefas, todos os relatórios exigidos por Vovó envolviam a Bíblia.

Mais tarde, eu escrevi: "Eu sei que você quer que eu escreva sobre o Livro dos Salmos. Mas, se você concordar, quero falar sobre alguns segredos que estão espremendo minha cabeça de dor. Estou comendo muito e ficando acordado até tarde e brigando com as pessoas lá em Jackson. Mamãe não gosta do vermelho dos meus olhos. Quando a gente acorda pela manhã, ela me obriga a usar colírio antes de sair para a escola. Eu tento, mas não consigo falar para ela o que está errado. Posso falar para você? Você pode me ajudar com as minhas palavras? As palavras que Mamãe me obriga a usar não funcionam da maneira que deveriam funcionar".

E eu escrevi "estar me beijando de manhã", "estar me sufocando", "estar mandando trens do amor", "estar batendo nas minhas costas", "estar ouvindo as batidas do coração dela", "estar dançando suave comigo", "estar esfregando os peitos na minha boca", "estar abandonando ela", "estar sonhando sonhos molhados sobre coisas que me assustam", "estar espiando as pessoas", "estar apanhando", "estar escutando os trens", "estar em cima de mim", "estar de joelhos", "estar me beijando de manhã", "estar me sufocando", "estar beijando ele à noite", "estar batendo forte", "estar falando como os brancos são os que mais machucam", "estar dando risada, já que assim não dói", "estar comendo quando já estou cheio", "estar me beijando", "estar me sufocando", "estar me deixando confuso".

No final, repeti "Vovó, você pode me ajudar com as palavras?", e entreguei meu caderno a ela quando terminei, na mesma rotina de todos os domingos à noite que passamos juntos. Mas, ao contrário das outras noites, ela não falou nada sobre o que eu tinha escrito. Quando ela passou por mim, eu não conseguia sequer escutar sua respiração.

Mais tarde naquela noite, antes da hora de dormir, Vovó se ajoelhou, desligou as luzes e disse que me amava. Ela me disse que amanhã seria um dia melhor. E, antes de deitar comigo na cama como ela sempre deitava, Vovó olhou para aquela coisinha escangalhada que ela chamava de agenda de telefone, o caderninho todo pintado de prata e dourado. Ela procurou o seu nome e o seu número, o nome e o número de Tia Sue, o nome e o número de Tio Jimmy e o nome e o número de Tia Linda.

Antes de nós dois dormirmos, perguntei a Vovó se noventa e nove quilos era muito pesado para uma criança de doze anos de idade.

— E o que cê tá pesando em você, no final das contas, Kie? — ela me perguntou. — Noventa e nove quilos é a medida certa. É pesado o suficiente.

— Pesado o suficiente pro quê?

— Pesado o suficiente pro que você precisa ser pesado suficiente.

Eu adorava dormir com Vovó, porque aquele era o único lugar do mundo onde eu dormia a noite inteira sem acordar de madrugada. Mas, naquela noite, a sensação era outra.

— Posso perguntar pra você só mais uma pergunta antes de dormir?

— Claro, meu amor — Vovó disse, e me olhou pela primeira vez desde o momento em que entreguei o caderno a ela.

— O que você acha sobre contar até dez em caso de emergência?

— Não existe niuma emergência que Deus não possa te ajudar a esquecer — Vovó me disse. — Mas o mal é uma coisa real, Kie.

— E as emergências provocadas pelas pessoas que dizem que te amam?

— Você esquece todas elas — Vovó disse. — Especialmente esse tipo de emergência. Ou você enlouquece. Minha vida inteira, bom, parece que sempre acontece alguma coisa maluca nas noites de domingo do verão.

Vovó me fez rezar mais uma vez naquela noite. Rezei para você nunca fechar a porta do seu quarto se Malachi Hunter estivesse lá dentro. Rezei para Layla e Dougie nunca se sentirem obrigados a voltar para o quarto de Daryl. Rezei para Vovó ter mais dinheiro para que ela não precisasse ficar em pé na sala grande arrancando as tripas sangrentas das galinhas antes dela ficar em pé na sala pequena cheirando água sanitária e as cuecas cheias de merda dos brancos. Rezei para que não acontecesse mais nada, em qualquer sala do mundo, que nos fizesse sentir como se fôssemos um bando de moribundos.

Quando levantei do chão, observei as costas de Vovó se movimentarem para cima e para baixo enquanto ela adormecia na cama. Vovó estava tentando, com toda a força existente nela, esquecer de mais um domingo à noite do verão. Mas, por um segundo, ela parou de se mexer. Eu não conseguia escutar sua respiração. E, assim que enfim escalei a cama, levemente posicionei meu polegar esquerdo na lombar de Vovó. Ela se mexeu para frente e apertou as cobertas um pouco mais em volta do corpo.

— Desculpa, Vovó. Só queria ter certeza que você estava bem.

— Fique quieto, Kie — Vovó murmurou, de costas para mim. — Só fique quieto. Feche os olhos. Algumas coisas, elas não foram feitas pra serem lembradas. Fique com as coisas boas que a gente já tem, como as corridinhazinhas.

— Corridinhas — eu disse a ela. — Já é no diminutivo. Mas eu sei que você sabe, Vovó. Corridinhas.

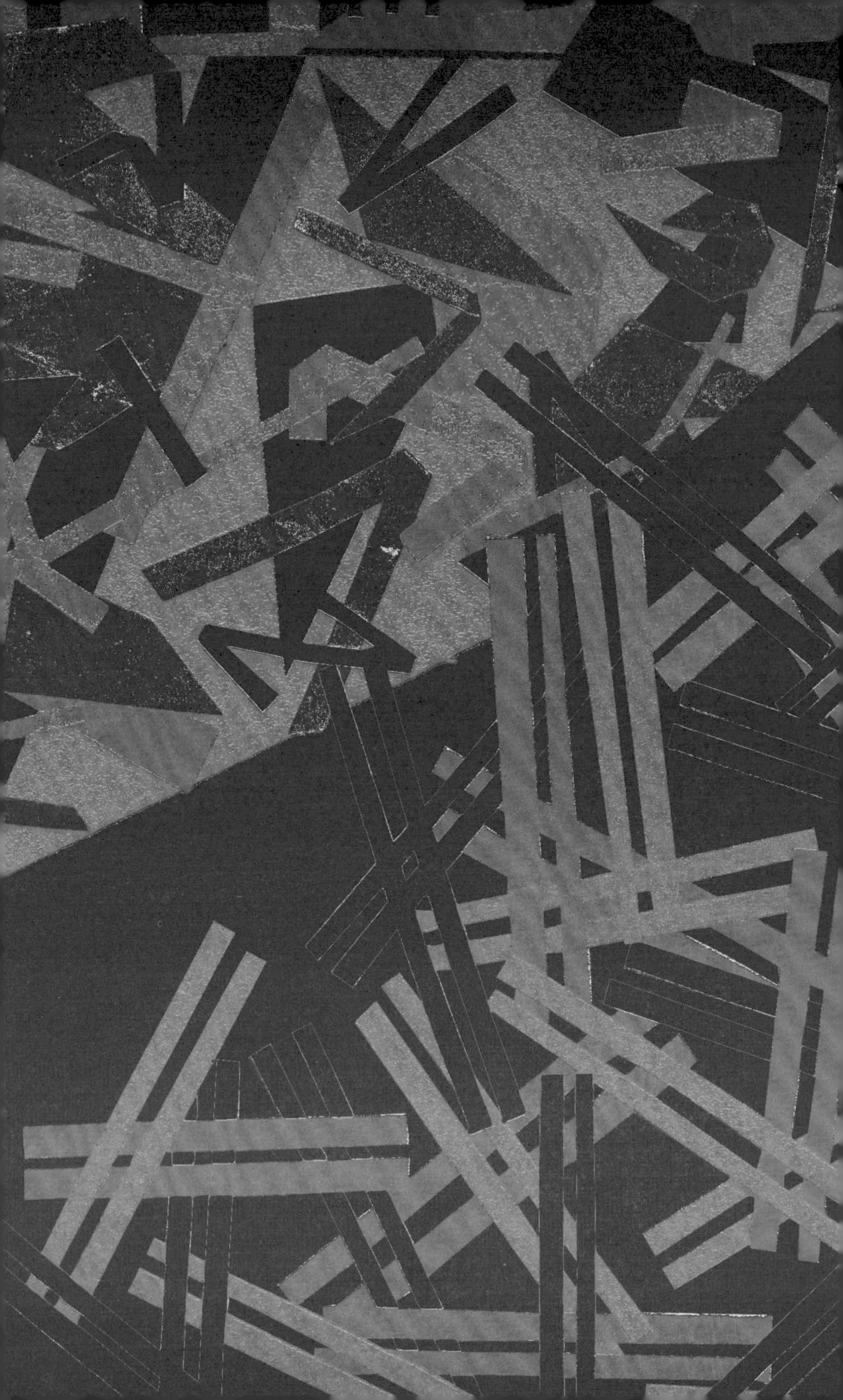

II.
ABUNDÂNCIA NEGRA

PRECARIEDADE

Você estava voltando do Havaí com Malachi Hunter enquanto eu e LaThon Simmons nos sentávamos no meio da sala de aula de uma oitava série branca, em uma escola católica branca, cheia de alunos brancos que nós não conhecíamos. Essas pessoas brancas apenas nos assistiram brincar com nosso vocabulário negro, uma faca de manteiga sem ponta e várias fatias de toranja rosa até chegar a hora de irmos todos embora para casa.

Nós éramos os novos alunos da oitava série da escola católica St. Richard, em Jackson, Mississippi, porque a Sagrada Família, a escola católica negra e pobre, a escola que frequentamos pela maior parte das nossas vidas, havia sido fechada de uma hora para outra por falta de financiamento. Todas as quatro meninas negras da Sagrada Família foram então colocadas em uma sala da St. Richard. E nós, os três meninos negros vindos da Sagrada Família, fomos colocados em outra. E, ao contrário do que acontecia na Sagrada Família, onde podíamos vestir o que nós quiséssemos vestir, na St. Richard os estudantes eram forçados a vestir calças cáqui ou calças jeans ou saias e camisas rosas, brancas ou aquela camisa de um azul bem clarinho.

Eu e LaThon — que nós dois achávamos parecido com K-Ci, do Jodeci, com a diferença de LaThon ter os pés muito mais desajeitados — sentamos bem no fundo da sala, no primeiro dia na nova escola, fazendo o que nós sempre fazíamos, que era intencionalmente aplicar e subverter o vocabulário do ano passado enquanto LaThon cortava sua toranja rosa com aquela faca de manteiga sem ponta e gordurosa.

— Esses branquelos sabem que a gente estar aqui é uma negociata — ele me disse —, mas, sério, eles não fazem a menor ideia.

— Certeza mais certa — eu disse a ele. — Esses branquelos nem imaginam que você é um negão-que-come-toranja-até-não-aguentar-mais. Me dá um pouco dessa toranja aí. Não seja *parcimonioso*, faça o favor.

— Negão, cê nem come toranjas, porra — LaThon disse. — Aliás, me diga alguma coisa que você come que não seja emplastrada de manteiga, hein. Seu negão-eu-cozinho-minha-própria-manteiga — e eu passei mal de tanto rir. — Sem falar que, porra, você acha que eu tô aqui galado de tanta toranja. E eu só tenho uma toranja só.

E então apareceu Seth Donald, um menino branco com dois prenomes, um menino branco que parecia o Salsicha do Scooby-Doo, só que um pouco mais sujo e com aparelhos nos dentes. Seth desperdiçou os primeiros minutos do primeiro dia na escola peidando em silêncio e torcendo suas pálpebras de dentro para fora. Ele nos perguntou qual que era o significado de "galado".

— É tipo um *galão* — eu disse a ele, e olhei para LaThon. — Tipo um *galão* inteiro de toranjas.

LaThon chupou os dentes e revirou os olhos.

— Seth, olha, nem sei qual é seu sobrenome, mas, primeiro, é o seguinte, seu nome termina com dois efes a partir de agora, e seu novo nome é Seff Um e Noventa, porque você tem um e sessenta, mas sua cabeça é igual à de um sacana que a gente conhece que tem um metro e noventa. — LaThon me deu um tapinha no antebraço. — Cê não acha que a cabeça dele é igual à cabeça do S. Slawter? — Eu assenti com a cabeça enquanto LaThon endireitava o corpo e olhava direto para os olhos de

Seff Um e Noventa. — Cara, a porra toda sobre vocês é um negócio *errôneo*. Porra. Toda. E ainda tem a *abundância* negra. Cês nem sabem o que é essa parada.

A palavra favorita de LaThon na sétima série era "abundância", mas, até chegarmos na St. Richard, eu nunca tinha visto LaThon colocar "abundância" e "negra" assim em uma mesma frase dele.

Enquanto LaThon cortava metade da toranja em fatias menores, ele me olhou e disse que Seff Um e Noventa e o resto da sala não sabiam nada de nada, nem sobre o "exxxtilo" que ele usava para cortar as frutas.

Assim que parabenizei LaThon pela bela sacada, a Sra. Reeves, nossa professora branca, apontou o dedo para mim e para ele. Ela parecia uma versão muito mais velha da Wendy do restaurante Wendy's. Eu e LaThon olhamos um para o outro, balançamos nossas cabeças e continuamos a cortar nossas fatias da toranja.

— Guarde a faca, LaThon — ela disse. — Guarde essa faca. Agora!

— Pre-cá-ria — nós dissemos um para o outro. "Precariedade", o oposto da palavra favorita de LaThon, era a minha palavra preferida no final da sétima série. Nós usávamos diferentes variações de precariedade para descrever as pessoas, os lugares, as coisas e os exxxtilos que eram pelo menos oito níveis mais irrelevantes do que o nada. — Pre-cá-ria — eu repeti, agora para ela, e puxei da mochila meu caderninho Trapper Keeper putrefato. — Pre-cá-ria.

Ignorando que a Sra. Reeves continuava a falar, escrevi "Fita #1 da nossa banda #1?" em um bilhete e passei para LaThon. Ele se inclinou na mesa e escreveu "EPMD e *Strictly business*". Eu escrevi: "#1 namorada com quem você quer mais se casar?". E ele escreveu: "Spinderella + Tootie". Eu escrevi: "#1 pessoa branca mais sem noção dos sem noção?". LaThon olhou para seus tênis novos, seus Air Maxes em vermelho e cinza, e depois olhou para o teto. No fim, ele balançou a cabeça e escreveu: "Sra. Reeves + Ronald Reagan. É um empate. Eles e suas bundinhas precárias".

Então eu embolei o papel e escondi nas minhas calças cáqui ultra-apertadas enquanto a Sra. Reeves continuava a falar com a gente da exata maneira que você me disse que os brancos falariam se nós não fôssemos perfeitos, a mesma maneira que eu vi as mulheres brancas do shopping ou os policiais falarem com você, independente de você ter desrespeitado uma lei ou não.

Eu entendia que a Sra. Reeves tinha todas as razões do mundo dela para me considerar somente um fracassado suado e de olhos vermelhos que bebia metade de uma caixa de vinho antes de sair para a escola. E essa descrição não era lá muito diferente da realidade. Mas LaThon era quase tão abundante quanto qualquer outro aluno da oitava série poderia ser.

LaThon exalava brilhantismo ao dizer "cambarão" ao invés de "camarão", porque "cambarão" simplesmente soava mais rico. Ele acrescentou três Us em "meu" só para o som ser sempre de "meuuuus" em qualquer lugar onde estivéssemos. Uma vez, vi LaThon esbugalhar uma televisão preto e branco e reconstruir como uma versão pirata de um videogame e um ventilador em miniatura para a namorada dele. Uma sexta-feira, na sétima série, vi LaThon dobrar o melhor avião de papel da história dos aviões de papel da cidade de Jackson. Por cinco minutos e quarenta e seis segundos, o avião planou, capotou e arremeteu enquanto LaThon e eu corríamos por três quadras da rua Beaverbrook. Quando o avião finalmente pousou, LaThon continuou olhando para o céu, curioso para descobrir como é que o bolsão de ar que carregou nosso avião para cima e para baixo conseguiu atravessar uma cidade como a nossa. Ele podia fazer qualquer coisa, mas a coisa que eu nunca vi meu amigo fazer foi chegar perto de machucar alguém que já não tivesse machucado ele antes, fosse com a faca, fosse com as mãos ou mesmo com suas palavras.

— Não é uma faca de verdade. É uma faca de passar manteiga — eu disse à Sra. Reeves. — E não tem ponta. Por que ela tá agindo como se esse negão aqui tivesse trazido excelentes *instrumentos de cutelaria* pra sala, hein?

— Você sabe como é — LaThon disse. — Eles são *desarrazoados* nessa escola.

— Mais *desarrazoados*, impossível — eu disse à Sra. Reeves, olhando diretamente para Jabari, o outro menino negro vindo da Sagrada Família. LaThon e eu sabíamos que Jabari se encrencar na escola era contra as leis de West Jackson, então não levamos para o lado pessoal a deselegância dele de não nos defender ali. LaThon apanhava da avó. Eu era surrado por você. Mas Jabari poderia ter o couro arrancado pelo pai quando ele chegasse em casa. E, em Jackson, apanhar era uma situação bem mais suave do que levar uma surra, e levar uma surra era cócegas perto de ter o couro arrancado.

A Sra. Reeves então marchou para fora da sala e foi chamar a Sra. Stockard, a professora branca que já tinha trabalhado como substituta na Sagrada Família. A Sra. Stockard viu LaThon, Jabari e eu comermos toranjas cortadas com facas de verdade um milhão de vezes na Sagrada Família e nunca disse nada.

Mas não importava.

— Não é assim que queremos ver vocês começarem o ano — ela disse assim que entramos todos na diretoria, antes de ligarem para você e para os avós de LaThon.

Eu sentei lá naquela sala apenas pensando no que você tinha me dito no dia anterior ao primeiro dia da St. Richard:

— Seja duas vezes mais excelente e duas vezes mais cuidadoso a partir de agora — você disse. — Tudo o que você acha que sabe vai mudar amanhã. Ser duas vezes mais excelente do que os brancos vai te conseguir metade do que eles conseguem. Ser menos do que duas vezes mais excelente vai transformar seu mundo num inferno.

Presumi que já éramos duas vezes mais excelentes do que as crianças brancas da St. Richard justamente porque a biblioteca deles parecia uma catedral, enquanto a nossa era um trailer velho montado em cima de blocos de concreto. Eu achava que você deveria ter me instruído a ser duas vezes melhor do que você ou duas vezes melhor do que Vovó, já que vocês eram as duas pessoas mais excelentes da minha vida.

LaThon apanhou de uma mulher negra que o amava quando ele chegou em casa. Eu levei uma surra de uma mulher negra que me amava na manhã seguinte. A cada chicotada que você lançava contra o meu corpo, eu me lembrava do que eu sabia e de como eu sabia. Eu sabia que você não queria ser julgada por nenhum branco por eu frequentar a escola com talhos visíveis no corpo, e que por isso você me batia nas costas, na bunda, nas minhas coxas grossas, ao invés de me bater nos braços, no pescoço, nas mãos e no rosto, como acontecia quando eu estudava na Sagrada Família. Eu sabia que, se meus colegas brancos apanhavam em casa, eles não apanhavam porque algum negro na Terra pensou algo de errado sobre eles.

No dia seguinte, na escola, os professores da St. Richard decidiram nunca mais deixar LaThon e eu dividirmos uma sala de aula. Na St. Richard, nós só nos encontrávamos nos recreios, no almoço ou na saída do colégio. Só que, quando eu e LaThon nos encontrávamos, nós nos cumprimentávamos e nos abraçávamos pelo máximo de tempo possível.

— A abundância negra continua? — eu perguntava a LaThon.

— Você já sabe a resposta — ele me dizia, a caminho da sala de aula, pronunciando cada sílaba com uma voz bem diferente da que ele costumava usar antes.

Depois da aula, você e eu nos sentamos dentro do nosso carro e você me disse que as demandas dos brancos não eram justas, mas que seguir as regras impostas por eles, às vezes, era mais seguro para todos os negros de hoje e para todos os negros de amanhã. Você não parava de falar sobre como o Mississippi tinha acabado de eleger seu primeiro governador progressista desde William Winter. Você trabalhou na campanha do governador Mabus e emendava uma frase na outra sobre todas as possibilidades políticas do Mississippi quando levávamos em consideração sua posição enquanto estado mais negro dos Estados Unidos.

— Um terço dos eleitores brancos do Mississippi compareceu às eleições e fez a coisa certa — você disse. — É tudo o que você precisa quando trinta e três por cento do seu eleitorado é composto por negros e a gente convence as nossas pessoas a saírem de casa para votar. Você consegue entender a potência do que pode acontecer se nós elegermos, de fato, políticos radicais e efetivos aqui na região?

— Agora eu entendo bem, já que você me fala a mesma coisa todos os dias há um ano. Estou feliz que Mabus ganhou, mas ouvir sobre esse assunto todos os dias é pura precariedade.

— Como é que é? — você me perguntou, erguendo sua mão. — Que foi que você me falou agora, Kie?

— Não falei nada — eu disse. — Não falei nada.

EM ALGUM MOMENTO do nosso terceiro trimestre, a Sra. Stockard nos fez ler William Faulkner e Eudora Welty e assistir a *Raízes* como parte das homenagens pelo mês da história negra. Eu era o único remanescente da Sagrada Família na minha aula de literatura. E a Sra. Stockard falou um bocado sobre o trabalho de Eudora Welty durante o ano. Ela sempre analisava o tal "contexto histórico" quando discutia o "racismo peculiar" dos personagens de Welty e comparava esse racismo peculiar com o "racismo real e maligno" da maioria dos personagens brancos de *Raízes*. Eu não gostava da autorização que o "contexto histórico" e o "racismo peculiar" na nossa aula de literatura concediam aos meus colegas brancos. Se podíamos entender o contexto histórico, nós também podíamos entender como Eudora Welty tinha sido capaz de criar protagonistas brancos não confiáveis, perfeitamente desenvolvidos, que tratavam as contrapartes negras parcialmente desenvolvidas como "crioulos". Eu sentia o peso do "contexto histórico", do "racismo peculiar" e do "racismo real e maligno" ali mesmo naquela sala de oitava série, mas eu também sentia um sentimento que me vi constrangido em admitir: eu sentia uma atração pelas entrelinhas das histórias de Eudora Welty.

Apesar de existirem fronteiras muito bem delimitadas entre a minha imaginação e a imaginação de Eudora Welty, quando ela abriu *Why I live at the P.O.* com a frase "Eu me relacionava muito bem com Mama, Papa-Daddy e Tio Rondo até minha irmã Stella-Rondo se separar do marido e voltar para casa", eu não sentia apenas uma relação íntima com o texto de Eudora Welty; eu sentia em mim cada pedacinho de Jackson e realmente cada pedacinho do Mississippi que você me ensinou a enxergar com medo.

Welty não sabia nada de nada sobre os negros do Mississippi, mas ela se conhecia bem o suficiente para zombar dos brancos da maneira mais perversamente mesquinha possível. Você e Vovó me ensinaram que os brancos eram capazes de qualquer coisa e, portanto, não deveriam ser provocados, mas Eudora Welty me lembrava o que meus olhos e meus ouvidos logo me ensinaram, que os brancos eram assustados e assustadores como o inferno, que eles eram tão assustados e tão assustadores que as palavras "assustados" e "assustadores" não eram assustadas e assustadoras o suficiente para descrevê-los.

Eu não odiava os brancos. Eu não sentia medo dos brancos. Eu não era facilmente impressionável ou sequer incomodado pelos brancos, porque, antes de eu conhecer qualquer pessoa branca de verdade, eu conheci todos os protagonistas, todos os antagonistas e todos os escritores e escritoras de todas as histórias que eu li na primeira, na segunda, na terceira, na quarta, na quinta, na sexta, na sétima e na oitava série. Ao mesmo tempo, eu conheci a Mulher-Maravilha, o narrador de *Anos incríveis*, Ricky de *Silver spoons*, Booger da *Vingança dos nerds*, Spock de *Jornada nas estrelas*, Mallory de *Caras & caretas*, além de quase todos os treinadores e proprietários dos meus times favoritos. Eu conheci o Capitão América, a Miss América e também o lutador Dusty Rhodes, famoso por ser chamado de "sonho americano". Eu conheci Luke Skywalker e o seu pai branco, ainda que a voz do seu pai branco, o figurino do seu pai branco e a máscara do seu pai branco fossem mais pretos do que trinta e sete madrugadas. Eu conheci brancos pobres, brancos ricos e brancos de classe média. Conheci todos os Jetsons, todos os Flintstones, todos os integrantes da Família Buscapé, toda a família de *Três é demais*, quase todo mundo na série do Pee-Wee, todos os presidentes norte-americanos, conheci aquelas figuras que eles diziam ser Jesus Cristo e Adão, as mulheres que eles diziam ser Virgem Maria e Eva e todos os personagens das novelas que Vovó assistia, com a exceção de Angie e Jessie de *All my children*. Então, embora nós não conhecêssemos gente branca de verdade, nós conhecíamos uma infinidade de personagens que a gente branca sonhava em ser, e nós sabíamos quem nós éramos para esses tais personagens.

O que significa dizer que nós conhecíamos os brancos.

O que significa dizer que os brancos não nos conheciam.

No dia seguinte, na aula de Literatura, nós assistimos a cena em que Kizzy, a filha de Kunta Kinte em *Raízes*, é estuprada por esse homem branco chamado Tom Moore. Na manhã depois do estupro, uma mulher negra interpretada pela mulher que interpretava Helen em *The Jeffersons* vinha para limpar as feridas de Kizzy.

Helen falava para Kizzy: "É melhor você saber sobre o mestre Tom Mo'. Ele é um desses homens brancos que gostam das mulheres negras... Entenda que ele vai te incomodar quase toda noite agora. Ele costumava me incomodar, mas agora parou".

Eu não sabia o que fazer com o que eu tinha acabado de escutar. Na primeira vez em que assisti aquela cena de *Raízes*, eu não passava dos oito anos de idade. E me lembro de escutar "estuporar" ao invés de "estuprar" quando perguntei a você o que tinha acontecido com Kizzy. "Estuporar" uma pessoa me pareceu ser a coisa mais assustadora que poderia acontecer a alguém. Tanto que eu não entendia por que Helen estava triste de não ter mais Tom Mo' estuporando ela. Perguntei a você por que alguém iria estuporar outra pessoa, e você me disse:

— Porque alguns homens não se importam de machucar o corpo de outras pessoas. Alguns homens querem sentir o que eles querem sentir quando eles querem sentir justamente porque machuca as pessoas, e não o contrário, de quererem apesar do quanto machuca as pessoas.

Tom Mo' era branco. Mas ele era um homem. Eu era negro. Mas eu era um garoto que outros homens negros chamavam de menino-homem. Eu nunca me imaginava fazendo com Kizzy o que Tom Mo' tinha feito com ela. Mas eu me perguntava se sentiria a pressão de agir daquela maneira quando ficasse mais velho. E, se eu pudesse fazer o que Tom Mo' fez, eu e Tom Mo' seríamos diferentes aos olhos de Kizzy? Ou: como Layla se sentiria se três brancos aleatórios tivessem se trancado com ela no quarto de Daryl naquele dia, e não três caras negros que todos nós conhecíamos? Eu não sabia o que pensar a respeito, e não saber o que pensar a respeito fez minha cabeça explodir de dor e me fez desejar caixas e caixas de Pop-Tarts de morango.

No intervalo daquele dia, os meninos brancos da St. Richard se movimentaram com a mesma letargia ansiosa dos outros intervalos. Mas várias das meninas brancas da St. Richard e todos os ex-estudantes da Sagrada Família se arrastaram pelo colégio como se um segredo escaldante tivesse sido derramado nas nossas orelhas.

LaThon e eu encontramos Shalaya Odom, Madra, Baraka e Hasanati sentadas em um círculo, olhando uma para o pé da outra. Eu nunca tinha visto as quatro se sentarem em silêncio na Sagrada Família. Shalaya Odom geralmente não xingava muito, mas, quando perguntei qual era o problema, ela disse:

— Aquela desgraça de *Raízes*, caralho, precisei tampar a porra dos meus ouvidos o tempo inteiro.

LaThon, na sequência, disse que deveríamos procurar Jabari para termos certeza de que ele estava bem. Jabari era quem escrevia melhor na Sagrada Família. Entre os alunos da antiga escola, ele conseguiu a transição mais fácil para a St. Richard. Jabari realmente queria dormir na casa dos brancos, dirigir os carros dos brancos e comer a comida dos brancos.

Entramos no prédio e pensamos que Jabari talvez estivesse conversando com a Sra. Stockard sobre escrever ficção, uma atividade que ele gostava de fazer durante os recreios. Quando entramos na sala dela, no entanto, a Sra. Stockard nos disse que estava feliz de nos ver por ali, porque ela queria mesmo conversar com a gente já há algumas semanas.

— Meninos, eu realmente quero ser respeitosa sobre esse assunto — ela disse, bebericando um refrigerante diet quente. — Mas como Jabari está? — nós dois nos olhamos com os olhos arregalados. — Escutem, preciso que vocês conversem com Jabari sobre ele tomar um banho ou pelo menos uma ducha antes de vir para a escola. Talvez um banho à noite e uma chuveirada ou uma limpeza melhor pela manhã. Alguns alunos e alguns professores vieram falar comigo sobre, vocês sabem, o cheiro dele. Está deixando todo mundo meio nauseado.

Nossa primeira reação foi cair na risada, porque não existia nada mais engraçado do que ouvir sua professora branca falar sobre o quão fedorento um de seus colegas é.

— Sra. Stockard, você está tentando dizer que Jabari fede? — eu perguntei a ela. — Porque ouvimos um boato por aí de que os brancos não sabem nem o que é banho de toalha.

LaThon explodiu em uma gargalhada.

— Não estou falando sobre nada disso — ela disse, e usou as mãos para fazer aspas no ar —, nada sobre "feder" ou "banho de toalha". Só estou falando que algumas pessoas podem achar Jabari meio repugnante. Vocês entendem como isso é ruim para todos vocês, né?

LaThon e eu paramos em silêncio um ao lado do outro. Eu não conseguia entender muito bem como é que uma professora poderia se dispor a ensinar um aluno que ela considerava repugnante.

Também não entendi por que o cheiro de Jabari era visto como normal na Sagrada Família, mas, por algum motivo, ganhava a definição de repugnante na St. Richard. Eu sabia que Jabari cheirava, na St. Richard, do mesmo jeito que ele cheirava na Sagrada Família, que era o mesmo cheiro de sempre desde que a mãe dele morreu. Não era seu odor natural, e não era como se ele não tomasse banhos ou não se limpasse com toalhinhas molhadas. Desde que a mãe morreu, você apenas sentia um aroma diferente ao entrar na casa de Jabari. E, se você ficasse por mais de trinta minutos lá dentro, você saía com o cheiro da casa de Jabari impregnado na alma. Claro, todos nós fomos considerados fedorentos em algum momento, mesmo Shalaya Odom. Mas, quando acontecia, a gente dava risada da situação, tomava um banho, jogava algum desodorante, uma colônia ou um perfume por cima do fedor e seguia em frente.

No fim, entendi, paralisado ali na frente da Sra. Stockard, que todos nós da Sagrada Família dividíamos histórias com palavras, padrões de palavras, inflexões vocais e, na real, corpos que nos davam uma sensação de segurança. Ninguém na Sagrada Família alguma vez envergou o próprio corpo para dizer "incrível" ou "absolutamente" ou "fantástico" ou "fora de serviço" ou "tipo" cinquenta vezes mais do que o necessário no dia. Os narradores das nossas histórias falavam "do caralho" e "a porra toda" e "na beca" e "bagaça" e "meeeerda" e "certeza mais certa" e "purpurinada" e "viajando" e "geral" e "aloprado" e "azedo" e "pombo sujo" e "tranqueira" e "esturricado" e "comendo água" e "lokaço" e "negão" e "você sabe do que eu tô falando" cinquenta vezes mais do que o necessário no dia.

Não existia "repugnante" ou qualquer coisa próxima de "repugnante" no nosso vocabulário ou nas nossas histórias. Os corpos na Sagrada Família eram mais pesados do que os corpos na St. Richard. E esses corpos pesados não eram repugnantes. A sétima série, inclusive, foi o primeiro ano das nossas vidas em que, pelas costas, os meninos começaram a chamar as meninas que não queriam nada com a gente de "loucas". E, quando elas arrancavam o paladar da nossa boca, nós pedíamos desculpas. Mas, mesmo nos nossos sussurros mais frágeis, nós nunca cogitávamos ou falávamos do corpo de qualquer uma delas como sendo algo "repugnante". Ou talvez essa fosse a verdade que eu queria acreditar. No final da sétima série, no dia em que saímos para cantar músicas do Club Nouveau no asilo, Shalaya Odom se levantou e saiu caminhando com uma mancha marrom escura na parte de trás da sua saia jeans. Pensamos que ela tinha se cagado nas calças até LaThon explicar que ela talvez estivesse menstruada. Nós nunca chamamos Shalaya Odom de repugnante, mas gargalhamos de um jeito que as meninas da Sagrada Família nunca teriam gargalhado se, de repente, estivéssemos com merda liquefeita escorrendo pelas nossas pernas.

Pior do que qualquer palavrão que pudéssemos imaginar, "repugnante" existia do outro lado do espectro do que considerávamos abundante. E, no mundo em que vivíamos e que amávamos, todos os negros eram, de alguma forma, abundantes. Nas sextas, nós escutávamos música de gente grande, viajando por diferentes gêneros do imaginário musical negro. E nos vestíamos quase tão bem quanto na Páscoa para assistir o pré-jogo, o jogo e, principalmente, o show do intervalo de partidas como Jackson State versus Valley, Valley versus Alcorn, Alcorn versus Southern ou Grambling versus Jackson State. Nos sábados à noite, nós voltávamos escutando o pessoal, dentro dos carros, teorizar a respeito do jogo, a respeito da política do Mississippi e do porquê da tia e do tio de fulano ficarem lá tentando vender os-melhores-chocolates-do-mundo produzidos pelos seus filhos em um estacionamento depois da partida. Domingo de manhã, nós éramos todos arrastados para uma igreja negra pelos nossos pais e por nossos avós. E, todo domingo, torcíamos para testemunhar algum fiel mais velho acalentando aquele herege negro de tênis que acabou de incorporar o Espírito Santo. Mas, fora dos estádios e das igrejas (e dos fins de semana), nós éramos muito abundantes. E, embora essa abundância ditasse a forma e o movimento dos nossos corpos, o gosto e a textura da nossa comida, o lugar em que ela mais se destacava era na maneira como desmontávamos e remontávamos as palavras, os sons das palavras e as frases como um todo.

LaThon e eu amávamos Jabari demais para dizermos a ele que a Sra. Stockard, e alguns outros meninos brancos cujos sorrisos, palavras e comida Jabari amava, classificavam o nosso amigo como uma pessoa repugnante. E, ao invés de dizer o que eu estava realmente sentindo para a Sra. Stockard, uma mulher branca que possuía o poder de convencer mulheres negras que nos amavam e não confiavam nela a nos encherem de porrada, eu disse:

— A gente compreende, Sra. Stockard. Vamos falar para Jabari se lavar um pouco mais antes de vir para a escola.

MAIS TARDE naquele dia, perto do final do treino, meu treinador do basquete, o treinador Gee, pai de Donnie Gee, um dos únicos meninos negros na St. Richard, trouxe uma balança para a gente poder se pesar. Nós íamos participar de um torneio em Vicksburg e os organizadores precisavam das nossas medidas para formalizar as inscrições.

Eu não me pesava desde o momento em que subi na balança dos Mumfords no começo do verão. E eu odiava balanças públicas, mas me forcei a acreditar que estava abaixo de noventa e cinco quilos pela primeira vez em três anos.

Subi na balança.

77,1.

79,4.

81,6.

83,9.

86,1.

Merda.

90,7.

95,2.

97,5.

102,0.

103,4.

— Porra — o treinador Gee disse, olhando para o resto do time. — Esse grande malandrão aqui está pesando quase cento e cinco quilos!

Desci da balança, fingi um sorriso e vi o resto do time dando risada de mim. Dali, fui para o banheiro, me obriguei a mijar duas vezes e voltei para a balança.

— Cento e quatro — o treinador Gee disse outra vez. — Não é a balança, Bebê Barkley. Porra, é você, cara.

Depois do treino, tentei murchar meu estômago para dentro da barriga e troquei meu uniforme encharcado por uma roupa seca. Pela primeira vez na vida, pensei no suor e na gordura entre minhas coxas e também nas novas estrias se expandindo na direção dos meus mamilos. Eu já tinha me sentido gordo. Eu me sentia excessivo todos os dias da minha vida. Mas eu nunca tinha me sentido como eu me senti naquele banheiro da St. Richard.

— Porra, negão — LaThon me disse quando eu saí do ginásio. O avô dele estava lá para nos buscar e nos levar para casa. — Galera tá toda viajando só porque você é quinze centímetros mais baixo, mas pesa onze quilos a mais que Michael Jordan?

Não respondi nada.

— Espera aí, ô, eu sei que meu negão aqui não vai ficar todo sensivelzinho por causa de uma balança, hein? Cê não é repugnante. E você sabe disso, né? Cê não é repugnante. Você é a porra do negão gordo mais rápido que quase todos os negões magricelas que a gente conhece. Você não é repugnante. Me escutou? Você é você.

No fim de semana, eu e LaThon encontramos Jabari no quintal dele, em Presidential Hills. LaThon incensou sem parar essa enterrada suave que Jabari deu para cima do irmão mais novo, Stacey. Ele chamou a enterrada de "La abundância" e apelidou Jabari de "reizinho esqueleto". E Jabari mordeu os lábios e voou pelo ar debulhando versões esquisitas da "La abundância" até o sol se pôr. Toda vez que ele enterrava, LaThon e eu ríamos e ríamos e ríamos até a risada se acabar. Eventualmente, Jabari riu junto com a gente quando LaThon disse:

— Eles não fazem a menor ideia sobre a abundância. Sério. Não dá nem pra gente ficar com raiva. Eles não fazem ideia.

— Dá pra gente ficar com raiva — Jabari disse. — Mas dá pra gente ficar com outras coisas também.

Nós dois olhamos para Jabari à espera dele continuar o discurso. Eu estava enfim entendendo, por trás de toda aquela conversa fiada sobre ignorância e sobre como eles não faziam a menor ideia, que, sim, os brancos, ainda mais os brancos adultos, sabiam muito, muito bem o que é que eles estavam fazendo. E que, se eles não sabiam, eles deveriam saber.

No final do mês de fevereiro da nossa oitava série, no entanto, o que os brancos da St. Richard e o que o resto do mundo sabiam não importava. Nós estávamos aprendendo a chupar os dentes, a balançar nossas cabeças freneticamente, a petrificar a mesma expressão facial para todas as ocasiões, tal como Ricardo III faria, e a cair na risada até engolir o outro de tanto rir. E os significados daqueles gestos eram enormes. Acima de tudo, significava dizer que, apesar de alguns de nós terem mais cicatrizes no corpo do que dinheiro para o lanche ou dinheiro para a conta de luz ou dinheiro para pagar nossas mensalidades já com desconto, nós sabíamos que nós não éramos os repugnantes.

Nós estávamos com raiva, e às vezes nos descobríamos melancólicos, mas nós também sentíamos algumas outras coisas.

Na saída da casa de Jabari naquele dia, peguei uma camiseta no meio das roupas sujas dele. Minhas camisas eram todas XGG, enquanto aqueles pombos sujos chamados Jabari e LaThon mal preenchiam uma regatinha mamãe-tô-forte. Mas você me ensinava bastante sobre como obrigar qualquer coisa a se ajustar ao seu corpo, independente do tamanho ou da forma. E fui à escola até o final daquele ano com meu peito, meus pneuzinhos e meu estômago comprimidos dentro de uma camiseta com o cheiro da casa de Jabari. Quando os brancos da St. Richard me olhavam como se eu fosse uma pessoa repugnante, eu sorria, balançava a cabeça, chupava os dentes e intencionalmente distorcia o uso e a pronúncia de determinadas palavras. Então eu me batia com LaThon no almoço e dizia:

— Eles são tão precários e a gente é tão repugnante, né? Porra, mermão, a gente é *muito* repugnante. A abundância negra continua mesmo assim?

— Claro — LaThon me dizia. — E eles ainda não fazem a menor ideia.

FORMALIDADES

Enquanto eu balançava a cabeça, chupava os dentes e balbuciava as letras de Ice Cube no banco do segundo time da escola católica DeMatha, em Hyattsville, Maryland, você realizava seu sonho acadêmico de receber uma bolsa de pós-doutorado em College Park, Maryland.

Na volta para casa, depois de um jogo no qual você explodiu com o treinador Ricks por me deixar no banco pelo quarto período inteiro, nós paramos para comer no Western Sizzler. Eu deveria ter pedido uma salada.

— Aquele branquelo, seu treinador — você disse —, qual é o nome dele, Kie? Micks?

— Ricks.

— Esse treinador Ricks está realmente intimidado. E, olha, se for para escolher, eu sempre vou escolher um menino branco idiota ao invés de um menino branco arrogante e inseguro.

— Intimidado pelo quê?

— Pelo que eles não se intimidam? Eu sou uma mulher negra com um doutorado e uma bolsa de pós-doutorado em uma universidade de respeito — você me disse, e eu respondi que, a não ser por você e mais umas quatro outras pessoas, ninguém compreendia o significado de um currículo assim. — Em algum momento, você vai precisar entender que as pessoas fora do Mississippi nunca sabem o que fazer com a gente quando a gente alcança um nível de excelência. Então eles fazem tudo o que podem fazer para tentar nos punir.

E, bom, sentei ali na baia do restaurante, azedo e de cara amarrada, tentando entender o que você tinha acabado de dizer. Não fazia nenhum sentido para mim, mas fiquei feliz por pensar que éramos esse controverso time de pernas grossas do Mississippi enfrentando um bando de inimigos do norte que tenta nos punir por causa do nosso brilho pessoal.

— Eles não podem foder com a gente — você não parava de repetir. — Desculpe pelo palavreado. Mas é verdade. Eles não podem foder com a gente.

A caminho do apartamento, fiquei pensando em como meus colegas negros na DeMatha me chamavam de "caipira", em como os treinadores e os outros alunos tiravam sarro da forma como eu pronunciava "am-bun-lân-cia", em como meu professor de espanhol brincava com o resto da turma que meu blazer cheirava a peixe e como todos os meus professores, todos homens brancos, por coincidência, me davam tapinhas na cabeça e diziam "Que bom pra você, Kee-say, que bom" quando eu respondia uma resposta óbvia.

Já perto de casa, uma viatura da polícia nos parou. Do mesmo jeito que acontecia quando eles nos paravam no Mississippi, você se endireitou no assento, manteve suas duas mãos no volante e fixou o olhar em algum lugar distante. Você sacou da carteira a sua carteirinha da Universidade de Maryland e enfiou meu medalhão africano vermelho, preto e verde para dentro da minha camiseta do Public Enemy. Você me disse para corrigir minha postura, colocar minhas mãos em cima do painel e não falar uma palavra sequer.

O policial se abaixou e olhou pela sua janela. Ao ver o seu rosto tão perto da arma dele, a vontade que me veio foi a de agarrar aquele revólver e derreter o ferro até vê-lo se fundir em pequenas bolotas pretas disformes. Desde que a polícia começou a me abordar com mais frequência no Mississippi, eu comecei a desejar ter o superpoder de derreter toda e qualquer arma do mundo até vê-las se transformarem em pequenas bolotas pretas disformes. Mas o policial apenas perguntou o porquê do nosso carro ter a placa do Mississippi.

— Porque nós moramos em Jackson, Mississippi — você disse. — Eu tenho uma reunião de pós-doutorado em College Park, na Universidade de Maryland. Eu fiz alguma coisa errada, senhor policial?

Quando o policial mandou que você falasse mais alto e te acusou de mudar de faixa sem sinalizar, você continuou apertando o volante e disse:

— Mas eu não mudei de faixa sem sinalizar. Você acelerou atrás de mim, então eu sinalizei e mudei de faixa.

O policial tentou rir de você enquanto pedia a sua habilitação e o registro do carro.

— Esse aí é seu namorado? — ele perguntou. — Ele precisa me apresentar a identidade dele também.

Suas mãos abandonaram o volante e você apontou o dedo para o rosto do policial.

— Fique longe do meu carro — você disse. — Esse aqui é meu filho e ele tem quinze anos de idade. Ele não tem nenhuma identidade ainda. Você pode, por gentileza, me informar o número do seu distintivo, senhor policial? — você disse, e eu odiava o som das suas palavras quando você enveredava por certas formalidades do trato social.

O policial ordenou que nós dois saíssemos do carro.

— Nós não vamos sair deste carro — você disse, mais alto desta vez. — Nós não fizemos nada de errado.

Meus punhos estavam cerrados e a minha vontade era fugir pela janela do passageiro. Você, no entanto, assim que o outro policial apareceu, me deu um tapa no peito com o dorso da mão e me disse para ficar quieto e relaxar os braços. O primeiro policial, que agora dava risada, andou de volta para o carro do segundo policial.

Você eventualmente mostrou ao segundo policial a sua habilitação e a carteirinha da Universidade de Maryland. O

101

policial olhou para a carteirinha, virou o documento de um lado para o outro e nos desejou uma ótima noite.

— Nunca dê a chance para eles atirarem — você me disse, no momento em que entramos no apartamento e trancamos a porta. — Porque eles vão atirar. Eles vão atirar. Eles vão atirar — e eu me perguntei por que você disse a mesma frase três vezes e por que você nunca me disse para atirar de volta. — Mississippi. Maryland. Não importa onde você esteja. Eles vão esbagaçar sua cabeça em qualquer oportunidade que tiverem. Se você infartar por desviar das balas, eles vão esconder as armas e jurar que você na verdade cometeu suicídio.

— Entendido, capitã — eu disse, tentando te fazer rir. — Por que você simplesmente não fala como todo mundo fala?

— Se eu não falar a partir da norma culta da língua, a possibilidade daquele policial atirar na nossa cabeça é muito maior — você disse.

— Não, ele não ia atirar — eu disse. — Aquele idiota só ficou mais revoltado *porque* você estava usando a norma culta da língua.

Você olhou para mim como se estivesse avaliando a minha resposta.

— Talvez você esteja certo, Kie. Mas, a longo prazo, para os negros, a norma culta mais protege do que prejudica.

— A norma culta vai te proteger, então?

— Eu não preciso ser protegida — você disse. — Eu não sou uma espécie ameaçada de extinção.

— Nem eu — eu disse. — Eu sou uma espécie ameaçada de extinção com um estômago inchado. Já volto. Aquele policial me deu gases.

Você deu risada e deu risada e deu risada até que a risada se acabou.

Enquanto eu me trocava no quarto, você me disse para escrever sobre o que eu aprendi com aquela abordagem policial. Eu não sabia muito bem o que escrever, porque eu não sabia muito bem como viver a vida de uma maneira que não oferecesse a eles a chance de atirar até a última bala em cima da gente. Parecia que mesmo dirigir ou entrar em casa ou trabalhar ou até cortar uma toranja já era motivo suficiente para ter o corpo dilacerado. E o maior problema era que os policiais não eram as únicas pessoas apertando os gatilhos. Eles eram apenas as únicas pessoas com permissão legal para andar por aí e nos ameaçar com armas e cadeias se eles não gostassem do nosso jeito de ser.

Eu adorava o nosso jeito de ser.

NAS FÉRIAS DE NATAL, LaThon me levou na escola Murrah, onde assistimos um estudante do décimo ano com dois metros e dez, que sabíamos se chamar Othella, acertar todos os arremessos durante o aquecimento, o primeiro tempo e até no intervalo do jogo. Othella terminou com mais de quarenta pontos, doze enterradas e mais de vinte rebotes. Ele mal jogou no último quarto. LaThon e eu assistimos a partida em silêncio absoluto.

— Você sabe que está todo mundo dizendo que Othella é o melhor jogador do décimo ano, né? — LaThon finalmente me perguntou no caminho para casa.

— Você quer dizer o melhor do Mississippi?

— Não, mermão. Melhor do país inteiro. É outro nível o assunto aqui.

— Porra, aqueles idiotas da minha escola de Maryland ficam chamando a gente de caipira — eu disse a ele. — Se nós somos esse bando de caipira, me explica como é que a gente tem o melhor jogador do país, hein? Sem falar que a gente tem Hollywood Robinson e Chris Jackson.

— E Walter Payton — LaThon disse.

— E Fannie Lou Hamer.

— E, mesmo que a gente olhe pros brancos, a gente tem Brett Favre.

— E Oprah — eu disse. — Oprah vai ser maior que Barbara Walters. Eles estão viajando.

— Pois é — LaThon disse —, eles ficam lá viajando, mas o que a gente vai fazer? Eu e você, eu digo.

Naquela noite, LaThon e eu percebemos que o basquete que nós jogávamos e o basquete de Othella não eram o mesmo tipo de basquete. Nós adorávamos quicar a bola, mas Othella era um jogador. E, graças a Othella Harrington, LaThon Simmons começou a imaginar naquela noite uma vida como engenheiro, e eu comecei a imaginar uma vida como professor secundarista cujo trabalho paralelo seria o rap.

Algumas semanas depois de voltarmos a Maryland, fui descoberto tentando colar em um teste sobre história mundial, um teste sob a supervisão do treinador Ricks. A prova aconteceu um dia depois de eu me recusar a ler o livro didático sobre o assunto para poder ler *Before the Mayflower* na sala de aula. Desde que nos mudamos para Maryland, você ainda não tinha me batido, mas, quando você chegou na escola para me buscar, eu sabia que minhas costas seriam destruídas.

— Eu sei o que você está fazendo — você disse quando entramos no carro. — Esqueça.

— Esquecer o quê?

— Só esqueça, Kie.

E foi isso. Nada de chicotadas. Nada de tapas. Nada de redações para escrever.

Você estava feliz de uma maneira intensa, o que era inédito para mim. Você não aparecia no meu quarto chorando no meio da noite. Você me dava beijos na bochecha, contava piadas de peido e segurava minhas mãos quando eu menos esperava qualquer gesto de carinho.

— Não trabalho como professora aqui — escutei você contando a Vovó uma vez no telefone. — Sou só uma pesquisadora. Ganhei esse tempo para escrever e pesquisar. E isso significa muito para mim, Mãe. Estou aprendendo a amar Kie e a me amar do jeito certo. Pois é, né, acho que antes tarde do que nunca.

Eu não entendia qual era o real significado de alguém ser uma "pesquisadora", mas, em Maryland, pela primeira vez desde que tomei consciência da sua existência na minha vida, nós não ficamos sem gás. Nossa eletricidade não foi cortada nenhuma vez. E, apesar de não termos uma geladeira abarrotada de comida ou nenhum dinheiro extra, nunca passamos fome.

Quando voltei da semana do saco cheio, depois de jogar basquete por sete dias no centro recreativo Greenbelt, você me fez ler algumas das frases que escrevi nos meus cadernos do Mississippi. Você me disse que, na minha escrita, eu perguntava bastante sobre o que eu tinha visto e escutado, mas, por não reler as questões, eu não me arriscava em buscar diferentes respostas. Você disse que uma boa pergunta sempre vai prevalecer sobre uma resposta ordinária.

— A parte mais importante da escrita e, na verdade, da vida — você me disse — é a revisão.

O que eu me pergunto é: se você não se importa de provocar dor em outras pessoas, você está sendo uma pessoa violenta?

Escrevi essa frase em Jackson e revisei na noite em que os noticiários exibiram a filmagem de Marion Barry fumando crack. Eu não entendi por que você chorou naquela noite e por que você não parava de dizer:

— É muito, muito violento. Eles vão usar esse vídeo para perseguir políticos negros por décadas. Faça seu trabalho, Kie. Revise e nunca, jamais deixe essas pessoas assistirem o seu fracasso.

Nada do que li na escola me preparou para refletir sobre a longevidade da violência no Mississippi, em Maryland e em todo o resto do país. Depois das aulas, eu continuava a ler e a rearranjar as minhas palavras, tentando compreender o que elas significavam para a minha compreensão da violência. Pela primeira vez na vida, entendi que dizer a verdade era bem diferente de encontrar a verdade, e encontrar a verdade tinha tudo a ver com revisitar e rearranjar as palavras. Revisitar e rearranjar as palavras não exigia somente vocabulário, exigia vontade, e talvez até certa medida de coragem. Estruturas revisadas de palavras eram estruturas revisadas de pensamento. E estruturas revisadas de pensamento formavam memórias. Eu sabia, olhando para todas aquelas palavras, que a memória estava lá. Eu só precisava rearranjar, acrescentar, subtrair, encaixar e filtrar até descobrir uma maneira de libertá-la. No Mississippi, você me disse que a revisão era uma prática. Em Maryland, eu finalmente acreditei em você. Mas treinar a escrita significava treinar a decisão de permanecer sentado, de permanecer parado, e meu corpo nunca queria ficar parado. Quando meu corpo precisava ficar parado, o que ele queria mesmo era se ver na fantasia de uma enterrada com as duas mãos ou de um beijo sendo dado em alguma menina que me amasse. Ficar parado sentado, tanto quanto qualquer outra técnica de escrita, me demandou treino. Na maioria dos dias, meu corpo não queria treinar, mas eu o convencia que ficar ali sentado escrevendo era uma abertura para a memória.

Eu me lembrei de como escrevi e memorizei dezenas de milhares de frases escritas por rappers e de como me perguntei sobre quais seriam as sensações de compor versos e rimas que as crianças negras desejavam memorizar.

Eu me lembrei de quando perambulei por Jackson com os dentes trincados no comando do novo subwoofer de LaThon. Eu me lembrei do dia em que afundei no banco do passageiro enquanto LaThon se inclinava em um ângulo de quarenta e cinco graus no banco do motorista do Cutlass do avô e *Criminal minded* e *Dopeman* explodiam nas caixas de som. Eu me lembrei de como LaThon me disse "Às vezes você leva essa merda de negritude muito a sério" depois de eu quase arremessar nosso carro no meio de um tiroteio por discutir sem qualquer tipo de moderação com alguns policiais.

Eu me lembrei de como eu aumentava o volume da nossa pequena televisão preto e branco para assistir *Benson* e *Night court* quando Malachi Hunter aparecia lá em casa. E do quanto me vi petrificado quando Kamala Lackey me pediu para apalpar os peitos dela na sala de artes durante o segundo período na nona série. E de como estava tudo bem para mim se eu não beijasse nenhuma outra garota desde que, pelo resto da minha vida, eu pudesse me tocar pensando em Layla ou em Kamala me pedindo para apalpar seus peitos na sala de artes.

Eu me lembrei de como testemunhei amigos com chapéus inclinados para a esquerda atirarem em amigos com chapéus inclinados para a direita. E do que senti vendo alguns daqueles amigos desaparecerem.

Eu me lembrei de como implorei a Vovó para me deixar ficar com ela quando você me disse que precisávamos deixar o Mississippi por doze meses. E de como me sentei debaixo do alpendre de Vovó e vi Vovó me dizer o quanto ia se sentir solitária durante a nossa ausência. Eu me lembrei de como te perdoei quando Vovó me disse que você me espancava tanto porque alguma coisa em Jackson estava espancando você.

Eu me lembrei de como acordei em uma determinada manhã me perguntando qual tinha sido o destino dos caras mais velhos da casa de Beulah Beauford. E de como descobri que dois deles estavam na prisão por vender drogas perto de uma escola, que um deles tinha sido mandado para algum lugar bem longe do Mississippi e que Layla tinha se mudado com os avós para uma casa em Memphis, Tennessee.

Eu me lembrei de quando esbarrei em Layla no dia em que ela voltou a Jackson para o jogo de estreia da Jackson State no campeonato nacional. E de como perguntei se ela estava magoada por eu ter ido embora da casa de Beulah Beauford naquele dia. E de como escutei, e de como tentei parecer tranquilo enquanto Layla me dizia que "Tudo o que eu queria fazer era nadar, nada diferente do que vocês queriam. Nunca me interessei por ninguém naquela casa".

Antes de ir embora de Maryland, fui em um médico pela segunda vez na vida. A boa notícia era que, segundo o médico, naquele momento, eu media um metro e oitenta e cinco e pesava noventa e quatro quilos, cinco centímetros a mais e nove quilos a menos do que quando saímos de Jackson. A má notícia era que eu tinha um suspiro no coração. Você me disse que, apesar do suspiro não me impedir de ter uma vida funcional, eu deveria me preocupar, porque tínhamos visto Hank Gathers, o ala-pivô do Loyola Marymount, morrer por causa de um infarto ao vivo na televisão logo depois dele completar uma ponte aérea.

Eu adorava o som da palavra "suspiro" e adorava o fato de voltar ao Mississippi com um suspiro, um corpo menor e uma nova relação com a escrita, com a revisão e com a memória, além do novo vínculo que eu e você estabelecemos em Maryland.

Os Estados Unidos parecem tomados por pessoas violentas que gostam de provocar dor nas outras pessoas, mas odeiam quando suas vítimas dizem a elas que essa dor é excruciante.

HULK

Você estava em uma ponta do sofá de Vovó gritando comigo enquanto eu estava na outra ponta apalpando a lateral do rosto. Não estávamos mais do que há uma semana de volta ao Mississippi quando você esmagou meu rosto com a sola de uma basqueteira Patrick Ewing por eu te retrucar alguma coisa qualquer. Minha bochecha começou a inchar, mas eu não conseguia entender por que apanhar no rosto com a sola de uma basqueteira não tinha me machucado tanto quanto me machucava antes de termos nos mudado de Jackson. Eu media um metro e oitenta e cinco e pesava noventa e sete quilos, vinte e dois centímetros mais alto e dezoito quilos mais pesado do que você. As partes mais delicadas do meu coração e do meu corpo ficavam cada vez mais sólidas e, ao mesmo tempo que essas partes sólidas não queriam te machucar, elas também não queriam continuar sendo machucadas.

Eu estava mais pesado e era mais alto do que todos os pais dos meus amigos, mas a penugem de pêssego debaixo dos meus braços, os tufos insignificantes de pelos pubianos e a total inexistência de pelos no meu rosto não se importavam com o tamanho do meu corpo. Em relação aos pelos, eu continuava a ser uma criança, enquanto LaThon, Donnie Gee, Jabari e todos os outros começavam a cultivar barbas e bigodes vistosos. No fim de semana antes do início das aulas, você prometeu me levar ao barbeiro na segunda-feira. Só que, quando a segunda-feira chegou, eu fui obrigado a decidir entre o dinheiro para o lanche da semana e o corte de cabelo. Escolhi o dinheiro do lanche e você me convenceu de que, nas suas mãos, meu cabelo seria presenteado com o melhor degradê do planeta. Não sei por que acreditei em você. Você tinha muitas habilidades, mas desenhar linhas retas com ou sem o auxílio de uma régua ou até se manter dentro dos contornos ao pintar aqueles livros de colorir nunca estiveram entre elas.

Eu já esperava que o degradê ficasse meio desleixado, mas você, na verdade, conseguiu produzir na minha cabeça o pior degradê que um ser humano já ostentou na história do Mississippi. Não era só que o degradê não era um degradê, era que nenhuma parte desse tal degradê parecia simétrica. Meus olhos se encheram de lágrimas quando vi meu novo corte de cabelo. Pedi para você sair do banheiro, enquanto você chorava de rir com a minha reação a esse degradê que não era degradê. Tranquei a porta e me perguntei o que aconteceria se eu raspasse minha cabeça inteira como Charles Barkley ou Michael Jordan.

Quando abri a porta, você se engasgou e disse que uma cabeça raspada só faria com que os brancos e a polícia me considerassem uma ameaça ainda mais perigosa.

— Ótimo — eu disse, e fechei a porta de novo para terminar de enxaguar a cabeça.

Depois de sair do banho, olhei para o meu crânio sem cabelo e para o meu rosto sem pelos e me perguntei qual seria a minha aparência se eu exibisse não necessariamente um bigode robusto como o de Lamont Sanford, mas pelo menos a sombra de um bigode, como os de LaThon e dos meus outros colegas. Abri então uma gaveta, peguei o seu rímel e espalhei a tinta por cima do meu lábio superior até meu rosto se juntar ao meu corpo em parecer, e se sentir, mais como um homem.

No percurso inteiro até a escola, você falou sobre a minha cabeça raspada. Mas eu só pensava no meu novo bigode falso. Quando peguei minha mochila e me preparei para sair do carro, você disse:

— Seja paciente com seu corpo, Kie. Amo você — e me lembro de como desejei que você estivesse vestindo essa versão de você no dia em que você me surrou com a basqueteira de Patrick Ewing.

OS PRIMEIROS MESES de volta a Jackson foram gastos com minha carcaça careca se movimentando entre o sofá de LaThon, o beliche de Jabari, o quarto de hóspedes de Donnie Gee e o treino no time principal da escola St. Joseph. Uma noite, depois de um jogo de basquete, uma adolescente branca e gordinha com olhos vidrados, mãos fortes e as chaves de um conversível preto se ofereceu para me pagar uma vitamina de banana. O nome dela era Abby Claremont. Dois dias mais tarde, nos fundos da van de Jabari, Abby me perguntou quantas meninas eu já havia beijado. Depois que eu menti e respondi que tinham sido cinco meninas — um número cinco vezes maior do que a verdade —, Abby me deu um beijo na boca. Algumas semanas mais tarde, Abby me perguntou quantas vezes eu já tinha transado na vida. Depois que eu menti e respondi que tinham sido quatro transas e meia — um número quatro vezes e meio maior do que a verdade —, Abby me chamou para transar com ela na casa de Donnie Gee quando a mãe dele estivesse no trabalho.

Apesar de Abby não me conhecer direito, e apesar de eu não conhecer Abby direito, a minha vontade era passar o resto da vida com ela. Eu já tinha ouvido falar bastante sobre os caras mais velhos traindo suas namoradas, mas esse conceito de traição me deixava confuso. Eu imaginava que todos aqueles caras mais velhos sabiam que sexo com alguém que você ama era o oposto de repugnante, o oposto de precário. Era, na real, a única coisa do mundo a chegar perto da abundância negra. E eu não entendia como transar com uma pessoa por quem você não é apaixonado poderia sequer se comparar ao sexo com amor.

— Obrigada — Abby me disse quando estávamos deitados na cama, logo depois de transarmos pela primeira vez. — Eu sei que você estava assustado.

— Como você sabe que eu estava assustado? — perguntei a ela. — Meu ritmo foi precário, né? Posso melhorar da próxima vez.

— Não é isso — ela disse, e deu risada até começar a tossir. — Eu só sei que você estava assustado porque eu te amo. E dá para perceber que você me ama de volta. E é um sentimento assustador.

Nenhuma outra mulher que me tocou antes queria só ser tocada por mim. E a minha única vontade era proporcionar a Abby a mesma felicidade que ela me fez sentir. Claro, eu me questionei sobre o que é ser tocado e sexualmente amado por uma mulher branca no Mississippi, mas eu estava absorto naquele novo sentimento de ser tocado e amado por uma mulher no Mississippi que não fosse você, Vovó ou Renata. Sempre imaginei que minha primeira transa de verdade seria com Layla, depois de eu ficar mais velho, depois de eu arrumar um trabalho decente e depois das minhas coxas perderem uma tonelada de peso.

LaThon me chamou de palmiteiro e de otário quando ele descobriu sobre Abby Claremont.

— Gente da Sagrada Família — ele disse. — A gente consegue fazer melhor do que se meter nesse tipo de merda. Cê se esqueceu de onde cê é, é?

Então, ao invés de vagabundear com LaThon depois do treino, ou ir assistir luta livre com ele nas noites de sexta, eu descobria pretextos para passar mais tempo com Abby Claremont. Eu queria conversar com LaThon sobre como eu me sentia em relação ao amor e ao sexo e perguntar se ele sentia as mesmas coisas. Eu queria saber se ele transava de camisa. Como ele se sentia imediatamente antes e imediatamente depois dos orgasmos? O que ele fazia quando o suor escorria pelos olhos durante o sexo? Se a namorada dele queria transar no carro, mas ele precisava tomar um banho antes, ele contava a ela que estava azedo só para não ser uma surpresa de última hora? Eu queria falar para LaThon que eu não era um palmiteiro e que eu não estava apaixonado por uma menina branca, mas era difícil quando eu estava realizando programas românticos, como andar no conversível preto dela com a capota abaixada ou andar de mãos dadas entre as aulas ou, sem chamá-los de precários bem na cara deles, assistir os amigos brancos dela usando aqueles sons de vogais que nós nos orgulhávamos de obliterar.

A única outra garota da escola a me pedir para tocar seu corpo foi minha amiga Kamala Lackey. Ela era corpulenta, rápida para o tamanho dela, agradável como qualquer paisagem, mais escura do que eu e a caloura mais sagaz da escola St. Joseph. Como eu, Kamala Lackey não tinha carro nem habilitação. Ela morava a trinta e dois quilômetros de Jackson, em Canton. Ou seja, se Kamala Lackey fosse alguma vez me convidar para fazer alguma coisa que não fosse segurar as mãos ou tocar seus seios na sala de artes, nós precisaríamos de um planejamento sério. E eu estava apavorado de planejar ou iniciar qualquer relação com alguma menina porque, se a menina dissesse sim para algum dos meus convites, eu terminaria me perguntando se ela só tinha aceitado por causa do medo de dizer não para uma pessoa pesada como eu. Eu não queria que ninguém fizesse nada que não quisesse fazer com seu corpo. Se Kamala Lackey me beijasse primeiro, eu a beijaria de volta. Se Kamala Lackey me chamasse para transar com ela, eu animadamente, e também com muito medo, transaria. Mas eu não sabia se me sentiria livre ou corajoso depois de transar com Kamala Lackey, embora eu soubesse o quão bonito eu me sentiria. Kamala Lackey, por sua vez, todos os dias me lembrava:

— Abby Claremont pegou a febre da floresta, e você é a floresta agora — já que o último namorado de Abby era um garoto gordo como eu. — Eu também sou uma floresta — ela disse —, e florestas precisam ficar junto com outras florestas.

Eu dei risada e dei risada e dei risada até a risada se acabar.

Mantive meu relacionamento com Abby Claremont em segredo porque eu sabia o quanto você iria me bater se me descobrisse transando com uma menina branca, mas mais ainda porque eu não queria que você começasse a acreditar que tinha educado um grande palmiteiro que te considerava uma mulher feia. Eu não sabia muito bem se eu era um palmiteiro ou não, mas eu sabia que você era a mulher mais bonita do mundo. Nas minhas conversas imaginárias, você assentia com a cabeça e me abraçava quando eu contava do quanto gostei de transar com uma menina que só queria transar comigo, e Abby Claremont era a única pessoa no mundo para quem essa premissa era verdadeira. Na minha imaginação, você me dava um beijo na bochecha por utilizar "para quem" da maneira correta.

Abby Claremont e eu transamos bastante, mas nós nunca nos fizemos qualquer pergunta a respeito da nossa relação com o sexo, exceto indagações como "por que você nunca toma a iniciativa?" ou "foi bom pra você?". Eu, de todo modo, não sabia o que responder para essas perguntas e me preocupava com a possibilidade de que, se eu dissesse a coisa errada, Abby Claremont iria me considerar um covarde e não iria mais querer transar só comigo.

Sextas e sábados à noite, Abby e os amigos dela se juntavam e enchiam a cara no estacionamento da St. Richard. Às vezes eu era o único negro do grupo. Nesses dias, eu tentava ficar no carro escutando a nova fita do Black Sheep até Abby querer ir embora ou ficar bêbada a ponto de não saber mais onde ela estava. Abby Claremont sempre queria transar nessas noites de bebedeira. Geralmente, eu recusava os convites, porque meu corpo me dizia que seria um erro. Uma vez, eu aceitei porque queria me sentir tocado, mas eu não queria ser julgado se meu toque terminasse sendo precário. No dia seguinte ao que transei com Abby Claremont bêbada, eu sabia que tinha cometido um erro, mesmo ela tendo dito que quis fazer tudo o que nós fizemos. Eu só não entendia como ela se lembrava de qualquer uma das coisas que nós fizemos.

Quando falei que queria conversar sobre transar quando ela estava bêbada, Abby Claremont me disse:

— Eu confio em você. Não se preocupe. Eu sei que você nunca vai me machucar. Eu sei que você é um bom menino.

Perto da metade da temporada do basquete, eu comecei a jogar como se o basquete não fosse mais a coisa mais importante do meu mundo. Nosso técnico, o treinador Phil Schitzler, um homem branco de voz grave que também era o professor mais popular da escola, disse a Donnie Gee que ele achava que o meu problema era "aquela menina branca".

Quando fui conversar com o treinador Schitzler, ele me mandou reorganizar minhas prioridades e parar de correr atrás de Abby Claremont.

— É do seu próprio interesse parar de perseguir castanha com aquela moça gordinha — ele me disse. — Espere até terminar as finais. Aí você pode perseguir a castanha que você quiser.

"Perseguir castanha" se tornou, então, a frase que todos meus amigos usavam para descrever uma pessoa desesperada por sexo, mas que só queria fugir dos relacionamentos. E, apesar de LaThon me considerar um palmiteiro, ele morria de rir comigo quando eu dizia "Aquele negão, ô, ele só quer saber de perseguir castanha", sendo que eu nunca disse a LaThon que roubei essa expressão do treinador Schitzler.

Em 4 de março de 1991, algumas semanas depois de perdermos nas finais, eu fui à casa de Jabari na saída de um treino livre. Abby Claremont me buscaria mais tarde naquela noite, transaria comigo no estacionamento do Red Lobster e me deixaria no final da minha rua, de onde eu seguiria caminhando até em casa. No entanto, enquanto eu e Jabari assistíamos um jogo de basquete, o noticiário foi interrompido por um vídeo de uma gangue de policiais brancos cercando outros quatro policiais brancos. E os quatro policiais brancos no centro estavam surrando um homem negro flagrantemente algemado.

O jornal reprisou quatro vezes o vídeo.

Todos nós passamos pela experiência de termos policiais nos atracando, nos perseguindo, apontando armas na nossa direção e nos xingando. Todos nós passamos pela experiência de vermos policiais constrangendo nossas mães, nossas tias e nossas avós. Todos nós deslizamos pela I-55 criando líricos campos de força contra a polícia e contra tudo o que a polícia protegia e contra tudo a que a polícia servia, cantando a introdução de *Fuck tha police* em alto e bom som. Mas ali estávamos nós dois, eu e Jabari, na nossa zona de segurança, assistindo pessoas brancas assistirem policiais brancos assistirem outros policiais brancos destruírem nossos corpos.

O tesão de Abby Claremont naquele dia me surpreendeu.

— Que foi que aconteceu? — ela perguntou quando entrei no seu conversível preto.

— Nada — eu disse, e continuei remexendo no minipacote de Cebolitos que peguei na casa de Jabari. — Dá pra gente levantar a capota e você só me levar pra casa?

— Por quê?

— Minha mãe pediu pra eu chegar mais cedo em casa. Ela está doente, está gripada.

— Você é um mentiroso do caralho, Keece — ela disse. — Me diga por que você quer levantar a capota? Estou te perguntando. E que cheiro é esse? — e olhei para ela de um jeito que nunca tinha olhado antes. — Por que você está me olhando assim, hein? Fala.

— Olha, amanhã a gente pode conversar sobre o que a gente está fazendo?

Normalmente, quando eu saía do conversível de Abby Claremont, nós trocávamos um beijo na boca com muita língua envolvida. Naquela noite, eu apenas dei um beijo na bochecha dela e agradeci por ela ser tão legal comigo. Abby Claremont começou a tentar falar sobre o que estava acontecendo na casa dela entre o pai e a mãe, mas eu disse que não podia conversar porque você estava doente em casa.

— Seu cuzão — ela disse assim que eu saí do carro. — Não invente de me ligar hoje de noite. E nem amanhã.

Quando entrei em casa, você descarregou seu cinto no meu pescoço. Mais cedo naquele dia, a Srta. Andrews, uma de suas amigas que trabalhava como professora no meu colégio, contou a você que o treinador Schitzler tinha confidenciado a ela que eu estava em um relacionamento sexual com uma menina branca. Você ouviu essa "notícia" no mesmo dia em que você assistiu uma gangue de policiais brancos tentarem matar um homem algemado que eles depois alegaram ter "a força de um Hulk".

Eu não conhecia Rodney King, mas, pela forma como ele se sacudiu, rolou e correu, dava para dizer que ele não era nenhum Hulk. Hulk não implora por misericórdia. Hulk não tenta fugir de uma surra. Hulk não tem memórias. Hulk não tem mãe. Eu me perguntei, então, o que os negros e os policiais eram para o Hulk. Eu me perguntei se todos os norte-americanos de dezesseis anos de idade tinham um pequeno Hulk dentro de si.

Eu soube, ou talvez tenha aceitado pela primeira vez, que, independente do que alguém fizesse comigo, eu nunca iria implorar por misericórdia. Eu ia sempre me reerguer. Eu sabia que, fisicamente, não existia nada que alguém pudesse fazer comigo a ponto de destruir meu coração, a não ser me matar. Você, Vovó e eu tínhamos aquele mesmo Hulk no nosso peito. Nós sempre conseguiríamos nos reerguer. E, em algum momento no meio da minha surra, eu simplesmente parei de brigar e deixei você me bater. Não gritei. Não me debati. Eu mal respirei. Tirei minha camisa sem nem mesmo você me pedir para tirar. Deixei você me rasgar as costas. Foi a única surra na vida em que observar você me bater com toda sua força fez eu me sentir bem.

Mais tarde, você veio no meu quarto. Você disse que eu realmente precisava pensar sobre a diferença entre amar alguém e amar como essa pessoa fazia eu me sentir. Você me disse que, se eu gostava de como Abby Claremont fazia eu me sentir, eu realmente precisava me perguntar o porquê. Você não parava de dizer o quanto eu era bonito. Você disse que existiam inúmeras meninas negras na escola e que eu estaria mais seguro "cortejando" uma delas. No seu discurso, você usou palavras como "fetiche" e "experimentação" e "miscigenação". Você disse que os pais de Abby Claremont estavam se separando por causa da minha relação com a filha deles. Você disse que Abby Claremont não me conhecia o suficiente para me amar e só amava mesmo a excitação que vinha pelo perigo de namorar um menino negro e de como essa nossa relação levava o pai dela à loucura.

Eu não sabia se você estava certa, mas eu sabia que você não estava na posição de me dar conselhos sobre relacionamentos, dadas as suas experiências com Malachi Hunter.

E eu te disse exatamente isso.

Você arrancou meu couro de porrada naquela noite. Mas eu não chorei. Eu só observei seus movimentos até seus braços ficarem cansados.

— Qual é o seu problema, Kie? — você não parava de perguntar. — Eu sei que você é uma criança melhor do que está sendo. Qual é o seu problema?

Eu não respondi nada porque eu não sabia qual era o meu problema.

Abby Claremont e eu continuamos a transar até perto do final do ano letivo, mas eu menti e disse para você que eu e ela decidimos que o melhor mesmo era sermos apenas amigos. Em determinado fim de semana, aliás, quando Malachi Hunter te convidou para uma viagem a New Orleans, eu combinei com você de ficar na casa de LaThon. Mas, depois de você sair, escalei por uma janela que eu tinha deixado aberta e eu e Abby Claremont passamos o sábado e o domingo transando na sua cama. Não usamos camisinha.

Naquele domingo à noite, Abby Claremont se sentou na beirada da sua cama falando sobre os ciclos de depressão na família dela e sobre como nosso relacionamento acionava certos gatilhos nos seus pais, coisas que ela nunca imaginou que pudesse acontecer. Eu nunca tinha escutado uma pessoa da vida real usar a palavra "depressão" antes. Entre todos os artistas que eu conhecia, Scarface era o único a falar sobre depressão. Eu não entendia o conceito de depressão, então eu me convenci de que era uma palavra branca inventada pelos brancos e depois roubada por Scarface, uma palavra cujo significado não era mais do que algo como "extremamente triste".

Por isso, considerando o quanto a nossa relação estava levando as pessoas das nossas famílias a uma tristeza extrema, perguntei a Abby Claremont se deveríamos parar de nos encontrarmos.

— Eu não estou falando sobre tristeza extrema — ela disse. — Estou falando sobre a porra de uma depressão.

Algumas semanas mais tarde, você me viu chorando no meu quarto quando eu soube que Abby Claremont estava cogitando namorar o primo de Donnie Gee, o menino com o maior salto vertical de Jackson. Você me perguntou qual era o problema. Eu respondi que estava magoado por você e meu pai não terem se esforçado mais para fazerem a coisa dar certo.

Essa minha resposta te fez chorar e pedir desculpas.

Essa sua resposta me fez sorrir e contar mais e mais mentiras.

Além do basquete, da escrita e do sexo com Abby Claremont, fazer você sentir o que você não queria sentir quando você não queria sentir se transformou em um dos melhores sentimentos do mundo. Outra emoção incrível foi mentir para Abby Claremont, sem nunca ser descoberto, depois que nós dois voltamos a namorar. Eu inclusive me parabenizei por somente beijar e ter conversas sensuais com as outras meninas, mas nunca ter transado com ninguém nas festas de Donnie Gee.

Donnie Gee não bebeu nada no nosso penúltimo ano de escola, porque ele pretendia concorrer a uma bolsa de basquete. Menti e disse a Donnie Gee que eu não estava bebendo pelo mesmo motivo, quando, na verdade, eu estava apavorado de me machucar ou de machucar alguém se eu algum dia ficasse bêbado de novo.

Antes da primeira festa do ano na casa de Donnie Gee, eu e ele compramos dois litros de St. Ides. Jogamos fora o líquido e enchemos as duas garrafas vazias com suco de maçã. Aí conferimos nossas narinas para não corrermos o risco de termos uma meleca flutuante e conferimos nosso hálito para não corrermos o risco de estarmos com um bafo de dragão. E enchemos a boca com chicletes de maçã e de cereja. Quando a campainha de Donnie Gee tocou, nós começamos a tropeçar pela casa, sussurrando letras de Jodeci a poucos centímetros dos ouvidos das garotas que não fugiam da gente.

Abby Claremont não foi a essa festa porque estava de castigo por namorar comigo.

Umas três horas depois do início da festa, Kamala Lackey me chamou para subirmos até um dos quartos. Entrei naquele quarto escuro atrás de Kamala Lackey, cantando alto o rap *Scenario*, aquela música de Phife Dawg. O quarto em que nós entramos era o mesmo quarto em que eu e Donnie Gee assistimos Clarence Thomas falar sobre o linchamento virtual que recebeu por Anita Hill denunciá-lo por assédio sexual. Eu sabia que Clarence Thomas estava mentindo porque não existia nenhuma razão no mundo para Anita Hill mentir e também porque eu nunca conheci um homem mais velho que tenha tratado uma mulher do mesmo jeito que ele queria ser tratado. Todo homem mais velho que eu conheci tratava todas as mulheres com quem ele queria transar exatamente como uma mulher com quem ele queria transar. E Clarence Thomas me parecia tão covarde quanto qualquer outro homem mais velho.

Assim que eu e Kamala Lackey entramos no quarto, elogiei seu cabelo que eu não conseguia ver e perguntei de onde era aquele perfume que eu não conseguia cheirar. Então liguei as luzes. Kamala Lackey se sentou na cama de Donnie Gee, apertando os punhos contra a coberta, seus olhos encarando a janela. Eu me perguntei quão bêbada ela estava.

— Você... Você está parecendo Theo Huxtable hoje — me lembro de ouvir Kamala Lackey gaguejar no momento em que ela se levantou e apagou as luzes outra vez.

Eu era um menino negro suado e careca, morador de Jackson, Mississippi, com um metro e oitenta e cinco de altura e cento e um quilos. Eu possuía um par de jeans, aquelas Girbauds falsas, que na verdade eram suas, e um único moletom decente. Nada no meu corpo parecia, se movia ou sequer soava como Theo Huxtable.

Quando Kamala Lackey me perguntou se eu queria ver seus peitos, eu ignorei a pergunta, entendi que ela estava definitivamente bêbada e tentei falar sobre tudo o que eu odiava no *The Cosby show*. Os suéteres, as crianças piegas, os problemas que não eram problemas, o jazz suave, a limpeza manufaturada, a inexistência de pobreza, eu não suportava nada. E não era só que os Cosby nunca entravam em falência ou que eles nunca precisavam de dinheiro ou que qualquer um dos seus amigos ou familiares jamais enfrentou dificuldades materiais; era que somente histórias de ficção científica teriam a capacidade de mostrar um médico negro que praticamente só fazia partos de bebês brancos e uma advogada negra que trabalhava em um escritório de gente branca chegando em casa sem nunca desabafarem sobre as maquinações violentas e desoladoras dos brancos nos seus ambientes de trabalho ou sem nunca discutirem sobre os comentários previsíveis, chulos e maníacos dos homens no escritório de Clair. Eu me lembro de dizer a

Kamala Lackey como aquela vida dos negros retratados no *The Cosby show* jamais existiria na história dos negros do mundo real. Sem contar que aquele delírio só existia no *The Cosby show* porque Bill Cosby parecia obcecado com o modo como os brancos assistiam os negros que nos assistiam assisti-lo.

Não que eu tenha falado com essa eloquência, claro. O que eu disse foi:

— Bill Cosby e essa gente toda, eles estão por aí mentindo muito. Aquela merda é uma falsidade. Cê acha que é porque os brancos estão assistindo?

— Por que você continua assistindo esse programa? — Kamala Lackey me perguntou. — *A different world* é muito melhor.

Quando eu estava prestes a perguntar a ela por que Denise não participava mais do programa, Kamala Lackey me perguntou de novo se eu queria ver seus peitos.

É óbvio que eu queria ver os peitos de Kamala Lackey. Ou melhor, é óbvio que eu queria que Kamala Lackey pensasse que eu queria ver os peitos dela. Ou melhor, é óbvio que eu queria saber que Kamala Lackey queria que eu olhasse os peitos dela. Mas, quando soltei um bocejo falso e tossi, Kamala Lackey se levantou e me perguntou se eu tinha mais algum chiclete de maçã. Depois que entreguei a ela o resto do pacote, ela me perguntou se eu estava realmente bêbado. Antes que eu pudesse mentir, Kamala Lackey me disse que também não estava.

Ela se sentou no chão com as costas encostadas no meu joelho e me fez prometer não contar a ninguém o que ela estava para me contar.

Eu prometi.

Trinta minutos depois, no momento em que Kamala Lackey parou de falar, ela também parou de enfiar os dedos no carpete felpudo de Donnie Gee.

— Você entende o que estou querendo dizer? — ela enfim me perguntou, e se levantou na frente da cama. — Às vezes eu sinto como se eu estivesse morrendo.

Respondi que sim, que eu entendia, mas eu não entendia por que ela estava contando aquelas coisas justamente para mim.

— Você vai falar alguma coisa? — me lembro dela perguntar. — Vai em frente. Você sabe que pode falar, não sabe?

Eu queria contar a Kamala Lackey que, quando eu era mais novo, a alguns quilômetros de onde nós dois estávamos, eu fiquei bêbado tomando aquela caixa de vinho que você sempre mantinha em casa. Eu bebi até o ponto da inconsciência porque me ajudava a me sentir melhor a respeito de como os lábios, os mamilos, os pescoços, as coxas, o pênis e a vagina eram tratados na nossa casa. Era assustador. Era paralisante. Parecia ser amor também, até não parecer mais.

E então me vinha uma sensação de morte.

Mas eu não falei nada disso. Eu apenas agradeci a Kamala Lackey por conversar comigo. E prometi a ela que não falaria nada para nenhum dos meus amigos se ela me prometesse não falar para as amigas que eu estava fingindo estar bêbado. E ficamos lá sentados, nos perguntando quem sairia primeiro do quarto.

Como todos os adolescentes na festa de Donnie Gee, eu fui obrigado a sentar e escutar a centenas de discursos seus e dos seus amigos e amigas sobre não perambular de jaquetão e capuz pelos bairros errados, não inventar de correr à noite, manter as mãos à vista de todos o tempo inteiro, não ter relações íntimas com mulheres brancas, nunca dirigir acima do limite de velocidade ou rolar pneu nos semáforos, sempre pronunciar o inglês mais erudito possível na presença de gente branca, nunca ser superado na escola ou em público por estudantes brancos e, o mais importante, sempre lembrar que, independente do que aconteça, os brancos vão fazer o que estiver ao alcance deles para poder ferrar com você.

Eu escutei.

E eu nunca escutei as palavras "violência sexual" ou "sexo violento" ou "abuso sexual" sendo ditas por um parente, ou por um professor, ou por um pastor na igreja, mas meu corpo sabia muito bem que violência sexual e sexo violento eram tão errados quanto qualquer outra coisa que a polícia ou os brancos pudessem fazer com a gente.

Naquela noite em que Kamala Lackey conversou comigo, eu saí do quarto de Donnie Gee do mesmo jeito que entrei: cantando alto o rap *Scenario*, aquela música de Phife Dawg, com uma garrafa vazia em uma mão e meu ego massageado na outra. Kamala Lackey revirou os olhos para mim, balançou a cabeça e virou à esquerda no corredor.

Eu virei à direita.

Quando Donnie Gee me perguntou se eu tinha transado com Kamala Lackey, eu só soltei um sorriso de canto de boca e disse:

— Porra, que cê acha, seu trouxa? — e me lembro de me sentir muito bem comigo mesmo por, tecnicamente, não mentir para Donnie Gee e por tecnicamente não ter tocado em Kamala Lackey, o que me fez tecnicamente não trair Abby Claremont, a única menina que eu tinha beijado de verdade.

Na noite em que Kamala Lackey me contou seus segredos, eu prometi a mim mesmo nunca estuprar ou abusar sexualmente de qualquer mulher ou menina na face da Terra. E a existência daquela promessa foi o suficiente para, dentro de mim, eu me perdoar por mentir para Abby Claremont ou para qualquer outra menina que sentiu vontade de transar comigo. Eu tinha dezesseis anos. Eu tinha me transformado em algo muito mais violento do que o Hulk. Eu era um mentiroso, um impostor, um manipulador, um menino negro, careca, gordo e felitriste com um suspiro no coração, mas, de acordo com as suas palavras e as palavras da menina branca para quem eu mentia todos os dias, eu era um bom menino.

CONVICÇÕES

Perto do final do meu último ano na escola, fui com você na casa da sua orientadora, Margaret Walker. Eu media um metro e oitenta e cinco e pesava cento e quatro quilos. Eu também tinha duzentos e oito dólares no bolso depois de atravessar Jackson inteira entregando listas telefônicas com LaThon, o que fez com que, de repente, eu me achasse rico.

Você tinha passado os últimos anos ajudando a Sra. Walker a organizar as informações para essa extensa biografia de Aaron Henry. Eu observei você e a Sra. Walker conversando sobre a onda no Mississippi que levou a Kirk Fordice, um republicano reacionário que venceu o governador Mabus nas eleições de alguns meses antes. A casa da Sra. Walker era a única casa em Jackson com mais livros, pastas, máscaras tribais e unguentos africanos do que a nossa. Eu amava perceber como ela parecia nervosa e insegura do que fazer a seguir. Mas, quando achei que ela apenas vasculhava o armário atrás de uma das suas várias pastas, ela me disse, sem nem mesmo me olhar:

— Então você é o filho de Mary, o jovem escritor cujo nome é uma homenagem à grande Miriam Makeba?

— Não sou escritor — eu disse a ela. — Eu apenas escrevo editoriais para o jornal da escola. Meu nome do meio é Makeba. Mas meu primeiro nome é Kiese.

— Assuma sua escrita, Kiese Makeba — Margaret Walker me disse. — Onde estão suas convicções? Assuma seu nome. Você é uma criança negra de dezessete anos nascida no Mississippi. Você me escutou?

Eu escutei, mas não entendi muito bem o que ela realmente me dizia.

A Sra. Walker era ainda mais implacável do que você nos discursos, mas não tão serena quanto Vovó. Ela me disse para valorizar nossa comunicação e assumir a nossa luta. Nossa comunicação, ela me disse, é o presente mais poderoso ofertado pelo nosso povo. Toda palavra que você escreve e lê, toda figura que você desenha, cada passo que você dá, absolutamente tudo deve ser entregue a serviço do nosso povo.

— Não se distraia. Mantenha o foco. Essas pessoas — ela disse —, elas vão tentar te distrair. Elas vão tentar te matar. É a especialidade delas. Elas distraem e elas matam. É por isso que você deve escrever pelo nosso povo e para o nosso povo. Não se distraia.

Eu disse à Sra. Walker que entendia muito bem as palavras dela, mas era mentira. Eu também disse que li o poema *Para o meu povo*, escrito por ela, e que adorei. E essa era mais uma das minhas mentiras.

— Você já decidiu sobre a faculdade? Sua mãe me disse que você não quer estudar na Jackson State porque você não quer que ela se meta nos seus assuntos.

— Acho que vou para a Millsaps College — eu disse a ela. — Eles estão me recrutando para o time de basquete.

— Deus do céu — ela disse. — Estou aqui falando sobre revolução e essa criança está falando sobre bater bola na Millsaps.

A Sra. Walker então marchou até um livro que estava no chão, na frente da estante, e me entregou o exemplar. Metade da capa do livro estava tomada por um rosa desbotado e metade do rosto de uma mulher encarava o título, *Cotton candy on a rainy day*.

— Se você vai estudar na Millsaps — ela disse —, eu sei que você vai precisar do máximo de Nikki Giovanni que você puder arranjar.

No caminho para casa, li *Cotton candy on a rainy day* de cabo a rabo. E, quando entrei no meu quarto, comecei a ler de novo. Minha parte favorita era:

> *Compartilho com os pintores o desejo*
> *De pôr uma figura tridimensional*
> *Em uma unidimensional superfície*

Escrevi o que me lembrava da conversa da Sra. Walker na última página do livro, e de vez em quando voltava àquelas palavras. "Eles vão te distrair. Eles vão tentar te matar. Não se distraia. Mantenha o foco. Escreva pelo nosso povo e para o nosso povo".

Eu amei aquelas frases, mas não entendia a diferença de "escrever pelo" e "escrever para". Ninguém nunca me ensinou a escrever pelo nosso povo e para o nosso povo. Eles me ensinaram como imitar o estilo de William Faulkner e como escrever pelos meus professores e para os meus professores. Eles eram todos brancos. E, quando eu escrevia para você, eu escrevia com a esperança de escrever bem o suficiente para poder me livrar de uma surra.

Fui até a estante e encontrei o *Para o meu povo*. As últimas palavras da última estrofe me deixaram confuso e mesmerizado. Margaret Walker escreveu:

> *Que uma raça de homens agora se erga e assuma o controle.*

Eu queria escrever as tais "canções marciais" mencionadas algumas linhas antes, mas eu não conseguia conceber o que seria essa "raça de homens", ou por que Margaret Walker encerrou o poema desejando que um grupo de homens se erguesse e assumisse o controle. Nos grupos de homens que eu conhecia, não existia nenhuma outra habilidade a não ser a capacidade de destruir as mulheres e as meninas que fariam qualquer coisa para não destruir esses mesmos homens. E pior: se um grupo de homens, por acaso, se erguesse e assumisse o controle, não sei onde você ou Margaret Walker estariam quando eles explodissem de raiva contra vocês.

No dia seguinte, 29 de abril de 1992, a noite do veredito no julgamento dos policiais que espancaram Rodney King, você me segurou no seu colo e não parou de se balançar por duas horas seguidas. Nós assistimos Los Angeles pegar fogo enquanto as câmeras mostravam um homem branco sendo arrancado de um caminhão e surrado por homens negros e mestiços em um cruzamento rodoviário.

— Espero que você esteja vendo o que eles não estão transmitindo — você disse. — Quero que você escreva um ensaio sobre como os brancos estão se sentindo hoje à noite. Eu sei que eles estão nos culpando por isso.

Olhei para você como se você estivesse louca, porque o último item na minha lista de prioridades era imaginar os sentimentos dos brancos. Eu só estava vivo há dezessete anos e já estava cansado de responder aos sentimentos dos brancos com um sorriso genérico e uma excelência manietada a respeito da qual eles sequer se interessavam em saber. Nunca ouvi falar de um branco sendo preso e obrigado a responder por qualquer coisa que eles tenham feito ou roubado da gente. Tanto faz se estávamos falando de policiais brancos, professores brancos, estudantes brancos ou pessoas brancas aleatórias. Eu não queria ter que ensinar os brancos a não roubar. Eu não queria ter que ensinar os brancos a nos tratar com respeito. Eu queria disputar uma luta justa contra os brancos e eu queria nocauteá-los. Ou, mais do que nocauteá-los, eu queria nunca mais perder para eles outra vez.

Eu sabia que não existia um caminho sem perdas, a não ser que nós tomássemos de volta cada partícula do que nos foi roubado. Eu queria o dinheiro, a segurança, a educação, as escolhas saudáveis e as segundas chances que eles nos proibiram de ter. Se um dia pudéssemos reparar a dívida histórica contra o nosso povo, eu sabia que nós deveríamos tomar tudo de volta sem sofrermos qualquer tipo de represália, porque nenhum sistema na face da Terra foi tão aprimorado ao longo dos anos quanto o ardor dos brancos em punir toda a comunidade negra pelas supostas transgressões de um indivíduo negro. Eles foram inacreditavelmente geniais em inventar novas maneiras de incrementar o sofrimento das massas negras desfavorecidas. Nosso superpoder, por outro lado, como me falaram desde a infância, era a perseverança, a habilidade de sobreviver sem nos importarmos com o quanto eles nos roubavam. Mas nunca entendi como sobreviver podia ser o nosso grande poder coletivo, se os brancos eram tão eficientes em nos matar — ainda mais se considerarmos que, entre os sobreviventes, a prática de se dobrar contra si mesmo se tornou tão onipresente a ponto da fratura moral parecer talvez o único desfecho possível.

Naquela noite, quando você finalmente começou a roncar, eu me arrastei até a cozinha, abri a porta da garagem, entrei no seu Oldsmobile, deixei a marcha no ponto morto e empurrei o carro até a entrada da rua. Não fui muito longe, só até a loja de conveniência a um quilômetro e meio de distância. Esperei no estacionamento até o caminhão da padaria encostar para a descarga. Quando o motorista entrou na loja, eu corri e roubei o máximo de pão de trigo, pão branco, pão de hambúrguer e cinnamon rolls que consegui carregar de volta para o carro. Então fugi da loja de conveniência e dirigi até um estacionamento com vista para a reserva Ross Barnett. Comi cinnamon rolls, pão de hambúrguer e pão branco até passar mal e vomitar.

Na manhã seguinte, servi torradas com manteiga para você na cama. Você me abraçou e me agradeceu. Você me disse que venceríamos a batalha.

Você nunca me perguntou a origem daquele pão.

Uma semana depois, eu estava na aula de literatura do décimo segundo ano, com o treinador Schitzler. Deveríamos discutir *O único e eterno rei* pela quinta semana seguida. Eu não suportava mais falar sobre *O único e eterno rei*, então peguei minha cópia de *Cotton candy on a rainy day*. Quando o treinador Schitzler me viu lendo aquele livro, ele me disse:

— Largue essa merda de poder negro, Keece. Preste atenção aqui.

Me ajeitei na carteira de madeira subdimensionada, com meu punho elevado na altura do peito, LaThon do meu lado esquerdo, Jabari do meu lado direito, e comecei a ler as estrofes do livro de Nikki Giovanni de novo e de novo e de novo, alto o suficiente para o treinador Schitzler me escutar.

— Olha o Malcolm X parrudo ali — ele disse. LaThon e o resto da turma se mataram de tanto rir. — Keece X, é esse seu nome? Bom, Keece X, lembre bem de ler esse negócio aí de noite quando você se enroscar com Abby Y.

— Puta merda — LaThon disse. — O homem comeu bola aí, hein?

O treinador Schitzler percebeu o quanto eu fiquei nervoso. Para compensar, ele me disse que amou profundamente o poema e sugeriu que eu deveria usá-lo no meu trabalho final. De acordo com o treinador Schitzler, o desfecho, em particular, era o trecho mais bonito.

Eu acreditei nele.

Decidi usar o livro de Nikki Giovanni e o trabalho de Assata Shakur como suporte bibliográfico para meu ensaio final da aula de literatura. O treinador Schitzler, que detestava devolutivas em texto, nos entregou comentários gravados sobre esses ensaios, produzidos a partir da combinação dos livros lidos em sala de aula com os livros que lemos por vontade própria. Ele comentou os ensaios em fitas cassetes, distribuídas pela sala quase no final do ano letivo. Imaginei que ele estivesse sendo bastante generoso com nossos trabalhos, já que demorou tanto tempo para nos devolver. Eu não me apaixonei pelo meu ensaio, porque não queria realmente escrever sobre *Moby Dick*, mas considerei meu penúltimo parágrafo como a melhor coisa que escrevi nas aulas dele. Tinha uma menção a *Moby Dick*, repetições intencionais e uma crítica aos Estados Unidos. Tentei escrever aquele parágrafo para o nosso povo, como Margaret Walker me pediu para escrever, mesmo que ele estivesse sendo escrito para o treinador Schitzler, uma vez que, afinal, ele era o responsável por me dar as notas.

> *Embora eu concorde com Assata Shakur que "um navio à deriva, comandado por marinheiros cansados e doentes, ainda pode ser guiado de volta para seu porto seguro", eu sei que marinheiros norte-americanos cansados e doentes, assim como suas famílias, não têm a menor chance de construírem uma vida digna e saudável, a não ser que, antes de qualquer coisa, certos norte-americanos assumam suas responsabilidades e trabalhem para mitigar a brutalidade dilacerante do nosso oceano nacional.*

Levei a fita para casa e, assim como eu fazia com as fitas emprestadas de LaThon, coloquei o cassete no pequeno rádio ao lado da minha cama.

"Keece Lay-moon", a gravação dizia, porque, desde que o treinador Schitzler soube da minha relação com Abby Claremont, ele começou a pronunciar meu nome como se eu fosse um francês desgrenhado recém-contratado para cortar o jardim da casa dele. "Keece", ele disse outra vez, "primeiro, quero te lembrar que, se você quer mesmo jogar basquete na universidade, você precisa tomar cuidado com o seu peso. Você está com quase cento e dez quilos e você não vai chegar nem na terceira divisão se continuar com esse tamanho. Você vai ser um ala-armador a partir de agora, não é mais um pivô. E o problema com o seu trabalho é que ele se sustenta em uma lógica falaciosa", e no fundo do áudio dava para ouvir o barulho de páginas sendo folheadas de qualquer jeito. "Lógica falaciosa na página três. Lógica falaciosa na página quatro. O ensaio inteiro é só uma pilha de lógicas falaciosas. Consigo enxergar vislumbres do seu propósito argumentativo, mas você enfraquece seu trabalho com lógicas falaciosas. Talvez você possa pedir para a sua mamãe te ajudar com os ensaios das disciplinas da mesma forma que ela te ajuda com seus editoriais do jornal".

O treinador Schitzler enxergava a vida toda como uma jornada, e cada jovem negro como seu herói em potencial. Ele olhava para as meninas negras e também para as meninas brancas como se elas fossem princesas, donzelas ou mocinhas amaldiçoadas. Eu queria que ele pensasse em mim como o jovem herói negro do Mississippi, o herói que duelava com as palavras, com os parágrafos e com a pontuação. Eu queria que ele me dissesse o quanto minha escrita tinha o talento necessário para ser uma das melhores escritas a surgir no Mississippi, ou em Jackson, ou pelo menos na minha escola.

Na noite em que escutei a fita do treinador Schitzler, você entrou várias vezes no meu quarto, me perguntando por que eu estava chorando. Eu te respondi que não sabia por quê.

— Você está mentindo para mim, Kie — você disse. — Me diga a verdade.

Revirei os olhos, deixei meu trabalho nas suas mãos e coloquei a fita para tocar de novo.

— Ele que se foda — você me disse depois de escutar um minuto da resposta do treinador Schitzler. — Você está me escutando? Não internalize esse lixo. Eu vou contigo amanhã na escola para enfiar meu pé na bunda desse homem.

Mas eu te fiz prometer que não me envergonharia aparecendo daquele jeito na escola. Você prometeu e se sentou do meu lado. Você pegou meu trabalho manchado de lágrimas e leu o texto em voz alta. Você me disse o que funcionava e o que não funcionava no ensaio. Você me fez perguntas sobre escolhas de palavras, sobre ritmo e sobre uma abordagem que você chamou de simbolismo político. Você me perguntou qual era o meu verdadeiro propósito com aquele ensaio e me sugeriu começar justamente por esse ponto. Você me desafiou a aproveitar o resto do trabalho para descobrir ideias e questões que antes deixei passar desapercebidas.

— Uma boa pergunta ancorada em curiosidade autêntica é muito mais importante do que um clichê ou uma metáfora afetada — você me disse.

No final da noite, você me ajudou a revisar o ensaio até eu conseguir transformá-lo em um texto do qual senti orgulho, apesar do treinador Schitzler já ter dado uma nota baixa para o trabalho. E, naquele dia, entendi pela primeira vez como ele, assim como a maioria dos homens negros adultos da minha vida, queria criar um incêndio no cérebro das pessoas para poder se apresentar como a única criatura capaz de apagar o fogo. Ele queria ser louvado pelo seu amor bruto, o que, no fundo, era apenas uma maneira de encorajar os alunos a lhe agradecer por não nos machucar o tanto que ele poderia nos machucar.

— Internalizar essa merda abusiva de gente como ele pode te enlouquecer, Kie — você disse antes de ir para o seu quarto. — Eu te amo muito e odeio te ver machucado.

Acreditei em você.

No dia seguinte, quando pedi uma explicação do treinador Schitzler, ele me disse que já tinha dito tudo o que tinha para dizer na fita. Eu respondi que não entendi a gravação e que você lia meus trabalhos, mas que nunca escrevia nada por mim.

— Ela é professora — eu disse a ele —, mas ela não escreve meus textos.

— Você parece que está pronto para me atacar — o treinador Schitzler disse na frente da turma. A dureza na sua voz me surpreendeu. De repente, ele saiu de trás da sua mesa. — Se você vai me atacar como um adulto, não fique chateado de apanhar como um adulto.

Eu fechei meus punhos.

Mas, quando o treinador Schitzler emparedou ombro a ombro comigo, eu não disse nada. Apenas apoiei a maior parte do meu peso no ombro dele e implorei a Deus para que ele cedesse à pressão, para que eu pudesse, de alguma forma, me abrigar no peito daquele homem.

Ele recuou e voltou para trás da mesa.

— Sabe qual é o seu problema? — ele perguntou, apontando para mim. — Além da sua arrogância e da sua racionalidade ingênua, seu problema, Keece Lay-moon, é que você não tem um pai em casa.

A Sra. Andrews, LaThon e dois outros professores precisaram me arrancar de cima do treinador Schitzler naquele dia por ele ter dito o que ele disse a seu respeito. Eu nunca te contei nada porque eu sabia que também seria obrigado a te arrancar de cima dele.

Encerrei a disciplina de literatura do treinador Schitzler com a pior nota possível entre os aprovados. Por sorte, ganhei alguns prêmios da Associação de Imprensa Estudantil do Mississippi ainda no ensino médio, fui recrutado para jogar basquete e, apesar de uma nota vergonhosa na avaliação final do colégio, fui bem o suficiente nos exames nacionais para ser aceito na Millsaps.

Faltando duas semanas para o final do ano letivo, escrevi um artigo para o jornal da escola argumentando que a maioria dos graduandos negros da St. Joseph merecia muito mais do que ter o reacionário governador republicano do nosso estado, Kirk Fordice, como orador da formatura. Quando a escola mesmo assim convidou o governador Fordice a participar do evento, eu disse a LaThon, a você e a meus professores que eu não participaria da formatura. Ninguém acreditou em mim.

Eu não fui.

Essa decisão, tanto quanto qualquer parágrafo escrito por mim até ali, foi o que me transformou em um escritor. E não foi porque eu não participei da solenidade. Foi porque, na noite anterior à cerimônia, você me obrigou a escrever todas as razões pelas quais eu não participaria da formatura. E eu escrevi. Mas a verdade é que eu me sentia corroído de vergonha por me formar muito abaixo dos piores da turma quando eu poderia, com facilidade, estar entre os melhores se tivesse me esforçado ao invés de continuar tentando nos punir.

Todos os meus amigos e parentes me parabenizaram por manter minhas convicções e não participar da formatura, exceto você e Vovó. Sentei na sala de jantar de Vovó com vocês duas, comendo meu segundo prato de macarrão com queijo enquanto LaThon e o resto dos meus colegas atravessavam o palco na frente de Kirk Fordice e do treinador Schitzler. Quando me estiquei para servir um terceiro prato de macarrão com queijo, você disse a Vovó que eu já tinha comido o suficiente.

— Como você sabe se eu comi o suficiente se eu continuo com fome? — eu te perguntei.

— Saia da mesa — você disse. — Vá lá fora e repense seus atos.

Eu revirei os olhos, chupei os dentes e fui para debaixo do alpendre de Vovó.

— Cê quer saber a verdade? — Vovó disse enquanto nos sentávamos do lado de fora da casa. — Depois de todas as surras e depois de toda a pensão alimentícia que nunca veio, não acho que sua vontade seja impedir a felicidade dos seus pais te vendo atravessar o palco. E também não penso que a culpa seja sua, Kie. Mas o problema é você se machucar tentando mostrar às pessoas que elas estão te machucando. Deus nos deu cinco sentidos por um motivo. Cê tá me escutando? Use os cinco sentidos. Pare de ficar caçando distrações. Pare de arrancar suas próprias pernas. Lá fora, o caos já é grande demais pra gente ainda querer aumentar a confusão. Sua mãe é o menor dos seus problemas. Você pelo menos agradeceu os professores daquela escola?

Fiquei lá sentado pensando em todos os meus professores, da primeira até a última série do colégio. Estudei quase minha vida inteira em colégios negros, com exceção daquele ano na St. Richard e daquele ano no DeMatha. A Sra. Arnold, minha professora da quarta série, foi minha única professora negra. A Sra. Raphael, que foi nossa professora na sexta e na sétima série da Sagrada Família, nos amava tanto que, uma vez, eu e LaThon acabamos chamando ela de mãe por engano. O resto dos meus professores e professoras fez o melhor que eles podiam fazer, mas, ainda assim, eles precisavam de muita ajuda para conseguirem melhorar o melhor de cada um. Muitas das nossas demandas em sala de aula, na nossa cidade, no nosso estado e no nosso país poderiam ter sido atendidas se esses professores tivessem feito pelo menos o dever de casa. Nunca, em nenhuma ocasião, eles nos disseram palavras como "desigualdade econômica", "discriminação imobiliária", "violência sexual", "encarceramento em massa", "homofobia", "imperialismo", "despejos coletivos", "transtorno de estresse pós-traumático", "supremacia branca", "patriarcado", "neonacionalismo", "saúde mental" ou "abuso parental", embora todas as pessoas naquela escola transitassem em um mundo moldado por essas palavras.

Eu amava meus professores e queria que eles nos amassem. Eu sabia que eles recebiam péssimos salários. Sabia que eles eram cobrados por trabalhos que não estavam aptos a realizar. Mas eu sentia que nós realmente desperdiçávamos a maior parte do nosso tempo tentando ensiná-los a respeitar as nossas origens, e que eles desperdiçavam a maior parte do tempo deles tentando nos punir por ensiná-los a nos tratar do modo que merecíamos ser tratados.

Mais adiante naquele verão, encontrei com LaThon perto do dia dele se mudar para a Universidade do Alabama. Nós continuamos amigos, mas paramos de cuidar um do outro quando comecei a me relacionar com Abby Claremont. LaThon me disse que se meteu em alguma confusão no festival Freaknik e precisava que Malachi Hunter arranjasse para ele um advogado capaz de resolver o processo antes da universidade descobrir. Eu disse a ele que, na verdade, eu não trocava mais nenhuma palavra com Malachi Hunter e que, mesmo que eu falasse com ele, Malachi Hunter devia estar enfrentando suas próprias batalhas judiciais.

— Você é o único da galera que ainda não se desgraçou com a polícia — ele me disse. — E, porra, você é o mais maluco de todos.

— Eu não sou maluco, pelo menos não esse tipo de maluco.

— Ô, meu irmãozinho — ele me disse sem piscar os olhos. — Como é que é o negócio? Você não é esse tipo de maluco? Cê acha que cê tá falando com quem, hein?

Desde a quarta série, quem foi mais expulso do colégio do que você? Quem é que estava trepando com uma branquela mesmo sabendo que a mamãe ficava puta com o assunto? Quem é que estava constantemente jogando as verdades na cara dos brancos? Quem fez um discurso no meio do ônibus sobre foder sem camisinha depois que Magic Johnson contraiu HIV? Quem falava merda pra polícia como se aquela porra não fosse a polícia desde que a gente tinha doze anos de idade? Você é a única pessoa que eu conheço que vai fazer e vai dizer qualquer coisa em qualquer lugar em qualquer hora do dia. Juro por Deus, a única pessoa que eu conheço que não se assusta com as coisas que a gente deveria se assustar. E eu fico, porra, me explica aí, como é que esse negão mantém essa convicção toda e nunca foi preso?

— Por enquanto.

— Você continua sem beber e sem fumar maconha?

— Por enquanto.

— Por enquanto? — LaThon zombou de mim. — Se você ainda não começou a fumar, não vai fumar nunca mais, meu camarada. Cê acha que é porque sua mãe arranca o seu couro o tempo todo?

Eu apertei a mão de LaThon e dei um abraço nele.

— Porraniuma, cara — eu disse. — Não acho que seja porque minha mãe arranca meu couro. Todo mundo sente medo de alguma coisa.

— Tô só te sacaneando — ele disse. — Largue de ser tão sensível. Eu ainda nem acredito que cê vai ficar em Jackson e ir praquela porra de escola cheia de bunda branca. Cê esqueceu quão precário foi da última vez que a gente visitou uma dessas faculdades na oitava série?

— Eu te amo, meu irmãozinho — eu disse a ele pela primeira vez na vida. — Não vai esquecer os seus amigos daqui lá na escola de engenharia.

— Também te amo, meu irmão. Não vai esquecer dos seus amigos daqui quando você for expulso da sua faculdade branqueluda.

— Ninguém vai ser expulso de faculdade nenhuma, não — eu disse a ele. — E a abundância negra continua, não continua?

— Você já sabe a resposta — LaThon disse. — O dia inteiro. Todos os dias. E eles ainda não fazem a menor ideia.

III.
PROJETOS ACADÊMICOS

FANTÁSTICO

Você estava sentada no banco do motorista cantando a letra errada de *Real love*, de Mary J. Blige, enquanto eu surtava no banco do passageiro querendo que você dirigisse mais rápido. Nós estávamos a caminho do aeroporto. Você tinha sido aceita para mais uma bolsa de pós-doutorado, desta vez concedida por Harvard e válida por um ano letivo completo. Eu tinha dezoito anos e pesava quase cento e dez quilos. O extrato anunciava a existência de cento e setenta e cinco dólares na minha conta bancária.

Então eu te perguntei:

— Você tenta cantar a letra toda errada, é isso?

E você disse:

— Pois é, às vezes.

E não trocamos mais nenhuma palavra até chegarmos na frente do seu portão de embarque.

— Acho que nós precisamos mesmo de um tempo afastados — você me disse, no final das contas. — Talvez eu consiga me preocupar menos contigo se eu souber que não posso controlar cada passo da sua vida.

— Talvez.

— Eu sei — você disse. — Eu sei.

Perguntei, na sequência, se eu podia levar alguns livros lá de casa para o meu dormitório na faculdade. Você se aproximou, me abraçou e beijou o topo da minha cabeça. Eu me afastei.

— Talvez os livros possam te proteger — você disse. — Pegue todos os livros que você precisar, Kie. E não brigue quando você estiver com raiva. Pense quando você estiver com raiva. Escreva quando você estiver com raiva. Leia quando você estiver com raiva. Não deixe aquelas pessoas explodirem sua cabeça só porque eu não estou por perto — você disse, e eu revirei os olhos e chupei violentamente os dentes observando você andar até o começo da fila. — Não seja bom — você me disse, à distância. — Seja perfeito. Seja fantástico.

Você sorriu. Eu sorri.

Você acenou. Eu acenei.

Você soltou um bocejo falso. Eu soltei um bocejo falso.

Você desapareceu. E eu me vi livre.

Eu queria que você se sentisse segura em Boston e concluísse sua pesquisa. Queria que você finalmente encontrasse um amor saudável, afirmativo e com todos aqueles ingredientes que as pessoas cantam nas rádios contemporâneas. Eu também queria que, enquanto eu estivesse no Mississippi, você nunca mais voltasse a pisar dentro dos limites do estado.

Ao invés de dirigir de volta para a Millsaps, corri para aquela Waffle House na frente do Coliseum, logo ao lado da Dunkin' Donuts, e pedi o especial tudo-que-você-consegue-comer, um dos grandes destaques do cardápio. Eu nunca tinha dirigido sozinho até um restaurante, e me sentar naquela mesa e pedir um waffle, um omelete, batatas fritas, grits de queijo, um hambúrguer e mais um waffle com nozes me fez me sentir um verdadeiro adulto. Comi todos os pratos, andei até a porta ao lado e pedi ainda uma dúzia de donuts no Dunkin' Donuts sem me perguntar, ou sequer me importar, a respeito da reação dos outros clientes ao meu rosto engordurado.

Eu me senti tão livre.

No dia seguinte, todos os negros do primeiro e do segundo ano se reuniram no quarto de Clinton Mayes. A gente se adorou na noite de sexta, quando o encontro foi completamente abstêmio, e a gente se amou na noite de sábado, quando quase todo mundo tropeçou de tão bêbado.

Eu não bebia um gole sequer de álcool há pelo menos sete anos, por medo de me dar um tiro ou de atirar em alguém. Mas sorri bastante e balancei a cabeça e escutei as conversas e pisquei meus grandes olhos vermelhos bem, bem, bem devagar e dizia "nossa, que engraçado" a cada oito minutos. Essa artimanha, e o fato de eu ser de Jackson, foi o suficiente para as pessoas pensarem que eu estava muito bêbado e chapado.

Escutei a frase "a gente vai conseguir" mais do que trinta e quatro vezes naquelas primeiras horas de convívio. A frase era sempre acompanhada por um abraço, um "você já sabe" ou por uma oferta de balinha de hortelã feita por esse onipresente veterano de pescoço longo chamado Myles.

Não demorou e também aprendi a falar "você já sabe" e "a gente vai conseguir", mas eu não entendia por que diabos a gente não iria conseguir. A maioria das pessoas naquele quarto fez o ensino médio no Mississippi. Na Millsaps, nós só precisávamos ler livros. Nós só precisávamos escrever artigos. Nós só precisávamos passar nas provas. Os estudantes ao nosso redor eram somente pessoas brancas genéricas. E todos nós éramos crias locais, negras e abundantes, o que significa dizer que todos nós éramos descendentes de Fannie Lou Hamer, Ida B. Wells e Medgar Evers. Nós éramos mais espertos, mais fortes e mais criativos do que os estudantes brancos, os diretores brancos e os professores brancos simplesmente porque nós precisávamos ser.

Em algum momento, falei para um veteraníssimo de Winona chamado Ray Gunn que ele parecia uma versão clandestina de Stokely Carmichael, e ele só me respondeu:

— Ou seja, você quer dizer que aquele ancião chamado Kwame Ture parecia comigo quando ele era jovem.

Depois, eu disse a Gunn que, na minha cabeça, os professores da Millsaps fariam tudo o que estivesse ao alcance deles, dentro e fora da sala de aula, para garantir que faríamos mais do que apenas conseguir. E, apesar de Ray Gunn não ter feito mais do que me olhar e piscar os olhos, nós nos demos muito bem desde o primeiro segundo de conversa porque ele não tinha nenhum filtro de vergonha na fala e amava tentar inventar gírias que nunca funcionavam de verdade.

— Esses professores da Millsaps, cara — ele disse —, eles tão cagando pra sacaninha preto que nem a gente assim que a gente sai da porra da sala. Você não é especial. Eu não sou especial. Pelo menos não pra essa gente. Ou então você é muito especial porque eles acham que você é uma exceção à raça. Você vai ver. É melhor você treinar logo umas palavras como "fantástico" na frente do espelho. Millsaps é conhecida por fazer o sacaninha esquecer quem ele quer ser.

Não havia muitos alunos negros na Millsaps, mas, entre os matriculados, quase todos eram recrutados pelo basquete e pelo futebol americano, vários procedentes do próprio Mississippi. Ray Gunn me disse que a maioria dos alunos negros reprovados nos critérios de elegibilidade era mandada de volta para casa, ou então eles saíam para trabalhar em outro lugar e nunca se formavam.

— Tudo isso — ele disse — e ainda a porra daquelas composições orais e das provas escritas pra vir fodendo nosso esquema. Quebra-banca do caralho. Cara, eles vão esmigalhar os idiotas mais rápido do que você imagina.

As meninas negras que conheci naquele primeiro final de semana não eram recrutadas para praticar um esporte, mas, como a gente, elas também nunca tinham estado tão perto de tanta gente branca com dinheiro. A maioria delas dizia que queria ser médica, contadora ou advogada. E essa menina pernuda com um vestido vaporoso chamada Nzola Johnston fez o quarto inteiro cair na risada quando ela se autointitulou uma "xerocópia de Denise Huxtable à noite" e uma "xerocópia de Claire Huxtable de dia". Nzola ainda disse para todas as meninas, na frente de todos os meninos, que elas precisavam, sim, cuidar umas das outras, porque as mulheres negras não podiam confiar nos homens brancos ou "nesses negões aqui" para cuidarem delas.

Durante meu primeiro semestre, quando não estava na aula, na cafeteria, jogando basquete ou dirigindo para comprar comida, eu passava a maior parte do tempo no meu quarto escrevendo trechos de ensaios que eu pretendia encaixar nos artigos das disciplinas. E abracei com força o papel do inteligente menino negro do Mississippi, embora esse papel fosse um dos mais difíceis para mim. Eu também gastei todo meu dinheiro para estudo-e-trabalho comprando tortas de batata-doce e gasolina ao invés de roupas que me servissem. Com um mês na faculdade, o único par de calças cáqui que eu gostava de usar já não acomodava nem metade da minha bunda.

Nas primeiras semanas de aula, um segurança pediu para verificar minha identidade algumas vezes no meu próprio quarto e fui acusado de plágio por usar a palavra "ambivalente" em uma aula de literatura. A minha vontade era falar para o professor que me acusou de plágio que eu nunca sequer usei um dicionário de sinônimos durante a escrita porque considerava uma trapaça. E, imediatamente depois dessa acusação de plágio, comecei a levar cinco livros para todas as minhas aulas. Em geral, esses livros não tinham nada a ver com a disciplina do momento. Às vezes eu empilhava os livros na minha mesa. Às vezes, com uma lentidão deliberada, retirava um a um da mochila e, com uma lerdeza ainda maior, guardava os exemplares de volta, mostrando aos estudantes brancos e aos professores o quanto eu já tinha lido muito mais do que eles.

Nas aulas, no entanto, eu só abria a boca se farejasse uma oportunidade de discursar a favor dos negros. Eu não usava a sala de aula para fazer perguntas ou para reivindicações infundadas. Muita coisa estava em jogo para eu me arriscar a fazer perguntas, ser idiota ou incorporar um estudante curioso bem na frente de uma sala cheia de estudantes brancos que presumiam que todos os negros eram intelectualmente inferiores a eles. Pela primeira vez na vida, a sala de aula me assustou. E, quando eu me sentia assustado, eu corria para os bolos, porque os bolos pareciam seguros, discretos e comemorativos.

Bolos nunca atacavam de volta.

No dia em que encontrei Nzola Johnston de novo, minhas coxas se esfregavam em carne viva uma na outra e novas estrias explodiam pela minha barriga. Quando Nzola passou pela minha mesa no restaurante, uma quarta-feira à noite, eu estava a meio caminho de devorar três fatias gordurosas de bolo Red Velvet e lia um livro de Derrick Bell chamado *Faces at bottom of the well*.

Nzola Johnston passou pela minha mesa na saída do restaurante, exibindo as sobrancelhas mais espessas e as linhas de expressão mais profundas que eu já tinha visto em alguém, com a exceção de Vovó. Ela se vestia como se fosse uma funcionária da Gap e escutasse A Tribe Called Quest vinte e quatro horas por dia, sete dias por semana, mas ela falava como se não suportasse mais o tédio de conviver com as pessoas de Jackson que trabalhavam na Gap e escutavam A Tribe Called Quest vinte e quatro horas por dia, sete dias por semana.

— Você gosta de ler, é isso? — ela perguntou. Eu não respondi nada. Apenas balancei a cabeça para cima e para baixo em câmera lenta. — Ah, beleza — ela disse. — Eu sou a colega de quarto de Kenyatta, Nzola. Ela me disse que você gosta de Digable Planets e está armando um barulho na aula de estudos liberais.

— É o que estão falando por aí — eu disse. — Eu sei quem você é. A gente já se conhece.

— Só porque você esteve em um quarto olhando pra minha bunda não quer dizer que a gente se conhece. Qual é o significado do seu nome?

— Alegria — eu disse a ela. — Em Kikongo, quer dizer alegria. Meu pai morava no Zaire quando eu nasci. E qual é o significado de Nzola?

— Se você quiser mesmo saber, você vai descobrir. Eu definitivamente vou te ver de novo por aí, Kiese.

E eu decidi, naquela noite, que iria ao restaurante todas as noites da semana com um livro diferente na mão, torcendo para Nzola Johnston me encontrar lendo alguma coisa. Passei aquela noite na biblioteca tentando descobrir o significado do nome Nzola. Quando me dei por vencido, a bibliotecária me sugeriu procurar na internet.

— O que é internet? — perguntei a ela.

— Esquece — ela disse. — Vou pesquisar e ver o que posso descobrir para você.

Seis noites depois de Nzola Johnston ter me dito que definitivamente me veria de novo, eu escutei ela falar a mesma frase para dois veteranos negros que estavam enchendo o saco dela. Quando ela saiu do restaurante e os veteranos foram embora atrás, Nzola voltou.

— Você está fugindo de alguma coisa — ela me disse durante nossa primeira conversa de fato. — Eu também estou. Não sei do que eu estou fugindo, mas eu sei que estou fugindo. E você?

— O que tem eu?

— Você está fugindo de alguma coisa — ela disse de novo. — Ou você não estaria aqui me esperando aparecer — e antes de eu poder balbuciar uma resposta, Nzola continuou a falar. Ela me disse que assistiu as suas análises das eleições por anos na WJTV. Ela me disse que você era uma das heroínas da vida dela, e me perguntou como foi crescer na casa de uma mulher negra tão forte e brilhante. Eu esboçava uma resposta quando Nzola me interrompeu: — Essas meninas brancas são mesmo insignificantes. Algumas delas agem como se tivessem algum tipo de bom senso. A maioria delas não tem nem um pingo. Nem um pingo. Mas elas têm o dinheiro. É irritante. E você?

— O que tem eu?

— Essa coisa de dinheiro não te enche o saco?

Eu não queria que os brancos de Millsaps ou mesmo Nzola soubessem que eu tinha recém aberto minha primeira conta bancária e contava com somente trinta e sete dólares disponíveis no momento. Eu também não queria que eles soubessem que trinta e sete dólares era, na verdade, uma quantia considerável para qualquer membro da nossa família perto da terceira semana de um mês qualquer.

— Eles fazem o jogo deles — eu disse. — A gente faz o nosso. Meu dinheiro é limpo, então eu estou limpo. É estranho ter um nome que significa "amor"?

— Seu dinheiro é limpo assim? — ela me perguntou, ignorando minha jogada. — Ou você é livre assim? Porque eu estou tentando ser livre. Você por acaso se acha o grande fodão por descobrir o significado do meu nome, é isso?

— É isso — eu disse. — Eu me acho o grande fodão por descobrir o significado do seu nome — e chamei Nzola de grande Angela Davis xerocopiada e disse a ela que também estava tentando ser livre, e que ajudava meu dinheiro ser um dinheiro limpo. Ela me perguntou por que eu sempre falava no quanto meu dinheiro era limpo. E eu dei risada e dei risada e dei risada até a risada se acabar.

Nzola e eu nos encontramos no restaurante para comermos fatias gordurosas de bolo Red Velvet por cinco dias consecutivos. Na semana seguinte, eu comprei para ela a nova fita do Digable Planets e a levei no buffet chinês todos os dias no almoço ou no jantar. Dois cheques meus bateram sem fundo na conta e estourei o limite do meu novíssimo cartão de crédito logo na sequência. E, na semana depois que Nzola, Ray Gunn e eu fomos equivocadamente acusados de plagiar certo artigo em diferentes aulas de literatura, passei mais dois cheques sem fundo para comprar uma camisa de rúgbi da Izod.

No final das contas, todos os momentos que vivi naquele campus serviam apenas ao propósito de confundir as pessoas sobre quem eu realmente era. E essa confusão, apesar de divertida, também era uma fonte extrema de cansaço. Eu não sabia muito bem quem eu era, mas eu entendia o lugar onde eu estava. Eu estava no meio de Jackson, no meio da minha cidade, só que muito distante de casa.

Quando fui aceito na Millsaps, eu sabia que, de um lado da faculdade, ficava Belhaven, o bairro onde viviam os liberais brancos ricos que nunca precisavam chegar perto de Madison e de Rankin. Do outro lado, ficava um bairro negro pobre chamado North End. Eu sabia que os portões virados para North End permaneciam sempre trancados, e que os portões virados para Belhaven dormiam sempre abertos, sempre convidativos. Eu sabia que os brancos que frequentavam a minha escola majoritariamente negra levavam repetidos socos na boca por usarem a bandeira confederada nas camisas ou por falarem merda a respeito do Velho Sul. E eu sabia que, na Millsaps, essas camisas confederadas eram tão comuns quanto camisas polo falsas e roupas da Izod.

Já no primeiro semestre de aula, aprendi que a maior parte dos jardineiros era de homens negros. Aprendi que a maioria das garçonetes e das zeladoras que limpavam nossos dormitórios era de mulheres negras. Aprendi que as fraternidades e as sororidades passavam as quintas, sextas e sábados em alterados estados de consciência, quebrando coisas que não deveriam ser quebradas. Aprendi que dormitórios, salas de aula, escritórios, trilhas e festas eram dominados por estudantes brancos, professores brancos e diretores brancos que, nos seus termos particulares, asseveravam o quanto a nossa presença na universidade era a prova da inocência deles e que, portanto, eles nunca poderiam ser considerados racistas. E aprendi, depois de um semestre na Millsaps, que os livros não conseguiriam me salvar de uma faculdade, de aulas, de uma biblioteca, de dormitórios e de uma cafeteria que pertenciam aos brancos ricos. O que eu não esperava era sentir aquele tipo de sentimento bem no meio da minha própria cidade.

Duas semanas depois, eu e Nzola estávamos no quarto dela, enquanto sua colega dormia, beijando o pescoço um do outro como se não houvesse amanhã. Em algum momento, me deparei com as fotos do namorado de Nzola escondidas debaixo da cama, ao lado de umas pinturas azuis e de pequenas esculturas de arame marrom. A linha do queixo do namorado de Nzola era realmente pronunciada. Ele se parecia com Lance, um dos amigos de Theo no *The Cosby show*.

Nzola, então, me sussurrou que ela queria que fôssemos como Bill e Hillary Clinton, com a diferença de que nós dois amávamos os negros de verdade e não somente o que os negros realizavam pela nossa subsistência política.

— Beleza — eu disse, e dei um beijo na testa de Nzola. — Mas seu namorado provavelmente não vai gostar de te ver casada comigo.

— Nem aquela sua namorada branca — ela disse.

Eu não tinha contado a ela sobre Abby Claremont, mas alguém pelo jeito contou.

— Que namorada branca?

— Olha... — Nzola disse. — Você se pegava com uma menina branca, não se pegava? Cara, chocolate adora achar que vai ser doce pra sempre.

Três semanas mais tarde, antes do recesso para o Dia de Ação de Graças, eu e Nzola estávamos, no meio da madrugada, em cima de um palco do complexo acadêmico trocando as carícias mais intensas da minha vida. Nzola me disse que amava meu lábio inferior e que nunca mais queria parar de me beijar.

Eu não acreditei nela.

Ela me perguntou se poderíamos ir para um lugar com mais privacidade porque o campus vivia coalhado de câmeras escondidas filmando todos os nossos movimentos. Voltamos para o quarto dela, já que Kenyatta tinha viajado para o fim de semana. Nzola me entregou uma camisinha antes mesmo de chegarmos na cama.

— Qual é o nome do seu namorado? — eu perguntei. — Ele é bem mais velho que a gente e é um doutor, não é isso?

— Ele é só um amigo meu — ela disse. — E, sim, ele é doutor. E tem vinte e sete.

— E qual é o nome do seu doutor-amigo-de-vinte-e-sete-anos-de-idade, hein?

— O nome dele é James.

— E como é que você foi cair na armadilha de um sujeito digno de propaganda de sucrilho com um nome totalmente básico como Dr. James, hein?

— Qual que é o nome da sua namorada mesmo? Molly, é isso? Ou alguma coisa como Claire, né? — ela disse. — Olha, eu não quero saber o nome daquela baranga branca. Eu quero te perguntar uma coisa.

— O quê?

— Quero que você me diga como você se sente quando fica comigo.

— Sério?

— Sim — ela disse —, seríssimo. Tipo, como é que seu corpo se sente quando você está comigo?

— Eu me sinto pesado — eu disse a ela.

— Pesado tipo profundo?

— Talvez um pouco, mas pesado mais como enorme. Pesado como gordo. E você?

— Mas pesado e enorme e gordo são três coisas completamente diferentes — ela disse.

— Você acha?

— Eu sou pequena, mas eu sei que eu sou pesada. E você?

As roupas largas de Nzola e seus traços rechonchudos escondiam o que, na realidade, não era mais do que uma pequena carcaça. Ela não era apenas minúscula se comparada a mim, ou se comparada a Abby Claremont. Ela era minúscula comparada a qualquer uma das mulheres que já tinham me beijado antes.

— Você perguntou e eu respondi. Você não consegue dizer que eu ganhei quase dezoito quilos desde o começo das aulas, consegue?

— Não consigo — ela disse.

— Por que você está mentindo?

— Não estou mentindo. Não consigo notar essa diferença. Mas, mesmo que eu consiga notar, e daí?

Então eu falei a Nzola que precisava voltar para meu dormitório e terminar um trabalho. Ela perguntou se poderia ir junto comigo. O trabalho devia ser entregue na manhã seguinte, eu disse a ela, e eu não conseguia me concentrar muito bem se escrevia com alguém do lado.

— A respiração das outras pessoas bagunça seus pensamentos, Kiese?

— Tipo, bom, mais ou menos, mas é mais que...

— Você é um cara muito estranho, Kiese Laymon — ela disse. — Mesmo eu sabendo que você está mentindo pra mim, o único sentimento que eu consigo sentir por você agora é compaixão.

— Por quê?

— Porque é muito fácil notar que você nunca vai compartilhar comigo o que você está escondendo.

Eu pensei no que Nzola disse, mas não pensei no que é que eu estava escondendo. Desde que cheguei na Millsaps, eu realmente não parei para pensar no que eu escondia sob os meus escombros.

— Você também não me mostra o que você esconde. E você claramente está escondendo alguma coisa tanto quanto eu.

— Sim, beleza. Você está certo — ela disse. — Mas é diferente. Eu conheço vocês. Vocês adoram ver a gente quebrar.

— Mas eu não estou tentando ver você quebrar.

— Se você quer que eu acredite quando você está mentindo pra mim — ela disse —, então, sim, você quer me ver quebrar.

Nzola, em algum momento, me convidou para visitar sua casa no feriado de Ação de Graças, mas recusei o convite porque a madrasta dela sempre comentava sobre o peso de Nzola e sobre como ela queria arrumar um "irmão simpático, bonito e estável" para a enteada. Por uma década, eu fui tratado como um homem em várias ocasiões dentro da nossa casa. Mas eu também era, até o final dos tempos, o tipo de jovem negro que jamais poderia ser considerado um irmão simpático, bonito e estável porque eu era muito excessivo para ser simpático e muito atormentado para ser estável.

Apesar dos dormitórios estarem fechados, passei da quinta até o sábado na sala comunitária dos estudantes comendo tudo o que eu podia pagar do cardápio de noventa e nove centavos do Wendy's. Quando minha comida do Wendy's acabou, parti para as máquinas automáticas do campus e roubei todas as batatas fritas e os Moon Pies, Twix e Grandma's Vanilla que pude encontrar. Depois, coloquei meus pés sobre o sofá da sala de estudantes e assisti o *The Arsenio Hall show* na televisão. Antes de dormir, comecei a ler um livro emprestado da biblioteca, de Toni Cade Bambara. O título era *Gorilla, my love*.

> *Não faz bem nenhum escrever uma ficção autobiográfica porque no minuto exato que o livro chega na estante da livraria lá vem sua mamãe gritando como você pôde e suspirando que ó morte onde está seu aguilhão e ela te arranca da cama para grelhar sua alma sobre que é que estava acontecendo aqui no Brooklyn quando ela estava lá trabalhando em três empregos diferentes e tentando melhorar a qualidade da sua grandiosa vida para só descobrir ali na página quarenta e*

dois que você andava sassaricando pelo bairro com aquele menino sórdido e ela desaba em choros e soluços e muito naturalmente sua família segue com olhos sonolentos para pegar a balbúrdia das cinco da manhã mas até onde sabe sua mãe estamos em mil-novecentos-e-quarenta-e-poucos e você ainda tem idade suficiente para levar a porra de uma surra.

    A primeira frase do livro me mostrou como as primeiras frases podem ser montanhas-russas especialmente desenhadas para nós. Eu li outra vez. E na sequência escrevi a frase num papel. Bambara pegou o que Welty fez de melhor e criou mundos onde ninguém estava protegido ou enclausurado, onde ninguém era branco, mas onde todo mundo — de alguma forma — era estranho, maravilhoso, levemente amalucado e cem por cento preto. A negritude, com todos os seus tédios e com todos os seus estrondos, era o contexto histórico e imaginativo do trabalho de Bambara. Eu queria viver aquele tipo de liberdade, dentro e fora da página. Queria, algum dia, escrever um texto com aquele tipo de primeira frase, queria que aquele tipo de primeira frase fosse escrito para mim todos os dias pelo resto da minha vida.

    Eu ainda escrevia toda noite e revisava toda manhã, mas praticar a elaboração de frases formidáveis só me fez mesmo um escritor de frases formidáveis. A outra dimensão da escrita exigia muito mais do que apenas prática, e muito mais do que apenas leitura. Exigia porções generosas de explorações não sentimentais do amor negro. Exigia a aceitação da nossa estranheza. E, principalmente, exigia um comprometimento com novas estruturas, e não uma simples reforma. Eu atravessei dezoito anos da minha vida lendo trabalhos de frasistas supostamente excelentes que, na verdade, não nos amavam, ou sequer nos viam. Muitos escreveram para nós sem nunca escreverem por nós. Depois de ler Bambara, pela primeira vez me perguntei quão incrível poderia mesmo ser uma frase norte-americana, um parágrafo norte-americano ou um livro norte-americano se eles não fossem, pelo menos em parte, escritos para os negros e pelos negros norte-americanos do Sul Profundo.

Alguns dias antes das férias de inverno, Nzola me convidou para irmos no restaurante comer algumas fatias gordurosas de bolo Red Velvet. Eu levei o exemplar de *Gorilla, my love* porque queria ver a expressão de Nzola quando ela lesse a primeira frase.

— James me convidou para uma visita durante o recesso de Natal — ela me disse enquanto comíamos o bolo.

— Que ótimo — eu disse, e guardei o livro de volta na sacola de livros. — Mande um oi para o Dr. Rick James.

— Não quero ir, Kiese — ela disse.

— Sério? O que Bill Clinton faria no seu lugar?

— Ele mentiria e comeria quem aparecesse pela frente — Nzola disse, sem abrir qualquer rasgo de sorriso. — E depois ele mentiria mais um pouco — ela disse, e eu comentei que ia começar a trabalhar em um ensaio sobre Bill Clinton. — É tudo o que você tem pra me falar? — ela perguntou, e me abraçou. — É realmente tudo o que você tem pra me falar?

— É.

— Depois a gente conversa então. Boa sorte com o seu ensaio. Me mande pra ler, se quiser. Tomara que o seu feriado seja fantástico.

Nzola nunca tinha usado "fantástico" em uma conversa comigo antes daquele dia, o dia em que acabamos nosso relacionamento sem nunca termos começado nada de verdade. Nenhuma pessoa negra jamais usou "fantástico" em uma conversa comigo antes daquele dia a não ser você e Ray Gunn, e, no caso de Ray Gunn, era sempre uma espécie de alerta.

Naquela noite, saí procurando por restos de pizza em todas as lixeiras do meu dormitório. Só no primeiro e no segundo andar já achei fatias suficientes para alinhavar uma pizza grande. Empilhei essas fatias uma em cima da outra e coloquei todas elas em cima de uma folha de papel-toalha. Eu estava prestes a ligar o micro-ondas na cozinha do dormitório quando Ray Gunn me deu um tapinha no ombro.

— Que porra cê tá fazendo? — ele perguntou.

Eu contei a ele que Nzola falou em "fantástico" ao se despedir de mim.

— Ih, então agora a coisa já é passado — ele disse, jogando a minha pizza no lixo, pedaço a pedaço. — Negão, você tá deprimido?

— Como assim?

— Eu disse o que eu disse. Você tá deprimido, não tá? — e Ray Gunn começou a me falar sobre seu nono semestre na Millsaps, quando um professor sugeriu que ele procurasse um psiquiatra. — Eu me sentia meio que nem você. Ganhando peso e essas merdas. E aí conversei com esse cara sobre coisas tipo suicídio e psicose. E de repente estava lá aquela desgraça branca me prescrevendo antidepressivos.

— E funcionaram?

— Sacaninha, aquela porra me fez me sentir muito branco.

— Como assim branco?

— Só branco — ele disse. — Nem muito alto, nem muito baixo. Sabe quando vem o sacaninha e diz "eu tô cagando pra essa porra"? Pois então, ninguém diz "tô cagando pra essa porra" se essa pessoa já tomou antidepressivo. Antidepressivo faz você cagar pra porraniuma. Cara, eu me sentia muito branco — ele disse, e eu me revirei até a morte de tanto rir.

— Sério. Sem sacanagem nenhuma. Se você precisar, não vá num psiquiatra. Vá num psicólogo.

— Qual a diferença?

— A diferença é que um vai escutar você e tentar culpar a sua mãe, e talvez seu pai, e o outro vai te enfiar umas pílulas para deixar seu cu se sentindo um cu de branco.

— Que nada — eu disse. — Tô de boa.

— De boa onde? Você arranjou uma gênia pernuda para correr atrás do seu cu, aí você fode a porra toda e faz ela falar em "fantástico" pra se despedir de você. Você deve ser o sacana mais inteligente que eu conheci na Millsaps, mas você também deve ser o sacana mais triste a se matricular aqui nos doze semestres que eu já estudei nessa faculdade. Cara, não coma quando você estiver triste. Sério. Não coma, não beba, não aposte dinheiro se você estiver triste. Vá rezar. Ou converse comigo. Ou faça exercício. Ou só vá dormir. Você está deixando essa merda te matar. E é exatamente o que eles querem — Ray Gunn disse. — Acredite em mim. Eu vivi o que você está vivendo. Você é meu garoto, seu sacana, mas você deveria começar a considerar uma transferência. Tem nada de fantástico aqui, não. Muda essa merda. Você tem que cortar pro outro lado.

— Cortar pro outro lado? Essa é nova, hein? Você sabe que cortar pro outro lado já quer dizer uma outra coisa, né?

— Eu sei o que as pessoas acham que significa, mas, quando eu falo, o significado é o meu significado — ele disse. — Você vê como eu tô cortando pra todos os lados no meu Impala? Você vê como eu tô invariavelmente cortando meus estilos de um lado pro outro? Seja como eu, sacaninha. Corte pra todo lado.

Apertei a mão de Ray Gunn, disse a ele que não entendia porraniuma do discurso que ele me fez e aí andamos na direção do Impala.

— Ah, meu irmão, finalmente eu te entendi — eu disse a Ray Gunn. — Você vai ser um negão-dos-anos-noventa até o último dia da eternidade. Mesmo que fosse a década de setenta, você ainda ia parecer dos anos noventa e mesmo nos anos dois mil você ainda vai parecer dos anos noventa.

— Você só percebeu agora, sacaninha?

— Pois é, só percebi agora — eu disse a ele. — E, sobre aquele assunto, porra, obrigado mesmo por me contar da sua experiência com remédio. Sério. Agradeço muito.

Quando voltei para o meu quarto, eu salivava por aquela pizza gordurosa que Ray Gunn tinha jogado no lixo. Imaginei que escrever fosse distrair meu apetite, então peguei meu caderno e escrevi o porquê de ser tão engraçada essa história de Ray Gunn me contando sobre como os antidepressivos fizeram ele se sentir um cara branco.

Eu li.

Olhei pela janela.

Senti a textura da parede de cimento pintado atrás da minha cabeça.

Li um pouco mais.

Olhei pela janela.

Escrevi.

Uma hora depois, voltei à cozinha, escavei seis das oito fatias de pizza no lixo, passei água quente por cima delas, joguei fora os pedaços de pepperoni e esquentei o meu segundo jantar.

Eu não me sentia deprimido. Eu não me sentia branco. Eu me sentia livre. Eu me sentia fantástico.

DESASTRE

Quando você voltou para casa no feriado de Natal, você me olhou, balançou a cabeça e perguntou:
— O que você está fazendo com a sua vida?
Você me obrigou a subir em uma balança.
116,1.
119,7.
122,0.
123,4.
124,7.
130,2.
134,3.
Pedi para você sair, tirei todas as minhas roupas e subi de volta na balança.
132,9.
Em um semestre, em três meses e meio de aula, eu engordei mais de vinte e dois quilos. A única boa notícia em relação ao meu peso foi perceber como você parecia enojada quando eu fingia não me importar com essa questão.
No dia seguinte, depois que voltei do meu trabalho como vendedor de facas Cutco, você estava no seu quarto.
— Por que você insiste com essa história? — escutei você dizer para alguém no telefone. — Vou falar com ele quando eu tiver que falar. Não preciso falar agora. E vou te ver quando eu puder te ver.

Eu não sabia com quem você estava falando, mas, pelo tom convidativo e pelos sussurros, eu suspeitava não ser Malachi Hunter. Apesar de Malachi Hunter ter tido um bebê com outra mulher, ele não conseguia te deixar em paz. Não é que ele te quisesse de volta, ele não queria era que você quisesse outra pessoa. Tanto que, toda vez que Malachi Hunter te convidava para alguma coisa, você me pedia para não sair de dentro de casa. E, assim que o carro dele estacionava na nossa calçada, eu ia até o seu travesseiro, pegava a arma e guardava no meu bolso.

Malachi Hunter veio de surpresa no meu quarto naquela noite que você sussurrou no telefone. A arma estava escondida debaixo das cobertas, entre as minhas coxas. Ele não me disse oi ou um "E aí, que cê tá fazendo?" ou me perguntou se estava tudo bem comigo.

— O homem branco, ele vai chegar em você de um jeito ou de outro — foi o que ele me disse. — Você não pode ser um estudante negro e ao mesmo tempo livre se você não tiver sua independência financeira. E você não pode ter sua independência financeira e ao mesmo tempo servir de mão de obra para o homem branco. Vamos imaginar que sua mãe precise ir a uma conferência de gente subversiva em Nairóbi, esperta como ela é, você acha que ela tem o dinheiro necessário para ir?

— Vai acontecer uma conferência de gente subversiva em Nairóbi?

— Laymon — ele disse —, se liga, cara. Você paga de escritor e agora me vem com essa? Use sua imaginação, caralho.

Você apareceu na minha porta e disse a Malachi Hunter que ele precisava ir embora. Vocês não brigaram. Vocês não discutiram. Malachi Hunter riu na sua cara e continuou falando como se você não estivesse lá.

— Ela ainda não é livre, Laymon — ele disse. — Ela é a mulher mais inteligente do mundo, mas ela não é livre.

Muito negro ralé nessa casa acha que liberdade e negritude são oxímoros. E eu sou alérgico a casas assim. Estou caindo fora, Laymon.

Segui Malachi Hunter até ele sair pela porta da frente e fiquei na calçada até não conseguir mais enxergar as luzes do Jaguar que ele dirigia.

Mais tarde, você bateu na porta do meu quarto. Eu continuava escrevendo um ensaio satírico sobre a Millsaps, abastecendo a página com o que eu chamava de "Vocabulário Laymon".

— Posso entrar, Kie?

Fechei meu caderno e não disse uma palavra. Você se sentou na beirada da cama, olhando para o carpete. Você queria que eu te fizesse uma pergunta, mas eu não tinha nada para perguntar a não ser o que eu perguntei:

— Qual é o problema?

— Não sei, Kie — você disse. — Às vezes acho que vou de um desastre para outro.

— Mas por quê? — eu te perguntei.

— Por que o quê?

— Por que você vai de um desastre para outro?

— Acho que parte de mim se sente mais calma durante essas tempestades que destroem tudo e vão embora rápido.

— Mas talvez você se sinta muito mais calma se o céu estiver mais calmo.

— É — você disse. — Acho que você está certo. Bom, pelo menos um desastre eu consegui evitar. Parei de sair com Malachi quando você estava no ensino médio porque percebi como nossa relação era tóxica para você. Enfim, assinei meu último cheque do talão hoje. Você tem quarenta dólares para me emprestar até eu poder sacar um novo talão?

Eu não abri a boca. Apenas pisquei, escutei o que me pareceu ser uma grande enrolação e, em algum momento, dei o que você veio até meu quarto para pedir: um abraço apertado, quarenta dólares e a promessa de que, independente da quantidade de desastres na sua história, eu ia sempre te amar. Eu não conhecia o homem com quem você conversava no telefone, mas desejei com cada célula do meu corpo que, se ele também fosse um desastre, vocês conseguissem criar algo muito menos desastroso do que a relação criada por você e Malachi Hunter ao longo dos anos.

 Naquela noite, comecei a reler *Black boy*. Ler esse livro durante meu período na Millsaps me soou como uma convocação às armas. Ler esse livro na minha cama, a alguns passos do seu quarto, na nossa casa, me soou como um suspiro carinhoso. Richard Wright escrevia sobre desastres e deixava bem claro para seus leitores como nunca existiu um desastre nos Estados Unidos cuja origem tenha se dado no exato momento em que tudo desmoronou. Eu queria escrever muito mais como Wright do que como Faulkner, mas, no fundo, eu não queria nem um pouco escrever como Wright escrevia. Eu queria lutar como Wright lutava. Eu queria arquitetar frases que insultavam os brancos e, ao mesmo tempo, desafiá-los a reagir à afronta que eles acabavam de testemunhar. Eu entendia o porquê de Wright ir embora de Jackson, do Mississippi, do Sul Profundo e, no fim, o porquê dele ter ido embora do país. Mas eu continuava pensando sobre como Vovó não foi embora quando podia ter ido. Pensei em como você foi embora e escolheu voltar. Pensei em como eu escolhi ficar. E me perguntei se Wright teria deixado o Mississippi se o mundo tivesse lido as histórias escritas por ele. Me perguntei se as crianças negras nascidas no Mississippi depois de Wright teriam caído na risada ou pelo menos esboçado um sorriso a respeito das suas frases se ele enxergasse o Mississippi como sua casa. Me perguntei se, quando ele foi embora para Chicago, ele imaginava um retorno rápido.

 No dia seguinte, as luzes da nossa casa estavam apagadas. Como sempre, você disse que talvez fosse um problema na iluminação do bairro. E, antes de sair para o aeroporto em direção a Harvard, você conferiu a caixa do correio. Um boletim da Millsaps College descansava em cima de uma pilha de boletos que você se recusou a levar para dentro de casa.

Eu não tinha sido um estudante perfeito.

Fiquei sentado na frente da estante à sua espera. Você marchou até seu quarto, abriu o armário e voltou com um cinto na mão. Você me atacou primeiro no ombro, depois me deu uma chicotada no estômago. Mas eu não me mexi. E você falava e falava e falava sobre como eu estava me esforçando para arruinar minha única chance de liberdade.

Então eu agarrei seu braço, arranquei o cinto da sua mão e joguei contra a estante. Pela primeira vez na minha vida, você me olhou do mesmo jeito que você olhava para Malachi Hunter quando ele estava nervoso. Eu sabia que seu corpo estava com medo do meu. Você sabia, pela primeira vez nas nossas vidas, que o meu corpo não sentia qualquer medo do seu.

Malachi Hunter estava do lado de fora de casa, esmagando a buzina.

Antes de sair, você me disse que, entre todas as pessoas a passarem pela sua vida, eu era a mais triste e a mais autodestrutiva de todas. Eu apenas respondi que, se você quisesse mesmo minha atenção para qualquer um dos seus discursos, você antes precisava aprender a pagar a porra da conta de luz e parar de pegar carona com desastres.

Nós estávamos ambos falando a verdade.

Nós estávamos ambos mentindo.

Nós estávamos ambos falando a verdade.

JÁ

Fui ao restaurante e esperei Nzola Johnston aparecer por duas semanas. Ela nunca apareceu. Ray Gunn me disse que viu Nzola zanzar pelo campus com um certo irmão mais velho, um cara marrom-amarelo que gostava de manter uma crocância na barba. Ele me disse que esse cara marrom-amarelo tinha dedos de pombo nos pés e andava por aí carregando uma maleta vermelha. Ele aparentemente era estreito nos quadris e marombado nos antebraços.

— Não chega a ser o antebraço do Popeye — Ray Gunn me disse —, mas é igual ao Brutus, juro por Deus.

— Você fala como se esse cara carregasse o próprio pôr do sol, Gunn.

— Esse cara *era* um pôr do sol — ele disse. — Porra, você sabe, não é da minha natureza querer viver a vida de qualquer outro sacaninha, mas esse sacaninha era perfeito.

— E como você sabe que ele é perfeito só de olhar pra ele?

— Porque, porra, espera só até você encontrar com ele. Ele definitivamente anda puxando uns pesos e mandando ver nos aeróbicos. Assim...

— Beleza, já te escutei — eu disse a ele. — Já pode ficar em silêncio agora. Essa coisa de sacaninha, aliás, porra, olha, ela não tá funcionando, não. Quase um ano já. E só você fala essa parada.

Gunn me olhou e fingiu arrumar a lente de contato no olho esquerdo.

— Como eu ia dizendo — ele emendou —, o sacaninha que sua ex-deusa anda pegando tem os braços iguais aos do Brutus.

Eu nunca fui às orientações com meus professores, e, naquele momento, raramente abria a boca na sala. Eu lia todos os livros das aulas de latim, filosofia e literatura. Eu preparava os trabalhos das disciplinas. Mas a única aula que eu frequentava e participava com regularidade era uma aula chamada Introdução aos Estudos de Gênero. Para essa aula, eu lia cada livro duas vezes e chegava cedo e saía tarde, porque ela me instrumentalizava um novo vocabulário capaz de explicar o que eu vi durante minha infância e adolescência. Antes dessa aula, eu sabia que os homens, independente da raça, e de uma forma bem diferente das mulheres, usufruíam do poder de cometer abusos. E eu sabia que o poder de cometer abusos destruía o interior dos homens tanto quanto destruía o interior e o exterior das mulheres.

Agora eu também conhecia o significado de "patriarcado". Eu podia definir o que era a "heterossexualidade compulsória". Eu podia explicar o que era "interseccionalidade" para Ray Gunn. Entendi que gênero era uma construção social e que existiam pessoas transgêneras e de gênero fluido no mundo. Fui a manifestações em defesa das clínicas de aborto. Marchei em campanhas por sexo seguro. Preparei cópias dos ensaios de bell hooks e entreguei para meus amigos. Adquiri novas lentes e enquadramentos para poder enxergar o mundo. Eu chamava essas novas lentes e esses novos enquadramentos de "feminismo negro", mas eu não encontrava em mim o menor desejo de manifestar em público ou de maneira privada o significado de ter vivido minha vida ao lado de uma feminista negra.

Jogo aberto ou não, as mulheres brancas da minha aula de estudos de gênero me tratavam como se, entre os mocinhos, eu fosse o mais desconstruído. Algumas delas me convidavam para longas caminhadas, quando poderíamos, quem sabe, conversar sobre as leituras. Se eu não fosse tão gordo, eu teria ido, mas eu detestava suar e ofegar ao lado de desconhecidas. E, na maior parte dos dias, eu me perguntava quais seriam os sentimentos de Nzola, comia todos os restos de pizzas que eu conseguia encontrar, me tocava com carinho na escuridão do quarto, relia os poemas de Lucille Clifton e também *Amada*, de Toni Morrison, jogava Madden NFL com Ray Gunn, arremessava algumas bolas de meia distância, escutava Redman, *The chronic* e Dionne Farris e assistia de novo e de novo o episódio de *Eyes on the prize* sobre o Mississippi no videocassete da biblioteca.

Eu agora também conhecia o suficiente da Millsaps para escrever um ensaio para o curso de estudos liberais intitulado *Racismo institucional na Millsaps*. Um editor do jornal ouviu falar sobre esse meu texto pela boca de um dos meus professores e me perguntou se o jornal poderia publicá-lo. Ele queria estampar a página com o subtítulo *A voz dos oprimidos*.

Eu nunca usei a palavra "oprimidos" nos meus textos e não tinha ideia de como era o som da voz dos oprimidos. Aliás, segundo esse editor, eu deveria terminar meu texto de uma maneira muito mais incolor. Para ele, eu perderia leitores se insistisse em manter o foco do ensaio no que os estudantes negros da Millsaps poderiam fazer para se organizar, para amar uns aos outros e para navegar através do racismo institucional. Ele ainda me disse que meu público-alvo primordial deveria ser os estudantes brancos que queriam entender qual seria o papel deles na luta contra o racismo na universidade. Depois de muito vaivém, o editor venceu a batalha porque, afinal, o jornal era dele, e eu estava desesperado para também ser lido pelos brancos.

> *Pelo menos no que diz respeito à educação, nós devemos ser daltônicos, e não cegos. Esse é o único caminho para que a Millsaps possa alcançar as profundezas da sua branquitude e, de maneira equânime, melhorar a vida de todas as pessoas.*

Eu detestei esse último parágrafo. Detestei quase todo o ensaio, mas eu sabia que Nzola ficaria impressionada de ver que um ensaio de duas mil palavras sobre racismo institucional, escrito por um jovem negro cujas virilhas ela acariciou intensamente, quase jogou a verdade na cara daquela gente branca. Eu sabia que Nzola iria considerar que quase traduzir a realidade para os brancos do Mississippi bem no meio do jornal deles seria o mais perto que a comunidade negra poderia chegar da vitória.

No dia seguinte à publicação do ensaio, Nzola me mandou um e-mail relatando o quão orgulhosa de mim ela estava e me perguntando qual era a sua opinião a respeito do texto. Mas o ensaio foi minha primeira publicação sem a sua aprovação preliminar.

Eu já usava a internet para enviar e-mails, mas você ainda não, então eu te enviei o artigo por fax e te liguei para saber se eu deveria aceitar o cargo de editor da seção de opiniões no jornal, uma posição que fui convidado a ocupar no ano seguinte. O editor queria que minha coluna se chamasse "Kie se diz por aí".

Antes que eu pudesse chegar ao real motivo da minha ligação, você me disse:

— Não revisaram seu texto, Kiese? Encontrei quatro erros só na primeira página.

— Tchau — eu disse, porque eu não tinha mais espaço no coração ou na cabeça para seu criticismo, mesmo que você estivesse certa.

— Você precisa se proteger, Kie. Você não pode chamar os brancos que se acham liberais ou iluminados de "racistas" no Mississippi e não esperar por uma reação violenta. Releia os livros mais importantes para você. Tranque suas portas. Ande em grupo. Busque a perfeição. Edite seu trabalho. Alguma coisa está estranha aqui. Você está preocupado com a possibilidade dessas pessoas esbagaçarem sua cabeça?

— Não — eu disse. — Nem sei o que você quer dizer com essa expressão.

— Seja cuidadoso, por favor — você me disse. — Você sempre pode pedir transferência, você sabe. E você me falou que precisava me perguntar alguma coisa.

— Nada, não, tô de boa. Tchau — eu disse outra vez. — Não consigo acreditar que você acabou de me dizer para "andar em grupo".

Naquele verão, escutei The Coup e li tudo o que James Baldwin escreveu. Aprendi que você, na verdade, não leu nada se você só leu o texto uma ou duas vezes. Ler as coisas mais do que duas vezes era a versão do leitor para o processo de revisão. Eu li *The fire next time* sem parar. Me perguntei quão diferente o livro seria se fosse todo escrito para o sobrinho de Baldwin, e não somente a primeira parte. Me perguntei o que, e como, Baldwin teria escrito se a destinatária da carta fosse sua sobrinha. Me perguntei sobre o propósito de avisar os brancos sobre o incêndio cada vez mais próximo. Mas, principalmente, me perguntei o que os escritores negros deixavam de escrever por desperdiçarem tanta energia criativa implorando por algum tipo de mudança nos brancos.

Ainda no primeiro mês do verão, li um ensaio do *Nobody knows my name* chamado *Faulkner e dessegregação*.

> *Qualquer transformação real implica a ruptura do mundo tal como o conhecemos, a perda de tudo que modela a identidade de uma pessoa, o fim da segurança.*

Baldwin criticava Faulkner por se agarrar a versões vergonhosamente violentas da identidade branca neoconfederada do Mississippi, mas imaginei que aquela frase se endereçava a mim. Pensei na segurança que eu sentia ao comer em excesso, ao comer tarde da noite, ao comer para fugir da memória. Parei de comer carne vermelha, e depois porco, e depois frango, e depois peixe. Parei de comer ovos, e depois pão, e depois qualquer coisa com açúcar refinado. Comecei a correr à noite. Acrescentei trezentas flexões à minha rotina diária. E depois trezentos abdominais. No início do verão, eu pesava cento e quarenta quilos. Em duas semanas, cento e trinta e um. Em um mês, cento e vinte e seis. Em dois meses, cento e quinze. No final do verão, eu pesava cento e dois quilos.

Eu corria cinco quilômetros antes de dormir e cinco quilômetros ao acordar. Comia macarrão instantâneo todos os dias. Quando não estava lendo ou correndo, eu escrevia ensaios satíricos para o jornal da faculdade, textos que acabaram chamando a atenção dos estudantes, dos professores e de egressos da Millsaps. Eu nunca tinha me sentido tão feliz na vida. E, no dia em que pesei noventa e oito quilos pela primeira vez desde a sétima série, Nzola bateu na minha porta.

— Está todo mundo falando sobre seu ensaio — ela disse.
— Já?
— Já.
— Todo mundo quem?
— Os brancos, criança — ela disse. — Eles estão putos. Mas que se fodam. Você disse a verdade.

Nzola e eu gargalhamos e gargalhamos e gargalhamos até que nós nos abraçamos, apagamos as luzes, acendemos as luzes, pedimos desculpas um ao outro e confessamos que, antes, estávamos apenas com medo. E caímos na risada quando eu bizarramente me levantei e coloquei *Again*, de Janet Jackson, para tocar mais uma vez.

— Ô, coisinha, é um CD — Nzola disse. — É só você colocar no repeat.

Me enrolei com aquele negócio por quase um minuto antes de Nzola andar na direção do aparelho e conduzir minha mão até o rosto dela. Nós nos beijamos. Tiramos quase todas as nossas roupas. Começamos a suar. Perguntei a Nzola se ela se importava de eu tomar uma ducha. Ela perguntou se poderia ir comigo. Eu respondi que sim, porque eu agora possuía um novo corpo. Nós demos risada enquanto nos beijávamos com as lâmpadas acesas. Nós demos risada enquanto nos beijávamos com as luzes desligadas. Nós demos risada e amamos o corpo um do outro em uma toalha amarela úmida e esgarçada, em uma cama de solteiro com armação de plástico, em um chão atulhado de embalagens vazias de miojo, em uma parede de tijolos amarelos na qual se via o quadro de Ruby Bridges pintado por Norman Rockwell.

Nzola me disse que se sentia mais segura quando se sentia minúscula ao meu lado, mas também me disse que eu parecia mais feliz em um corpo menor. Perguntei, então, quão sexy ela me acharia se pudesse enxergar os ossos das minhas bochechas e dos meus quadris ou mesmo minhas clavículas. Eu disse a Nzola que perder peso fez eu me sentir como alguém nascido no futuro, como se eu pudesse voar por cima das pessoas se essa fosse a minha vontade. Aquela coisa de ser pesado era agora uma notícia de ontem.

— Você é muito louco — ela disse.

— Eu adoro perder peso — eu disse a ela.

— Cara, você parece alucinado.

— Sério — eu disse. — Até meu pênis brilha mais agora que eu tenho menos camadas.

— De que é que você tá falando, Kiese Laymon?

— Eu realmente sinto que meu pênis começou a brilhar muito mais agora que eu perdi todo aquele peso. Você não acha? Tipo, eu sei que vocês não curtem muito um pênis enferrujado.

— Acho que seu pênis brilha o suficiente, Kiese.

— Então meu pênis era mais enferrujado quando eu era mais pesado, não era? Por que você não me disse pra passar um creme nele?

Nzola deu risada e deu risada e deu risada até a risada se acabar. Ela agarrou minhas orelhas e me beijou.

— Você se sente em casa? — ela perguntou. — Seja sincero. Você se sente em casa comigo?

— Eu me sinto muito em casa — eu disse a ela. — E você?

— Eu não quero sentir outra coisa no resto da minha vida que não seja essa sensação que eu estou sentindo agora, Kiese. Por favor, pare de se preocupar com o tamanho do seu corpo. E, por favor, não pare nunca de me beijar.

Duas semanas mais tarde, Malachi Hunter me pediu para passar no escritório dele depois que descolei uma arma para proteger Nzola e eu das ameaças que recebi em diferentes correspondências. O presidente da Millsaps, George Harmon, fechou o jornal da faculdade e escreveu uma carta destinada a doze mil egressos da Millsaps alegando que um ensaio satírico escrito por mim no jornal desrespeitou as diretrizes de decência da instituição. Metade das cartas que recebi me chamava de crioulo. A outra metade ameaçava me arrancar do campus se eu não saísse por vontade própria. Uma delas, recheada com as cinzas de todos os artigos que escrevi para o jornal, prometia que eu terminaria queimado como aquelas cinzas se não me endireitasse e não me entregasse a Deus.

Andei do campus até o escritório de Malachi Hunter. Depois de me parabenizar por perder todo aquele peso e me perguntar qual era o melhor caminho para panturrilhas definidas, Malachi Hunter indagou:

— Quem é o preto mais rico que você conhece?

— Você.

— E quanto você acha que eu ganhei de dinheiro no ano passado?

— Cem mil?

— Porra, negão, faça-me o favor. Eu sou rico — ele disse, e me olhou sem piscar, como se eu tivesse tentado atacá-lo com uma colher. — Vamos dizer que eu ganhei somente trezentos mil dólares. E vamos pensar um pouco no amigo da sua mãe, o advogado branco, Roger.

— Quem é Roger?

— Roger, o cara branco — ele disse.

— Não conheço nenhum cara branco chamado Roger.

— Vamos imaginar que esse cara branco chamado Roger ganhou também trezentos mil dólares no ano. Tá seguindo meu pensamento? Meus trezentos mil não são nada perto dos trezentos mil do cara branco chamado Roger. Se eu ganhar essa ninharia de trezentos mil, eu ainda vou ser o único negro com dinheiro na quebrada, cê entende? Minha namorada não vai ter grana. As mulheres negras que eu tô tentando comer não vão ter grana. Minha mãe e meu pai não vão ter grana. Minhas irmãs e meus irmãos não vão ter grana. Meus tios não vão ter grana. Minhas tias não vão ter grana. As organizações radicais que eu apoio não vão ter grana. A escola negra onde eu estudei não vai ter grana. E, enquanto isso, quase a porra do mundo inteiro ao redor do cara branco chamado Roger vai ter pelo menos um terreno, uma herança, algum tipo de dinheiro. Pode ser que esse cara branco chamado Roger seja a pessoa mais pobre da família dele se ele ganhar só trezentos mil dólares no ano.

— Sim, eu já li *Black power* — eu disse a ele. — Eu sei como funciona.

— Você está desperdiçando seu tempo brigando com os brancos ricos do Mississippi de graça — ele disse. — E eu te pergunto agora, bem aqui, pra quê? Você não pode brigar com essa gente com a porra de um ensaio. Você não tem nenhuma organização te segurando. Você não tem terra. Você não alimenta ninguém com essa merda que você escreve. Que é que você quer que os brancos façam? E, seja lá o que eles fizerem depois de lerem o seu ensaio, como é que essa merda vai ajudar os pretos do Mississippi, hein? Porque essa é a única questão que importa.

— Não sei — eu disse a ele.

— Eu sei que você não sabe. Você está se fodendo, Kie — ele disse. — Você está se fodendo. E a gente só tem uma quantidade limitada de oportunidades para se foder antes da gente se foder de vez. A única alternativa da escola é se livrar de você. E você está facilitando o jogo deles. Sua mãe me disse que você recebeu ameaças de morte.

— Recebi.

— Ninguém que quer mesmo te matar vai te mandar uma ameaça antes. Eles vão te matar ou eles não vão te matar. Existe uma diferença entre ação e discurso. Mas eles vão se livrar de você. É inevitável. E a coisa já está em movimento. Eu não concordo em muitos assuntos com a sua mãe, mas nós dois concordamos sobre essa questão.

— Tem mais alguma coisa que você queira me dizer?

— Só tome cuidado — Malachi Hunter disse. — Acho que você acha que a escola é sua. Que Jackson é sua. Que o Mississippi é seu. A única coisa que realmente te pertence é o seu corpo. Então é isso. Só tome cuidado.

Eu queria dar um tiro no dedo mindinho de Malachi Hunter só por ele mencionar o seu nome, mas a minha vontade mesmo era dar um tiro no tornozelo dele só por ele sempre achar que sabia perfeitamente bem o que os negros deveriam fazer. Malachi Hunter amava os negros, mas, mais do que os negros, ele amava discursar sobre os erros cometidos pelos negros. E, no fim, o que nós estávamos fazendo de errado era não nos conformarmos ao que Malachi Hunter achava que deveríamos fazer. Só que, embora a minha vontade fosse dar um tiro nele, eu sabia que ele não estava cem por cento errado a respeito da Millsaps ou a respeito de mim.

Só que já era tarde demais.

Nada, a não ser perder peso, me interessava tanto quanto provocar e realmente atordoar os brancos com as palavras do vocabulário negro. Na manhã do último dia de recrutamento das fraternidades, Nzola e eu saíamos para nosso trabalho na Ton-o-Fun quando avistamos membros da Kappa Sig e da Kappa Alpha completamente bêbados e vestindo perucas afro e capas com a bandeira confederada. Nós só observamos esses caras nos observarem enquanto caminhávamos na direção do carro de Nzola, mas, depois que um deles berrou "Escreva sobre isso" e os outros começaram a me chamar de "crioulo" e chamar Nzola de "puta preta", eu voltei ao meu quarto para pegar minha arma.

No final das contas, acabei pegando um bastão de beisebol, e desisti dele quando retornamos para a rua e nos aproximamos dos caras brancos. Eles nos cercaram e nós dois nos defendemos com palavras até que nossas palavras se esgotaram. Os caras brancos não pararam de cantar *Gz and hustlas*, de Snoop Dogg, enquanto nos chamavam de crioulos.

Quando chegamos ao trabalho, ligamos para o jornal local e contamos que talvez eles quisessem conferir uma coisinha que estava acontecendo no campus da Millsaps. Nós só estávamos trabalhando na Ton-o-Fun há poucas semanas e sabíamos que talvez nos demitissem se saíssemos de lá, mas não demos a mínima. A equipe de reportagem apareceu e fez toda a gravação necessária para pintar a Millsaps como uma instituição racista e reacionária, tal como eu vinha descrevendo nos meus textos durante todo o semestre.

— Venha para casa — você me disse, no telefone, naquela noite. — Não bote mais um pé dentro daquele campus de novo. Você fez tudo o que poderia fazer. Existem algumas pessoas incríveis naquela faculdade, mas você não é o responsável pela ignorância dos brancos. Venha para casa e esqueça esses desequilibrados.

Se a Millsaps não era a minha casa, eu não sabia que casa era possível para mim. Apesar de toda a violência e das excentricidades da escola, eu sentia, na Millsaps, um tipo de liberdade e de estímulo intelectual que eu nunca tinha sentido em qualquer outro lugar. Eu tinha me tornado um alvo, mas também me sentia estranhamente livre e feliz.

Nzola e eu brigamos e transamos com mais frequência depois de sermos enquadrados no programa de vigilância disciplinar por nos defendermos dos integrantes da Kappa Alpha e da Kappa Sig. As estações locais de televisão nos perseguiam pelo campus e a Associação Nacional para o Progresso das Pessoas de Cor disse que o ocorrido era mais um sintoma do terror tangível que os molestados jovens negros deste país enfrentavam ao procurarem por educação formal e acadêmica.

— Está tudo errado — Nzola disse uma noite, enquanto preparava uma colagem sentada no chão do meu quarto. As costas dela estavam apoiadas contra a porta. Não perguntei o que ela queria dizer com aquela frase, mas ela continuou: — Esses carinhas brancos, eles xingaram nós dois, tô certa? Só quero ter certeza de que eu não tô viajando.

— Você não tá viajando.

— Mas eles me chamaram de puta preta, é isso?

— É isso.

— Puta preta, né?

— Exato.

— E todas essas pessoas nos jornais só conseguem falar sobre como eles estavam vestidos quando eles te xingaram?

— Eu já...

— Espera aí. Um grupo de brancos gigantes e bêbados me xingou de puta preta. E todo mundo, incluindo você, ouviu essa merda. Se você sabe que foi isso que aconteceu, por que você não fez alguma coisa?

— Eu tentei brigar com eles naquele dia. Tentei brigar com eles no dia seguinte. Se eu fizer mais alguma coisa, vou acabar sendo expulso.

— Estou perguntando é por que você não falou que eles me xingaram de puta preta quando os repórteres enfiaram a porra dos microfones na sua cara?

— Mas em todas as entrevistas que eu fiz eu falei sobre você e por que fizemos o que nós fizemos — eu disse a ela. — Eu não fiz isso? Você quer que esses jornalistas falem mais de você?

— Não estou dizendo isso — ela disse. — Estou dizendo que as pessoas agem como se você estivesse lá só defendendo você mesmo e mais ninguém. E você não estava. Estou dizendo que, se eu escrevesse os mesmos ensaios que você escreveu, ninguém daria a mínima. Você assiste essas aulas de estudos de gênero e você não disse porraniuma sobre "patriarcado" ou "sexismo" ou "interseccionalidade" nas últimas duas semanas.

— Espera aí. Como você sabe que não aconteceria nada se você escrevesse a mesma merda que eu escrevi?

— Porque eu sei.

— E como você sabe?

— Porque eu sei.

Chupei os dentes.

— Beleza, mas como você sabe? Você só tá procurando desculpas esfarrapadas — eu disse, olhando para Nzola, que mordia o lábio inferior.

— Desculpas pro quê?

— Você é uma mulher engraçada.

— Você é um preto engraçado — ela disse. — Desculpas pro quê, Kiese?

— Quando eu passei quarenta e oito horas acordado direto escrevendo essas merdas, você também podia estar produzindo sua arte, mas você estava no telefone brincando de médico com aquele Don Juan James, o doutor desgraça da capital — eu disse a ela. — E você ainda estaria brincando de médico com aquele sacana se ele não decidisse brincar com outra mulher por aí. Agora você vem dizer que o único motivo pra minha arte encontrar um espaço é porque eu sou um cara negro e você é uma menina negra? Às vezes fico sem saber se estou falando contigo ou com a sua madrasta. Você é uma mulher engraçada pra caralho. Acredite no que eu te digo.

Nzola se levantou, bateu a poeira da parte de trás da calça e aplicou um pouco de protetor labial. Eu sabia o que ia acontecer. Eu queria que acontecesse. Nzola puxou o braço para trás e me acertou um soco no olho esquerdo.

Ela se sentou de volta e continuou a colagem.

Não era a primeira nem a segunda nem a terceira nem a quarta vez que deixei Nzola me bater no rosto. Quando acontecia, quase sempre era por eu ter dito alguma coisa a respeito da madrasta dela. Eu sabia que ia acontecer. Eu torcia para acontecer. Eu sentia que merecia aquela surra.

Sempre me deixava mais leve.

Nós transamos logo depois, porque era assim que nós fazíamos as pazes. E depois Nzola começou a falar sobre como seríamos mais úteis se nos organizássemos em conjunto com outros estudantes negros de Jackson e com Malachi Hunter e também com você para lutarmos contra o caso Ayers. Vocês todos vinham lutando para impedir o estado de fechar ou fundir faculdades e universidades historicamente negras no Mississippi, incluindo Jackson State. Respondi que ela estava certa, mas que eu não pretendia abandonar o trabalho que vinha articulando no campus da Millsaps. Quando acordamos, Nzola disse que eu ainda não tinha compreendido a questão. Eu falei que, sim, tinha entendido. E disse a Nzola que *ela* é quem não tinha entendido.

Ela disse que ela era obrigada a entender.

Nzola também disse que não existia a mínima chance de duas fraternidades de homens negros sem camisa ameaçarem uma mulher branca a caminho do trabalho, chamarem essa mulher branca de "puta pálida" e depois essa mulher branca ainda ser condenada como a culpada da história.

— Como é que você não entende o problema? — ela repetia.

— Eu entendo — eu disse a ela. — Entendo muito. De verdade. Mas você quer que eu faça o quê?

Nzola e eu estávamos no meio da nossa cidade, deitados com os corpos molhados, ressentidos e quase sem roupa em cima de um colchão de solteiro medíocre que separava as nossas costas de uma pistola carregada. Nós odiávamos onde nós estávamos. Nós nos odiávamos. Nós odiávamos essa dinâmica de brigar, foder, brigar, foder e continuar brigando para saber quem foi mais humilhado pelo presidente vingativo da faculdade, pelos nossos confusos colegas brancos e pela instituição privada que nos fez contrair milhares de dólares em empréstimos para podermos frequentá-la.

— No que você está pensando? — Nzola perguntou para a minha nuca.

— Estou pensando que alguma coisa muito ruim está prestes a acontecer. E você?

— Que, na verdade, uma infinidade de coisas ruins já aconteceu.

TÃO CEDO

Olhando para você, o presidente George Harmon veio com aquele discurso sobre o quanto eu era sortudo por não ser trancafiado na cadeia por ter levado *A glória de um covarde* sem registrar o empréstimo na biblioteca. Segundo ele, se Millsaps entregasse a fita de segurança para a polícia, uma gravação que claramente mostrava meu impulso de pegar e levar o livro embora, eu seria preso na hora. E, além de me expulsar da faculdade e de proibir a minha entrada nas propriedades da Millsaps, Harmon ainda entregou meu trabalho a um psicólogo local — para quem, antes deles considerarem a minha rematrícula, eu precisava de ajuda imediata na tentativa de sanar meus problemas de relacionamento com pessoas brancas.

Naquele dia, sentado na sua frente e na frente de George Harmon, eu sorri, não porque me sentia feliz, mas porque eu realmente não achava que qualquer estudante no país seria expulso da faculdade por levar *A glória de um covarde* sem autorização da biblioteca. Eu imaginava que fosse uma situação impossível, porque eu não achava que meus professores, na minha cidade, deixariam aquele disparate acontecer. Eu imaginava, inclusive, que, quando saíssemos do escritório da presidência, todos os meus professores estariam à espera do lado de fora para poderem ter uma conversa muito séria com Harmon. Eu sabia que Jackson State jamais expulsaria um de seus alunos por indevidamente pegar um livro da biblioteca e depois devolver, porque eles precisariam lidar contigo e com todos os seus colegas se eles tomassem esse tipo de decisão. Mas, nos poucos minutos entre Harmon te entregar uma carta detalhando minhas penalidades e a nossa caminhada até o carro, percebi que meus professores da Millsaps eram bem diferentes de você.

No momento em que você inseriu a chave na ignição do Oldsmobile, nós dois já tínhamos nos conformado de que, não, eu não tinha conseguido. Eu não era mais um estudante. Eu permiti que a Millsaps esbagaçasse minha cabeça, e qualquer faculdade para onde eu tentasse me transferir teria acesso ao documento que esmiuçava todas as minhas advertências por brigas e a minha expulsão por roubo. Pela segunda vez na minha vida, desde aquela noite em que Malachi Hunter dormiu na sua cama mesmo tendo acertado um soco no seu olho, eu senti ondas de vergonha atravessando meu corpo a ponto de eu não querer mais viver.

Ray Gunn tinha me introduzido ao conceito de "antinegro" duas semanas antes de eu ser expulso da faculdade. Nós dois conversávamos sobre patriarcado e ele balançou a cabeça e me disse que o patriarcado era uma coisa muito semelhante à antinegritude. Para Ray Gunn, o problema de lutar contra os brancos era que até o mais comprometido dos negros precisava enfrentar suas próprias relações com a "antinegritude". Eu contei a ele que LaThon e eu costumávamos falar e acreditar na abundância negra. Ray Gunn me respondeu que eu deveria ter aprendido muito mais sobre a abundância negra antes de ser expulso da faculdade por transformar a educação dos brancos da Millsaps em um dos meus grandes projetos acadêmicos.

Ele estava certo. Nzola implorou para que eu me organizasse melhor com a militância da Jackson State. Malachi

Hunter implorou para que eu não desperdiçasse meu tempo lutando de graça contra os brancos do Mississippi. Ray Gunn me alertou que a faculdade faria qualquer coisa para se livrar dos estudantes negros ingratos. Vovó me disse para abaixar a cabeça e fazer o meu melhor, o que incluía me esforçar nas disciplinas com as quais eu não me relacionava. Dr. Jerry Ward, que ainda lecionava na Tougallo College e escreveu a introdução para a edição de *Black boy* que a gente lia em sala de aula, me sugeriu, muito antes da expulsão, que eu pedisse transferência para a Oberlin e trabalhasse com Calvin Hernton. E você implorou para que eu não deixasse aquela gente esbagaçar minha cabeça. Peço desculpas por não ter escutado vocês. Não escutei nenhuma pessoa negra que me amava porque escutar pessoas negras que me amavam me suscitava um prazer apenas efêmero. Eu me apaixonei por provocar os brancos, o que, no fundo, significa dizer que me apaixonei por implorar aos brancos pela nossa liberdade, sob o pressuposto de que esses mesmos brancos deveriam radicalmente se amarem mais.

EU ME MATRICULEI na Jackson State e passei a maioria das minhas noites na casa de Ray Gunn escutando as teorias do meu amigo a respeito do universo inteiro, desde o porquê de homens brancos com narizes muito próximos do lábio superior serem sempre muito escrotos a como não existia a menor possibilidade de um presidente negro de fato melhorar a vida dos negros pobres, mas, quando ele começou a tomar conta da irmãzinha dele vinda de Chicago, fui obrigado a ficar em casa contigo. Frequentar todos os dias as aulas na faculdade onde fui concebido, onde nasci e onde fui criado, um lugar dominado por dinâmicos estudantes negros e por dinâmicos — ainda que cansados — professores negros, satisfez completamente as minhas expectativas. Mas frequentar todos os dias a faculdade onde você trabalhava foi também a concretização dos meus piores pesadelos. Meus professores te informavam sobre meu rendimento nas disciplinas, minha frequência nas aulas e até minha média diária de atraso. A pior parte, no entanto, era que, todos os dias, na saída de Jackson State, eu me via seguindo na direção da Millsaps para me encontrar com Ray Gunn e Nzola. E, quase todos os dias, os seguranças apareciam e me mandavam embora.

Uma sexta-feira pela manhã, um dia depois de você me apontar uma arma por eu ter sido malcriado durante uma discussão a respeito da transferência para Oberlin, indagando se a inscrição deveria ser datilografada ou escrita à mão, eu me sentei pelado dentro da sua banheira cheia de água gelada, com sua vinte e dois engatilhada e apontada para minha têmpora. Três faculdades diferentes nos responderam afirmando que não poderiam sequer considerar meu pedido de transferência, já que eu tinha sido expulso da Millsaps por brigas e por roubo.

Eu não sabia mais como rezar, mas sabia como escutar. E me ajoelhei naquela banheira tentando escutar a libertação, o perdão e a redenção. Não escutei nada. Tudo que escutei foram as palavras "estar" e "precariedade" e "suspiro" e "niuma" e "convicções" na voz de Vovó. Todas essas palavras soavam, para mim, como um gesto de amor. Eu não sabia qual era o problema comigo. Mas eu entendi o quanto não queria que você e Vovó vivessem no mundo em que o mundo se transformaria se eu enfiasse uma bala no meu crânio dentro da sua banheira.

Bom, apesar dos seus apelos e dos apelos de Nzola, comecei a trabalhar na Grace House, uma casa em Jackson que oferecia ajuda para soropositivos desabrigados. A Grace House era uma mansão enorme de dois andares, protegida por um portão maciço de madeira acinzentada. Ficava a menos de trinta metros da Millsaps, literalmente em uma avenida chamada Millsaps Avenue, só que em North End. Já no primeiro dia em que atravessei aquele portão comecei a me perguntar por que a casa estava instalada no bairro mais negro e mais pobre de Jackson e por que uma casa para soropositivos desabrigados nunca conseguiria se instalar no bairro mais branco e mais rico da cidade.

A maioria dos homens na Grace House eram negros. Alguns tinham visto na televisão as reportagens sobre minha suspensão da Millsaps. Eles brincavam que eu roubaria todos os cookies da cozinha já na minha primeira semana de trabalho. E eu não sabia onde me esconder quando eles me diziam, um dia depois do outro, sobre como Deus possuía um plano para mim e como logo, logo eu entenderia esse plano divino. Os irmãos eram livres para entrar e sair da Grace House quando eles quisessem, mas a maioria falava como se fossem recém-saídos da penitenciária. Eu admirava o que eles me diziam, mas o pateta da oitava série dentro de mim admirava mesmo era a sinceridade que eles empregavam em cada palavra. Com uma velocidade vertiginosa, os irmãos me explicaram como ser expulso da faculdade por roubar e devolver um livro da biblioteca não era mais do que um extravagante incômodo.

É muito simplório chegar aqui e dizer que os irmãos da Grace House me deram algum tipo de perspectiva. Não sei se eles me deram qualquer coisa, a não ser algumas das histórias mais engraçadas que já escutei na vida e acesso às mudanças dolorosas que aconteciam nos seus corpos. Essas histórias que eles me contavam me permitiram o tempo e o espaço necessários para que eu me encolhesse de volta à confortável posição de ser um ouvinte. Eles me lembraram do quanto eu vinha me dedicando a uma ficção vulgar durante todo o meu último ano na Millsaps. Eles me lembraram, de maneiras diretas e indiretas, de que eu não era o centro do mundo. E percebi que eu não era tão pesado quanto eu imaginava. Na verdade, não existia nada de grande ou pesado em mim quando eu entrava, todos os dias, na Grace House. Eu era apenas o cuidador que gostava de ler Toni Morrison, de assistir jogos de basquete e a série *Martin* e que não deixava de fazer minhas flexões, e não o cuidador que gostava de ler histórias em quadrinhos, fazer palavras cruzadas e assistir *Seinfeld*, o que significa dizer que, para eles, eu era somente o outro ouvinte pago, uma pessoa em quem eles confiavam para nunca revelar seus nomes e suas identidades para qualquer outra pessoa fora da Grace House.

Eu escutava as pausas, as repetições e os furos nas histórias que eles me contavam tanto quanto eu escutava as dores e as mudanças nos corpos de cada um. Todos os irmãos com quem convivi na Grace House contavam histórias de carros, esportes, roupas, política, comida e família, mas nunca falavam sobre como contraíram o HIV ou quem eles também podiam ter contaminado. As histórias variavam de pessoa para pessoa, mas todos eles concordavam que contrair HIV acabou sendo a salvação das suas vidas. Nas primeiras vezes que escutei essa afirmação, concordei com a cabeça e cheguei até a dizer algo como "Ouvi dizer que é assim mesmo", mas nunca entendi por completo como uma coisa aparentemente tão saturada de morte podia, no fim, salvar uma vida.

Do lado de fora da Grace House, Nzola não queria mais me beijar. Segundo ela, eu comecei a trabalhar na Grace House porque eu também era soropositivo e queria ficar perto da minha gente. Eu só tinha transado com duas mulheres até então. Nenhuma das duas me relatou ser soropositiva e, em todas as ocasiões em que eu e Ray Gunn doamos sangue ou plasma por dinheiro, eu sabia que eles nos examinavam para possíveis detecções do vírus. Mas, de qualquer forma, me submeti a um novo teste só para provar a Nzola que eu estava trabalhando na Grace House por vontade própria, e não por querer "ficar perto da minha gente".

Quando recebi o resultado negativo, contei a Nzola, sabendo que ela se sentiria obrigada a dizer que não acreditava em mim. Nós saímos de sorrisos diante de gordurosas fatias de bolo Red Velvet para chupar os dentes e sequer olhar um no rosto do outro por causa do resultado de um teste de HIV.

A partir dali, depois do resultado do exame, toda vez que eu encontrava Nzola, a gente mal se falava, a não ser por ela me indagar coisas como "Quais são seus planos, hein? Por que você está desistindo assim?".

E, um dia, a caminho de casa, no momento em que contei a ela que a Oberlin College talvez aceitasse meu pedido de transferência justamente por causa do que aconteceu na Millsaps, e não apesar do que aconteceu na Millsaps, ela chorou na minha frente pela primeira vez em treze meses.

— Eu sinto como se você quisesse me abandonar sozinha no meio dessa desgraça toda.

Respondi a ela que eles ainda estavam apenas considerando meu pedido de transferência. E, quando Nzola me deixou em casa, a gente se abraçou.

— Você parece tão pequeno — ela disse. — Não sei o que tem de errado com a gente. Você quer me falar alguma coisa?

Nzola me acompanhou até a caixa do correio. Em cima de todos os boletos que você tinha abandonado na caixa, encontrei um envelope fino da Oberlin College. Eu sabia que era minha carta de rejeição.

— Acho que não vai acontecer — eu disse.

— Se cuida, Kiese — Nzola disse enquanto voltava para o carro dela. — Coma, por favor. Já estou preocupada que sua mãe me ligue um dia avisando que você simplesmente desapareceu.

Era tarde demais para aquele tipo de conversa. Nós brigamos, perdemos, brigamos outra vez e ambos já tínhamos desaparecido.

— Não vai acontecer — eu disse a Nzola, quando ela deu ré por cima do seu jardim. — Desculpe por todas essas coisas.

Naquela noite, eu me alonguei na nossa calçada e observei as estrelas. Pela primeira vez em anos, pensei sobre o quanto esperei por você naquele dia em que fugi da casa de Beulah Beauford. Antes, eu sonhava que todos os meus anos se passariam no Mississippi, independente de quão estranhos, quentes ou aterrorizantes eles pudessem ser.

Mas agora eu sentia um sentimento diferente. Eu não queria flutuar por dentro, por baixo ou por cima de todas as estrelas laranja-avermelhadas da nossa galáxia, se a nossa galáxia fosse somente o Mississippi. Eu queria poder olhar o Mississippi a partir de outras estrelas e eu queria nunca mais voltar para casa.

TRÊS MESES DEPOIS, você me acompanhou aos prantos até eu me sentar no banco do passageiro do seu Oldsmobile. Ray Gunn estava no banco do motorista. Ele me levaria até Oberlin e você ficaria com o Impala dele durante a nossa viagem. Você e eu passamos aqueles últimos três meses meio que tolerando um ao outro e realmente nos preparando para o grande dia. Na calçada, porém, a sombra dos pinheiros nos deixou com um frio que não esperávamos sentir.

— Eu te amo, Kie — você me disse. — Eu só estou com muito medo.

— Medo de quê?

— Você nunca ficou longe de mim. E eu nunca fiquei aqui, no meio dessas coisas todas, sem você por perto. Eu sinto como se minha criança, meu melhor amigo, estivesse me abandonando — e você enlaçou os braços ao redor do meu peito e eu beijei o topo das suas tranças. — Como é que você ficou tão magro, hein? Não era para ser assim. Talvez eu possa visitar Oberlin no Dia de Ação de Graças.

— Oberlin tem um recesso de outono em outubro.

— Só volte logo para casa, Kie — você disse. — Você promete?

— Eu volto — eu disse. — Sério. Eu volto em outubro. É uma promessa. Estou de volta logo, logo.

Mas não vou voltar tão cedo.

Vou frequentar a Oberlin College. Vou ser descoberto roubando um porta-retrato da livraria da faculdade para o seu aniversário. Vou aprender com Calvin Hernton a me tornar o escritor negro sulista que Margaret Walker queria que eu me tornasse. Vou ler *The cancer journals*. Vou aprender a ser competente em coisas nas quais nunca me importei em ser competente. Vou ouvir falar da morte de Christopher Wallace e de Tupac Shakur. Vou enxergar as dobras, ouvir as brisas aromáticas e sentir as pressões futuristas nos trabalhos de Octavia Butler e do Outkast. Vou treinar. Vou escrever sobre os buracos no matagal do outro lado da casa de Vovó.

Mas não vou voltar tão cedo.

Vou me sentir um bom menino por "tecnicamente" não transar com ninguém a não ser com minha própria namorada. Vou me sentir um bom menino. Vou me autointitular um homem feminista. Vou me apaixonar por pessoas que também vão se apaixonar por mim. Vou escutar meus amigos e amigas falarem sobre suas experiências com sexo e com violência e com incertezas. Vou educadamente fazer perguntas. Não vou contar para esses amigos o que meu corpo se lembra do nosso quarto e dos quartos na casa de Beulah Beauford no Mississippi.

Mas não vou voltar tão cedo.

Vou esquecer de como minhas coxas se sentem quando se esfregam em carne viva. Vou jogar no time de basquete.

Vou achar que estar com oitenta e seis quilos é estar pesado demais e por isso vou correr cinco quilômetros antes de cada treino e de cada partida. Vou me sentar em saunas por horas e horas, coberto por roupas térmicas e moletons. Vou construir uma família de pessoas que não vai acreditar no quanto já fui pesado. Vou entender que não existe limite para o mal que os irmãos simpáticos, bonitos e estáveis, com seus vários segredos, podem causar a alguém. Vou aprender a amar e usar com muita habilidade a internet no primeiro andar da biblioteca. Vou receber uma bolsa Mellon durante a graduação. Vou me inscrever para um mestrado e um doutorado na Universidade de Indiana porque é onde o poeta Yusef Komunyakaa ensina. Vou atravessar o palco na formatura da Oberlin College, onde vou abraçar você e o meu pai.

Mas não vou voltar tão cedo.

Nunca vou esquecer do dia em que eu disse a você que voltaria logo, o dia em que esgarcei seu coração, o dia em que fui embora do Mississippi, o dia em que você me chamou de sua criança, de seu melhor amigo, de sua razão para viver. Vou escrever sobre a minha casa. E vou fazer tudo o que estiver ao meu alcance para nunca mais me sentir como me senti naqueles últimos anos no Mississippi. Vou me dobrar. Vou me quebrar. Vou me construir. Vou me reerguer.

Mas não vou voltar tão cedo.

Naquele dia, Ray Gunn te abraçou e prometeu que ia dirigir o seu carro com cuidado. Saímos da garagem. Você andou até a rua soluçando, com o rosto entre as mãos. Eu deveria estar chorando porque você estava chorando. E eu tentei. Você me ensinou a mentir, mas eu nunca aprendi a forçar o choro. Então eu disse a Ray Gunn para dar a ré no Oldsmobile. Ele manobrou e eu pulei do carro e te abracei.

— Volte logo, Kie — você disse. — Por favor.

— Vou voltar — sussurrei no seu ouvido e entrei de volta no carro. — Volto logo — gritei pela janela enquanto nos afastávamos um do outro. Desta vez, no entanto, o meu sentimento era bem diferente. — Volto logo. Não se preocupe. Eu te amo. Prometo. Volto pra casa logo, logo.

IV.
VÍCIOS NORTE-AMERICANOS

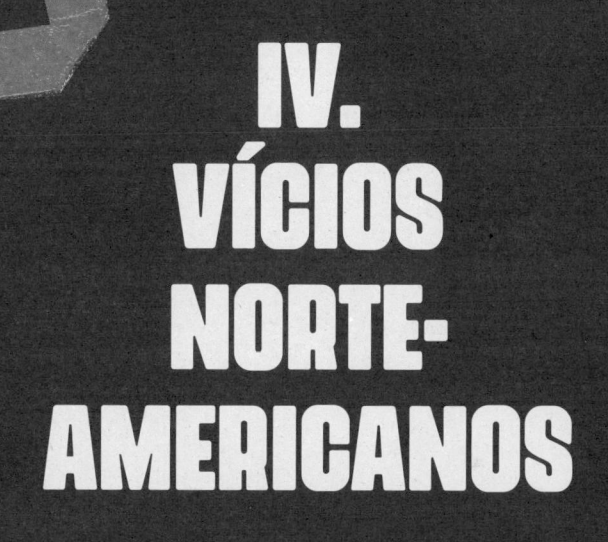

ERVILHAS

Você estava na sala de Vovó delicadamente posicionando no alto da árvore de Natal um anjo negro encapotado com um fluorescente casaco de vison, daqueles que não param de piscar, enquanto Tio Jimmy e eu examinávamos o corpo um do outro em um quarto e sala de Bloomington, Indiana. Eu cursava o último ano da graduação. Tio Jimmy e eu disputávamos para saber quem conseguia as veias mais saltadas de cada antebraço.

— Porra, meu velhinho — Tio Jimmy disse ao me abraçar. — Você está comendo uma montanha de espinafre na faculdade, é? Parece que tá treinando pra ser profissional, caramba.

Eu tinha vinte e seis anos e oitenta e três quilos. O índice de gordura no meu corpo era de somente oito por cento.

Tio Jimmy media um metro e noventa e dois e era tão magro que seus olhos, quase tão amarelos quanto a gema de um ovo, pareciam querer pular das órbitas. Ele vestia sempre o mesmo moletom do Chicago Bears, sempre as mesmas calças cinzas de ir para a igreja e sempre os mesmos sapatos sociais desde quando pesava vinte quilos a mais.

Quando perguntei a ele se alguma coisa estava errada, Tio Jimmy me disse:

— Cara, esse remédio pra pressão que o médico me receitou, porra, ele complica pro pretinho aqui conseguir manter o peso. Mas só isso. Ô, tudo bem eu falar "pretinho" perto de você? Eu sei que agora você é professor igual à sua mãe e o caralho, né.

Expliquei a Tio Jimmy que eu era monitor e estudante de graduação ainda.

— É um caminho longo até me tornar professor. Acho que eu quero trabalhar em escola de ensino médio. E, bom, tanto faz, você pode falar "pretinho" ou qualquer outra palavra que você queira falar perto de mim. Não sou minha mãe.

No caminho para o Mississippi, nós paramos em todos os postos de gasolina. Em cada parada, Tio Jimmy ia ao banheiro por dez minutos. Eu aumentava o volume para continuar escutando meu *Aquemini* e mandava umas flexões e uns polichinelos do lado de fora da van enquanto ele fazia seja lá o que ele estivesse fazendo. Eventualmente, Tio Jimmy voltava carregado com litros de sorvete de nozes amanteigadas e pacotes enormes de Lay's Salt & Vinegar.

— Quer um pouco, sobrinho? — ele perguntava.

— Que nada — eu respondia de novo e de novo. — Tô de boa.

— Tá de boa?

— Tô de boa — eu dizia a ele. Mas o que eu não disse a Tio Jimmy era que todos os dias eu corria dezessete quilômetros, jogava duas horas de basquete e comia apenas oitocentas calorias. Também não contei a ele que, na semana anterior, eu tinha agradavelmente desmaiado na fila do caixa do Kroger. Não contei que uma atendente chamada Laurie me perguntou se eu era "diabético ou viciado em drogas" quando eu acordei. E também não contei que, emagrecendo e emagrecendo, meu corpo sabia cada vez mais o que aconteceria com ele, assim como ele se lembrava muito bem dos lugares que um dia tinha frequentado.

Tio Jimmy me olhou, o entorno da boca lambuzado com a gordura do salgadinho, como se escorresse vaidade pelo meu nariz.

— Pelo jeito estou descobrindo que você deixou de trepar com uma menina branca pra comer que nem uma.

— Eu só adoro perder peso — eu disse a ele. — É só isso. Eu só adoro perder peso.

— Você só adora perder peso? — Tio Jimmy estava quase morrendo de tanto rir. — Meu sobrinho vai pra universidade e de repente ele está se transformando em uma menininha branca. Você adora perder peso? Essa talvez seja a merda mais delirante que eu ouvi nos últimos trinta anos, Kie. Quem é que diz uma merda assim, porra? Você só adora perder peso?

Em algum lugar perto de Little Rock, Arkansas, nós estacionamos em uma parada de caminhões. Tio Jimmy começou a me contar uma história sobre um de seus colegas de trabalho na fábrica da Caterpillar. Ele disse que ele e esse tal amigo serviram juntos no Vietnã e que cada um tinha três passagens pelos Alcoólicos Anônimos.

— Então, é isso, né, ele ficava sempre falando sobre o conhaque que ele entornava no final de semana e a boceta que ele vinha comendo — Tio Jimmy disse —, sempre falando sobre como o homem branco vai fazer qualquer merda para esmagar a porra do homem negro. E ele começou a falar sobre esse menino mimado que é George Bush. Eu falei pra ele que a gente sabe muito bem que não tem porra nenhuma que o homem branco não vá fazer. E ele me respondeu que concordava comigo. Mas, cara, assim que o chefe branco chegou perto, esse desgraçado simplesmente enfiou a cabeça pra dentro do peito como se fosse a porra de uma tartaruga. Sempre um sorrisinho grudado na cara e puxando o saco dos brancos até a morte.

Perguntei a Tio Jimmy o porquê do amigo dele agir de uma maneira perto do chefe branco e de outra maneira perto de Tio Jimmy.

— Caralho — ele me disse, com as pernas inquietas debaixo da mesa —, você sabe como certos pretos são, cara, tudo viciado em dar ao homem branco qualquer coisa que o homem branco queira. Mas eu nunca vou ser assim. Você sabe.

Tio Jimmy estava certo. Eu tinha passado os últimos quatro anos da minha vida lendo e criando arte a partir de quem nós éramos, do que conhecíamos, do que nos lembrávamos e do que imaginávamos quando os brancos não estavam por perto. Para mim, essa questão conversava diretamente com o alpendre de Vovó. Toda vez que eu me sentava para escrever, eu me imaginava sentado debaixo daquele alpendre com camadas do Mississippi negro se desdobrando na minha frente e nas minhas costas.

Enquanto Tio Jimmy ia mais uma vez ao banheiro, liguei para a casa de Vovó de um orelhão para avisar que nós íamos demorar muito mais do que o planejado.

Você atendeu o telefone.

— Ô — eu disse. — Que vocês estão fazendo por aí?

— Oi, Kie, nós estamos a caminho do hospital. Fale para Jimmy nos encontrar por lá. Ele está bêbado?

— Não, não, que nada — eu disse. — Ele não está bêbado, está no banheiro agora. Vovó está bem?

Você me disse que Vovó dormiu na cadeira depois de reclamar de tonturas. E que, quando você foi retirar a peruca dela, notou uma mancha de sangue no forro interno. Você também me disse que olhou a nuca de Vovó e viu essa ferida infeccionada escorrendo pus por todos os lados.

— Por favor, não conte nada a seu tio — você me disse. — Se ele se estressa com qualquer coisa, começa a beber como um golfinho.

— Não acho que golfinhos fiquem bêbados.

— Só traga sua bunda direto pro hospital, Kie.

Quando Tio Jimmy finalmente voltou para a van, ele estava lombrado graças a alguma substância muito mais forte do que maconha ou conhaque. Ele me entregou um perfuminho para carro que tinha acabado de comprar e me disse para eu fazer do mundo um lugar mais cheiroso. Perguntei o que ele queria dizer com aquela frase e ele só me respondeu:

— Dirija, meu sobrinho. Dirija essa merda. E faça do mundo um lugar mais cheiroso — mas Tio Jimmy mal conseguia abrir os olhos ou fechar a boca. — Não use tanto os freios, que nem você usou nesse último trecho. Só leve essa porra até a porta de casa.

EU JÁ TINHA ESCUTADO Vovó choramingar pela perda da melhor amiga dela e também das irmãs. Eu já tinha escutado Vovó gritar com Tio Jimmy por ele ter a ousadia de desrespeitá-la na sua própria casa. Mas, até aquela noite no hospital, eu nunca tinha escutado Vovó berrar enquanto implorava a Deus para ser misericordioso com ela.

Tio Jimmy não estava mais chapado. Ele e HaLester Myers, o novo marido de Vovó, estavam sentados na sala de espera, evitando os olhos um do outro e assistindo o noticiário sobre Bush e a Suprema Corte. Você, Tia Linda e Tia Sue aguardavam no final do corredor, falando merda sobre Tio Jimmy. Você colocava a culpa por qualquer coisa que ele estivesse passando no que ele viu e fez no Vietnã. Tia Linda culpava o alcoolismo. Tia Sue nos culpava por não rezarmos mais por ele.

Eu me afastei de vocês e entrei no quarto de Vovó.

Com uma mão no bolso da minha bermuda esportiva e a outra segurando a mão dela, eu disse a Vovó que tudo ficaria bem. Vovó me respondeu que, sim, tinha fé no médico branco que a atendia. Ela continuava chamando esse médico de "doutor homem branco", mas ele, na verdade, era um homem baixo de pele negra clara com um cabelo afro seco e vermelho.

— O doutor homem branco sabe o que é o melhor pra mim — ela disse. — Vovó vai ficar boa sem demora.

O médico negro com o cabelo afro seco e vermelho me pediu para sair do quarto porque eles precisavam realizar um pequeno procedimento. Ele me disse que a infecção era mais profunda do que ele imaginava — começava no meio da cabeça dela e descia até a nuca.

— Nós vamos ajudá-la com essa dor — ele disse. — Mas a infecção está se infiltrando no fluxo sanguíneo.

Saí do quarto, mas o médico não fechou a porta atrás de mim.

— Jesus Cristo — Vovó continuava falando, segundos antes de começar a gritar. — Por favor, tenha piedade. Por favor, tenha piedade.

Eu sabia, embora me recusasse a admitir, o porquê de Vovó gritar, ou o porquê do médico negro com o cabelo afro seco e vermelho não administrar nela uma quantidade satisfatória de anestesia, ou o porquê do doutor homem branco achar que cortar uma boa polegada e meia da parte de trás do couro cabeludo de Vovó era o melhor para ela.

As pessoas sempre pressupõem que as mulheres negras vão se recuperar, mas nunca se importam se essas mulheres negras de fato se recuperam. Eu sabia que Vovó agiria como se estivesse plenamente recuperada antes de agradecer a Jesus Cristo por mantê-la viva. E que, em público, ela jamais reconheceria os estragos causados por pessoas que juravam ter absoluta certeza do que era o melhor para ela. Vovó apenas agradeceria a Jesus Cristo por fazê-la atravessar até o outro lado do sofrimento. Porque agradecer a Jesus Cristo por nos ajudar a atravessar os sofrimentos — que, para começo de conversa, nós nem deveríamos ter enfrentado — era o superpoder da nossa família.

Passei a noite no quarto, em uma cadeira ao lado da cama de Vovó, segurando a mão dela. Vovó não disse uma palavra. Ela só olhou pela janela, com a bochecha pressionada contra o colchão fino até o sol aparecer no horizonte.

Na manhã seguinte, depois que saí para uma corrida matinal rápida, Tio Jimmy entrou no quarto de Vovó.

— Essa gente me deixou parecendo uma múmia, Jimmy Earl — ela disse, antes de abraçar Tio Jimmy e falar sobre o quão magros eu e ele ficamos desde a última vez que nós três nos vimos. Respondi a Vovó que ela precisava cuidar melhor de si mesma.

— Cê vá cuidar da sua vida, Kie — ela disse — e pare de perder peso ou é capaz da sua cabeça cair do pescoço no meio da estrada.

— Como é que uma cabeça consegue cair na estrada, Vovó?

— Cê entendeu o que eu disse, Kie — ela disse, dando risada de si mesma antes de voltar sua atenção para Tio Jimmy. — Por que cê não tá comendo direito, Jimmy Earl? Cê tá me escutando?

Vovó olhou para Tio Jimmy e para mim, um do lado do outro. E piscou em câmera lenta. O piscar de olhos em câmera lenta era muito pior do que o piscar de olhos sem parar. Todo mundo na família sabia que, quando Vovó piscava em câmera lenta, era sinal do quão enojada ela se sentia com a cena diante dos seus olhos.

— Estou comendo bem, mamãe — Tio Jimmy disse de repente.

— Que cê tá comendo, Jimmy Earl?

Tio Jimmy olhou para mim.

— Moela — ele disse. — E muito espinafre também. Todo espinafre e toda moela que meu estômago aguenta.

— Jovem, cê nunca comeu niuma folha de espinafre sequer na vida. Por que cê não tá comendo direito, Jimmy Earl? Não vá mentir pra mim no meio desse hospital.

— Mas eu comi espinafre a viagem inteira — Tio Jimmy disse para Vovó, olhando para mim. — A viagem inteira. Não comi espinafre, Kie?

As piscadas em câmera lenta de Vovó me desafiaram a mentir, então mantive a boca fechada e balancei a cabeça para cima e para baixo, até dizer:

— Vovó, o que você acha de Bush e de como eles estão roubando as eleições?

— Não existe nada que o homem branco tenha vergonha de fazer, a não ser tratar a gente com dignidade. E sempre aparece um homem negro cabeçudo com uma necessidade imensa de se atinar que ajuda o homem branco a prejudicar nossa vida.

— Você está falando de Clarence Thomas?

— Sim, aquele cabeça grande sabe muito bem que essa gente anda roubando qualquer coisa que dê sopa por aí antes até de eu nascer. Olha, eu percebi que aquele homem não era boa gente no momento que eu vi ele na televisão falando sobre linchamento eletrônico depois de descobrirem ele molestando aquela mulher negra. Qual é o nome da mulher, Kie?

— Anita Hill.

— Isso. Isso. Anita Hill. Com todo o estudo que cê tem e cê tá surpreso que eles roubaram a eleição? — Vovó me perguntou. — Todo esse estudo e cê não sabia o que eles vinham planejando com toda aquela maracutaia? Kie, Jimmy Earl comeu espinafre ou não durante essa viagem de vocês dois?

Eu me levantei, alonguei minhas panturrilhas e me pesei na balança ao lado da cama de Vovó.

— Eu dormi a maior parte da viagem, Vovó, mas talvez tenha comido — eu disse a ela, e saí do quarto para Tio Jimmy poder contar todas as mentiras que quisesse sem ser obrigado a se envergonhar.

A balança no quarto de Vovó no hospital foi a primeira em que eu subi desde que saí de Indiana. A balança do primeiro andar na minha academia em Indiana era a balança mais precisa, mais elegante e mais resistente entre as que eu já pisei na vida. Se eu tivesse me pesado e depois cuspisse algumas vezes ou então bebesse um gole de água, já era possível notar a diferença. Então eu me pesava no primeiro andar daquela academia toda vez antes e depois do treino e antes e depois de cada refeição. Também arranjei uma fita métrica para medir minha cintura todos os dias pela manhã, logo depois de acordar. Cheguei em Indiana com uma cintura de oitenta e três centímetros e consegui reduzir para setenta e um em dois anos e meio. Setenta e um centímetros era uma boa marca, bem distante dos cento e vinte e um centímetros de quando estive mais pesado na vida, mas eu sabia que ela poderia afinar ainda mais se eu me esforçasse de verdade.

VOVÓ FOI LIBERADA do hospital três dias depois. Quando cheguei na casa dela, no sábado à noite, Vovó, Tia Sue, Tia Linda e você estavam sentadas em volta da tevê assistindo *A cor púrpura* em silêncio. Toda vez que vocês assistiam esse filme parecia que vocês assistiam pela primeira vez. Vocês não choravam. Vocês não se mexiam. Vocês apenas respiravam profundamente e tomavam cuidado para que pelo menos uma parte do corpo de vocês tocasse o corpo da mulher ao lado.

No final do filme, enquanto todos na sala comentavam o quanto Clarence Thomas errou ao ajudar George Bush a roubar a eleição, você perguntou a Tia Linda e a mim se nós queríamos ir ao cassino de Philadelphia, no condado de Neshoba. Tia Linda, que morava em Las Vegas, jurava que os cassinos do Mississippi eram caipiras demais para serem levados a sério, mas ela adorava a reverência com a qual era tratada pelos frequentadores e atendentes de cada estabelecimento local.

— Las Vegas, meu amor — ela adorava dizer para as pessoas que perguntavam sobre suas perucas elaboradas e sobre suas unhas de cinco centímetros pintadas de esmalte vermelho-rubi e cravejadas de diamantes. — Eu venho é de Las Vegas, meu amor.

Fui ao banheiro me pesar antes de entrarmos no carro, mas a balança de Vovó não estava mais lá.

Tia Linda falou de Forest até Philadelphia sobre esse jogo eletrônico de pôquer e o quanto se precisava gastar para ganhar da máquina. Quando ela perguntou quanto de dinheiro você tinha em mãos, você não respondeu.

O cassino Golden Moon em Philadelphia era um espaço sem janela dominado pela fumaça, pelo álcool liberado, por luzes de emergência e pelo ding-ding-ding das máquinas. Você não precisava jogar para ouvir o berreiro do saguão e ver as luzes de emergência. E nunca entendi como alguém podia inserir um dólar dentro de uma máquina, sabendo que a derrota era quase inevitável, se você podia observar as pessoas, beber a bebida que quisesse e ainda ouvir o barulho das máquinas a noite inteira de graça.

Sentei na frente de uma máquina distante de você, do outro lado do saguão, bebendo refrigerante diet e assistindo você gastar todos os dólares do seu bolso. Assisti também você vasculhar sua bolsa à procura de moedas para levar à bilheteria do cassino e trocar por novas fichas. Na sequência, assisti você pegar essas fichas e inserir na mesma máquina em que você tinha se sentado alguns minutos antes.

Quando você percebeu que eu continuava ali de sentinela, andei na sua direção e te entreguei os quarenta dólares que Vovó tinha me dado de Natal, além dos sessenta dólares que haviam sobrado na minha carteira. E assisti você inserir cinco notas de vinte na mesmíssima máquina. Em menos de um minuto, você foi para perto de Tia Linda e sentou em uma banqueta ao lado enquanto ela continuava a jogar. Nenhuma das duas disse uma palavra. Tia Linda, em algum momento, entregou para você o que parecia ser outra nota de vinte e te deu as costas.

Você voltou para a mesma máquina. Quando o dinheiro acabou, você olhou por cima dos ombros e me assistiu te assistir de novo. Você caminhou na minha direção e me perguntou se eu estava com meu cartão de crédito. Eu te respondi que não possuía mais um cartão de crédito desde que alguém roubou minha carteira alguns anos antes na Millsaps.

— Você precisa de um cartão de crédito, Kie — você disse. — É como você consegue construir seu capital.

Eu queria dizer tantas coisas naquele momento, mas nós tínhamos sobrevivido ao Natal sem qualquer tipo de briga e eu não sabia o que faria se você arrancasse o paladar da minha boca logo depois de eu te entregar minhas últimas economias naquele cassino.

Quando voltamos para casa, você entrou no quarto de Vovó e se esparramou nos pés da cama, me mandando fechar a porta.

— Não me sinto muito bem, mãe — você disse para Vovó.
— Que cê acha que é? — Vovó perguntou.
— Kie — você disse —, feche a porra da porta.
— Ok — eu disse. — Mas por quê?
— Porque eu mandei fechar, Kie. Só feche a porra da porta.

ANTES DE EU VOLTAR para Indiana na manhã seguinte, Vovó pediu para eu acompanhá-la até a varanda. Todos os outros estavam assistindo Tiger Woods ganhar dos brancos no golfe ou se espremiam na cozinha enquanto montavam pratos gigantes de comida e fatiavam o bolo de chocolate alemão e a torta de batata-doce para levar para casa. Sentei na mesma cadeira amarela descascada em que eu tinha me sentado quinze anos antes. Eu disse a Vovó que não conseguia acreditar no quão frondoso e verde aquele matagal me parecia quando eu era criança. Ela me respondeu que nenhuma parte do mundo para de mudar só porque a gente vai embora.

— Por que cê anda batendo o pé igual Jimmy Earl, Kie?

Eu não tinha percebido minha ansiedade.

— Não sei — eu disse a ela. — Talvez eu esteja precisando dar uma corrida. Quero muito que você cuide melhor de si mesma, Vovó. Sério. Não espere até o último minuto se aparecer alguma coisa errada com o seu corpo. E não tente consertar o seu corpo sozinha se você sabe que existe alguém lá fora que pode consertar melhor. Você está se exercitando?

— Cê virou o maníaco do exercício — Vovó disse. — Cê perdeu toda sua gordurinha e agora tá tentando treinar os outros? Os piores tipos de professores são aqueles professores que tentam ensinar as pessoas a serem iguais a eles. Todo mundo tem ouvido. Todo mundo sabe quando alguém tá falando mal da gente. Minha vida inteira, eu me exercitei. Você já viu aqueles sacos de latas lá no quintal? Eu ando pra cima e pra baixo duas vezes por dia catando lata pra levar pro homem das latas. E aqueles mexicanos simpáticos do trailer aqui do terreno vizinho, eles me trazem as latas deles quando eles me veem andando pra cima e pra baixo. Eu faço meu exercício. Cê vá se preocupar com sua própria vida — e eu ri com o comentário final de Vovó. — Escuta só, Kie. Alguma coisa está azeda no leite. Quero que cê ligue mais pra sua mãe e pra Jimmy Earl.

— Eu falo com minha mãe quase todo dia, Vovó.

— Bom, então fale com ela todos os dias agora — ela disse. — Duas vezes por dia. E também ligue mais pro seu tio Jimmy Earl — e eu olhei para Vovó, que agora brincava com os curativos ao redor da cabeça dela. — Cê tá me escutando? Existe talvez somente um ou dois caminhos pra se alcançar uma bênção. Mas existem milhões de caminhos pra essa bênção se esfarelar. Você fica aí renegando suas bênçãos, um dia o Senhor surge e arranca de volta qualquer bênção que você precisa, cê fica sem bênção niuma no mundo.

— Bênção niuma, Vovó? — eu perguntei, me contorcendo de rir. — Você devia ter o seu próprio show.

— Bênção niuma, Kie. Tô falando pra você o que eu sei. E não tô falando só de dinheiro, não. Tô falando de qualquer bênção que o Senhor ache justa pra você.

— Estou te ouvindo, Vovó — eu disse. — Posso te perguntar uma coisa?

— Que foi, Kie? Ô, não tô querendo falar de niuma loucura agora, não, hein.

— Sim, sim, eu entendi tudo o que você falou sobre bênçãos e sobre conversar com minha mãe. Eu só quero saber o que aconteceu com a sua balança.

— Senhor, tenha piedade — Vovó disse, e começou a piscar em câmera lenta. — Às vezes eu me pergunto se seu pão já não tá todo esturricado.

— Meu pão está cem por cento esturricado, Vovó — eu disse a ela. — Eu só adoro perder peso.

Os olhos de Vovó piscaram devagar e com extrema regularidade debaixo do alpendre da casa.

A caminho de Indiana, não comi e não bebi nada. Eu não tinha como saber meu peso até que paguei um dólar para me pesar na balança esfarrapada do banheiro de uma parada para descanso no Tennessee. De acordo com aquela balança, eu estava pesando oitenta e quatro quilos naquele momento, um quilo a mais do que quando me pesei no hospital.

Quando cruzamos a fronteira do Arkansas, Tio Jimmy parou em um KFC e pediu moela para viagem. E, alguns quilômetros depois na estrada, paramos em uma loja de conveniência que vendia marmitas. Tio Jimmy me pediu para esperar na van. Ele acabou voltando sem nada nas mãos e seguimos para outra loja de conveniência que também vendia marmitas. Desta vez, Tio Jimmy voltou com duas embalagens de isopor recheadas com ervilhas e pão de milho. Ele queria remendar o não remendado.

— Quer um pouco, sobrinho?

— Que nada — eu disse a ele. — Tô de boa.

Tio Jimmy então se sentou no estacionamento daquela loja de conveniência e comeu o que devia ser algo como meio quilo de ervilhas e pão de milho. Quando terminou com as duas embalagens, ele me disse que Vovó reclamou com o resto da família que eu já tinha passado tempo demais na escola. De acordo com Tio Jimmy, Vovó disse que já era hora de eu arranjar um emprego de verdade para poder contribuir com alguma fonte de renda. Tio Jimmy mentia muito, mas eu sabia que Vovó costumava falar as verdades mais duras sobre as pessoas ausentes na sala.

Contei a Tio Jimmy que eu ganhava doze mil dólares por ano em Indiana. Depois de pagar meu aluguel e minhas contas, me sobravam cerca de duzentos e vinte dólares todo mês. Cem dólares iam para cobrir os empréstimos da Millsaps, que eu deixei de pagar quando você abandonou os boletos na caixa do correio. Quarenta iam para Vovó. Vinte para a poupança. E sessenta eu gastava em comida.

— Mamãe disse que quer que você arranje um emprego graúdo — ele disse de novo. — Então vá lá e resolva logo essa situação. Vá ganhar seu dinheiro de verdade.

Decidi, ali na van de Tio Jimmy, que, ao invés de seguir com o doutorado, eu pegaria meu título de mestre e me inscreveria em uma seleção que encaminhava pós-graduandos negros a faculdades de artes liberais para um tirocínio de dois anos. Se eu conseguisse ganhar aquela bolsa, poderia revisar os livros nos quais eu trabalhava entre as aulas e depois tentar vendê-los e arranjar um emprego estável em algum outro lugar.

Quando Tio Jimmy me deixou em casa, ele não me abraçou. Ele não me cumprimentou. Ele me agradeceu por não dedurá-lo e me disse que nos veríamos de novo no ano seguinte.

— Às vezes fico pensando, a gente podia se ligar mais, o que você acha? — perguntei a ele, já do lado de fora da van.

Tio Jimmy se mandou sem responder a minha pergunta. Não sei o que ele enfiou dentro do corpo na nossa viagem de ida ao Mississippi. Sei que, na viagem de volta a Indiana, ele comeu mais ervilhas do que já vi um ser humano comer em um almoço só. Depois de me deixar em casa, no entanto, eu sabia que ele voltaria para a rotina de voar e despencar das alturas, porque voar e despencar das alturas era a grande rotina das pessoas na nossa família quando nós estávamos sozinhos, envergonhados e apavorados até a morte.

Na mesma hora, corri pelas escadas do meu prédio e, dentro do apartamento, me ajoelhei e agradeci a Deus por não me ver voando e despencando como Tio Jimmy ou chorando e arrancando pequenas crostas da minha cabeça como Vovó ou lamentando e me arrependendo de todo o dinheiro que perdi no cassino como você. Esfreguei as palmas das mãos pelo meu abdômen à procura de novos músculos. Apalpei meu tórax e flexionei o peitoral para avaliar a definição. Deslizei minhas mãos pelo vão entre minhas coxas delineadas e apertei as pernas o mais forte que eu consegui. Tracejei as veias das minhas panturrilhas até meus tornozelos e de volta até a parte de trás dos meus joelhos. Mas, independente do que eu via na frente do espelho, eu ainda enxergava aquele menino negro de quase cento e quarenta e cinco quilos residente de Jackson, Mississippi. Quando eu me tocava ou analisava minha perda de peso ou minha porcentagem de gordura, eu sabia que tinha criado um corpo. E sabia que tinha feito um corpo desaparecer.

Me ajoelhei e pedi a Deus que ajudasse todos vocês a confrontar as memórias das quais vocês continuavam fugindo. Pedi a Deus que ajudasse vocês a perder peso. E planejei fazer tudo ao meu alcance para não jogar minhas bênçãos pelo ralo e poder sustentar quem eu precisasse sustentar. Minha primeira tarefa, inclusive, era correr até a academia antes do fim do expediente. Eu queria saber exatamente qual era o meu peso naquele momento para eu poder decidir se podia comer ou beber alguma coisa antes de dormir.

TERROR

Você estava estacionada em uma oficina em Brando, Mississippi, torcendo para um mecânico consertar seu Subaru e você poder pagar no crédito enquanto eu dormia no chão do meu novo escritório em Poughkeepsie, Nova Iorque. Eu era um professor adjunto da Vassar College e pesava oitenta e dois quilos, com somente seis por cento de gordura no corpo e algumas centenas de dólares na conta bancária.

Quando te contei onde eu dormi, você me disse que, para incorporar a excelência negra, especialmente em um lugar onde nortistas brancos eram considerados a elite, eu deveria manter uma distância saudável dos meus colegas e nunca deixar ninguém me ver "desgrenhado". Escutei, naquela primeira semana, de incontáveis colegas brancos, o quão sortudo eu era por começar a trabalhar na Vassar. Na minha idade, você trabalhava na Jackson State há dois anos. Eu tinha seis anos de idade. E me perguntei se seus colegas negros, que eram seus professores alguns anos antes, costumavam chamar você de sortuda por estar de volta à Jackson State, desta vez como professora.

Eu me lembro de ver você doar todos os seus pertences para seus alunos naqueles primeiros anos no Mississippi. Quase todos os seus alunos, seus primeiros alunos, eram negros, os primeiros estudantes universitários das suas famílias. Você passava dezesseis horas por dia encontrando com eles nos fins de semana, conversando com pais preocupados no telefone, ajudando os novatos com os formulários de auxílio financeiro, arranjando dinheiro para eles comprarem comida quando nós mesmos não conseguíamos juntar dinheiro para comprar a nossa própria comida. E você e eu conversamos mais desde a minha chegada na Vassar do que conversamos desde os meus doze anos de idade. Eu mentia bastante e mantinha em sigilo a vida pessoal ao redor da minha vida profissional, mas você adorava quando eu te perguntava como organizar a rotina sendo eu agora um jovem professor negro.

— A vontade do mundo sempre foi me sufocar e sufocar os meus alunos — você me disse na semana em que eu cheguei à Vassar. — Meu trabalho como professora era ajudá-los a respirar com excelência e disciplina dentro da sala de aula. Aqueles que te amam, eles acabam se transformando no modelo que você apresenta a eles. Não se esqueça desse conselho. Ajude seus alunos a respirar apresentando um modelo de amor responsável todos os dias dentro da sala de aula. O presente mais importante que um professor pode dar é permitir que seus estudantes sejam afetuosos e excelentes.

Na minha primeira semana de aula, percebi que eu possuía mais em comum com os meus alunos do que com os meus colegas de trabalho, que na maioria eram brancos e mais velhos do que Vovó. Apesar de eu ser o professor mais jovem da faculdade, me vesti no primeiro dia como o homem negro excelente, disciplinado e elegante que você sempre desejou que eu fosse. Ostentei um terno largo de lã marrom e usei os sapatos mais brilhantes da Stacy Adams. O terno parecia muito maior do que quando você me deu ele de presente para minha formatura em Oberlin. Mas, no fim da primeira semana, esse terno já tinha desaparecido. Se eu vestia um blazer, era por cima da camiseta com calça jeans. Me sentir confortável perto dos meus alunos fazia muito mais sentido do que querer parecer respeitável.

Na minha primeira semana de aula, entendi que nenhum dos meus alunos, especialmente os negros e pardos que gravitavam ao meu redor, queria ser tratado como nobre exceção das suas comunidades. Eles queriam ser amados, inspirados, protegidos e ouvidos. Eles não queriam ser punidos ou injustamente disciplinados por se arriscarem a atravessar aquela loucura criada pela decisão de sair de casa para dormir, comer e beber ao lado de indivíduos que eles não conheciam enquanto estudavam em dormitórios e salas de aula mal-assombradas. Assim como todos os professores negros que conheci no Sul Profundo, eu esperava proteger meus alunos dos seguranças, da polícia e das administrações maliciosas. Eu esperava resgatá-los de delegacias, estações de trem e salas de emergência. Eu não esperava falhar com meus estudantes o tanto que falhei. Eu errei o gênero de todas as pessoas que me pediram ajuda para pressionar a faculdade a cobrir os custos da sua transição, porque seus pais não se consideravam mais seus pais no momento em que encaravam o fato de terem uma pessoa transgênera na família. Eu fiz meus estudantes se engajarem em produtos artísticos que atacavam suas identidades enquanto queer, lésbicas, negros ou socialmente desfavorecidos. Voltei da minha palestra sobre James Baldwin, logo depois dos ataques na Virginia Tech, e disse para o único aluno ásio-americano na sala, um vietnamita, que, se ele algum dia quisesse conversar sobre violência, eu estava disponível. Perguntei para uma das minhas alunas hispano-hablantes, que havia acabado de me relatar a deportação dos seus familiares, se ela sabia quando eles estariam de volta e se ela queria publicar um ensaio sobre o assunto.

Ou seja, descobri formas de fracassar e traumatizar que eu sequer imaginava existir. E, toda vez que eu falhava com aquelas crianças, eu inevitavelmente pensava no quanto cometia um erro que você nunca iria cometer.

Quando contei a você sobre o segurança entrando no meu escritório e me pedindo a identidade, mesmo com fotos minhas e suas espalhadas pela minha mesa, você disse:

— É assim que o terror se apresenta.

Eu ri do seu comentário e contei o quão feliz estava de ter acesso a uma copiadora, a uma impressora, a uma das bibliotecas mais bonitas do planeta, a smoothies ilimitados, a um espaço de meditação chamado Jardim de Shakespeare e a um espaço privativo chamado Lago Pôr do Sol. Eu sabia o desafio que aquele emprego representava, mas, convenhamos, eu estava basicamente sendo pago para ensinar, prestar auxílio e escrever por sete meses do ano. Tentei te convencer que a minha relação com os estudantes da Vassar era uma espécie de casa, e que os dois quartos dessa casa eram a minha sala de aula e o meu escritório. Você me disse para aprender com os seus erros e entender que a dor espera por todo e qualquer trabalhador deste país que tenta transformar o emprego na sua própria casa.

Eu deveria ter escutado o seu conselho.

No dia 11 de setembro de 2001, uma semana e meia depois do início das aulas, eu descobri que estava, de fato, o mais distante possível de casa sem nem mesmo sair dos Estados Unidos. No dia 12 de setembro, assisti meus vizinhos paquistaneses cobrirem seus Corollas com adesivos de EU AMO OS ESTADOS UNIDOS e vestirem seus bebês com uma roupa azul, vermelha e branca que eu tinha visto na vitrine da Marshalls.

Eu não entendia o que estava acontecendo.

Três dias depois, no dia 15 de setembro, decidi pegar o metrô até Nova Iorque e me voluntariar no Marco Zero. A estação de Poughkeepsie estava abarrotada de soldados com expressões ambíguas segurando fuzis M-16 nas mãos ao lado de pastores alemães aparentemente indelicados. Quando entrei no trem, uma família do sul da Ásia com a pele escura se sentou na minha frente. A família inteira usava roupas com alguma variação de azul, vermelho e branco. O pai da família descansou uma maleta em cima do banco, deixando bem à mostra um adesivo que proclamava seu ORGULHO DE SER AMERICANO. E percebi que suas chaves estavam presas em um chaveiro com a bandeira dos Estados Unidos, um produto que imaginei ter sido recém-comprado porque a etiqueta da loja continuava lá.

Agora eu entendia o que estava acontecendo. Era assim que o terror se apresentava.

— Se eles meterem a mão naquela sacola, cara, eu só sei de uma coisa — escutei um jovem negro cheio de pulseiras verdes dizer para o amigo ao lado.

— O que é que você sabe? — eu perguntei.

— Que é melhor eles não tentarem explodir esse trem — ele disse, alto o suficiente para todo mundo no nosso vagão escutar. — É isso o que eu sei.

Um homem branco cujos pelos do peito pareciam ter sido lambuzados por um ativador de cachos balançou a cabeça afirmativamente do outro lado do corredor e mandou um sinal de joinha para o jovem irmão.

— Aqui é Estados Unidos, né? — o homem branco perguntou.

— Você já sabe a resposta — o jovem irmão disparou. — Estados Unidos da América.

Eu revirei os olhos.

— Esses brancos de merda estão viajando — sussurrei para a família na minha frente, e depois acrescentei, em um volume bem mais alto para todo mundo escutar. — Essas pessoas não querem explodir nenhum trem.

Nos sessenta minutos que levamos até chegar na estação Grand Central, a família na minha frente se sentou imóvel e ereta, mal inclinando a cabeça para conversar uns com os outros. Toda vez que o filho, que parecia ter seis ou sete anos, tentava se mexer, seus pais o seguravam para não sair do lugar. Pela primeira vez na vida, experimentei o que era não ter o corpo mais assustador dentro de um espaço fechado nos Estados Unidos. Claro, as pessoas naquele trem continuavam com medo de corpos escuros como o meu, mas elas agora estavam muito mais assustadas com pessoas pardas que "pareciam" muçulmanas. E eu não parava de pensar no seu conselho de ser sempre excelente, disciplinado, elegante, emocionalmente contido, limpo e perfeito diante da supremacia branca norte-americana.

— Preciso fazer xixi — o menino sussurrou para a mãe, mas ela não soltou o braço da criança.

Quando o trem chegou na Grand Central, o pai recolheu sua maleta e o menino ficou em pé ao lado dos pais. A mãe posicionou então o próprio corpo e a maleta na frente da criança, para que não pudéssemos ver sua bermuda vermelha manchada de urina.

— Obrigada — a mãe me disse ao passar por mim.
— Por nada — eu disse. — Tenham um ótimo dia.

E me perguntei se aquele sentimento era o mesmo que os "bons brancos" sentiam quando nós agradecíamos a eles por não serem tão terríveis quanto poderiam ser.

Naquele dia, enquanto eu me embrenhava pelas ruas de Nova Iorque, escutei homens negros, pardos e brancos, em uma bodega no Lower East Side coberta de minúsculas bandeiras norte-americanas, falarem sobre abater "os muçulmerdas que explodiram nossa cidade" e especularem sobre quais seriam os novos alvos dos ataques terroristas.

Trinta minutos depois, me vi atordoado na frente de uma catedral perto do Marco Zero, entregando garrafas de água, sanduíches e cobertores para bombeiros cansados que continuavam à procura de sobreviventes. Pela primeira vez desde que me afastei do Mississippi, seis anos antes, eu sabia que você e Vovó estavam mais seguras em Jackson do que eu ali no Norte. Mas a segurança de vocês duas não tinha nada a ver com aviões atacando arranha-céus lotados de pessoas que apenas cumpriam suas funções no trabalho. Vocês estavam mais seguras porque sabiam exatamente o lugar de vocês no mundo.

Eu fui obrigado, desde que me despedi de você naquela calçada, seis anos antes, a aceitar que eu não entendia nada a respeito de nenhuma parte do país a não ser do nosso pequeno pedaço do Mississippi. Eu acreditava que todos os negros do país vinham do Sul Profundo. Eu não tinha a menor ideia de quantos dos negros que viviam nos Estados Unidos vinham da África e do Caribe.

Naquele dia, na parte baixa de Manhattan, dentro da catedral, você teria visto o quanto de generosidade e paciência somos capazes de envergar diante das perdas e do medo absoluto. Antes de irmos embora, nós seguramos pequenas bandeiras norte-americanas, agarramos ásperas mãos norte-americanas e agradecemos uns aos outros por levarmos o melhor do nosso espírito norte-americano àquele momento. Presumi, no entanto, que todo mundo naquele espaço carinhoso sabia o que iria acontecer a seguir. Eu não conhecia muito de Nova Iorque, mas conhecia o que os norte-americanos brancos exigiam dos Estados Unidos. E os norte-americanos brancos, primordialmente liderados por George W. Bush, estavam prestes a se enrolarem em bandeiras e entoar cânticos de louvor aos Estados Unidos da América enquanto primos pobres, amigos, filhos e filhas mostravam a uma parte do mundo mais fraca, mais escura e menos cristã como é que *nós* lidávamos com as perdas.

À noite, no trem de volta para Poughkeepsie, lamentei não ter ninguém "parecendo muçulmano" no meu vagão, absolutamente ninguém por quem eu me sentiria bem atuando como advogado de defesa. Eu imaginava as expressões de perplexidade dos meus alunos quando eu contasse a eles minha atuação como voluntário. E olhei para o rio Hudson e agradeci a Deus pelos ataques de 11 de setembro não terem acontecido durante a presidência de um homem negro. Ali eu me perguntei pela primeira vez na vida o que ser um norte-americano, e não apenas um norte-americano negro do Mississippi, realmente exigia de mim, e quais seriam as consequências de não satisfazer essa demanda no mundo.

Em Poughkeepsie, esperei no estacionamento do meu condomínio até uma mulher branca que saía do prédio entrar no próprio carro para que ela não se assustasse com a minha presença. Então, a caminho da portaria, eu vi e ouvi um avião. E me lembrei de alguns jamaicanos conversando, na bodega em Nova Iorque, sobre uma instalação nuclear, a cinquenta quilômetros da minha casa, chamada Indian Point. De acordo com esses jamaicanos, muçulmanos lançariam quatro aviões em cima de Indian Point nos próximos dias, provocando, entre os norte-americanos, centenas de milhares de mortes por envenenamento radioativo e câncer.

Subi para o meu apartamento, liguei para você, liguei para Vovó, paguei algumas flexões, me pesei, corri nove quilômetros e meio, voltei para casa, tranquei a porta do quarto, paguei mais algumas flexões, deitei na cama e me concentrei à espera dos estrondos provocados por aterrorizantes pessoas de aparência muçulmana que supostamente nos odiavam por causa da nossa liberdade.

ALGUNS MESES DEPOIS, um colega veterano branco sugeriu que eu orientasse a tese de Cole. Cole era um dos orientandos dele que perderam pessoas próximas nos ataques do 11 de setembro. Esse colega me disse ter certeza de que eu "conseguiria me conectar com Cole" de maneiras que ele não conseguiria. Só que, apesar de eu admirar as unhas sujas de Cole e seu impulso desabalado de buscar bolas perdidas nos jogos de basquete, ele nunca tinha sido meu aluno. E descobri que Cole, esse estudante que preparava um trabalho a respeito da primeira parte da *Divina comédia*, de Dante, era também um menino judeu, branco, magro e rico de Connecticut que lutava contra o vício em drogas desde o segundo ano do ensino médio.

Cole e eu passamos horas e horas no meu escritório naquele semestre, debatendo teorias de imersão aplicadas ao Inferno de Dante às quartas e conversando sobre experiências de abandono e vícios às sextas. Além dos encontros comigo, Cole também frequentava o serviço de psicologia do campus e ainda um terapeuta particular fora da universidade.

Um dia, quando Cole saía do meu escritório, Heedy "Douglass" Byers, a quem fui apresentado pelo meu amigo Brown, esperava do lado de fora. As pessoas em Poughkeepsie chamavam Heedy de "Douglass" porque ele ostentava um cabelo afro robusto, sempre penteado tal como Frederick Douglass penteava. Douglass me chamava sempre de "Paiol", um apelido que ele enfatizava no começo e no final de cada frase. E, no momento em que Cole e Douglass se cruzaram no corredor, testemunhei *aquela* transação que testemunhei centenas de vezes em Jackson, em Forest, em Oberlin e em Bloomington.

Puxei Douglass para dentro do meu escritório depois de Cole sumir pelo corredor e fechei a porta enquanto seis estudantes esperavam para conversar comigo, um grupo composto por alunos negros, do sul da Ásia e das Filipinas.

— Cara, você está negociando merda assim na frente do meu escritório?

— Porra, Paiol — ele me disse —, se você precisar de qualquer coisa, me chame. Tô aqui pra você, Paiol. O que você precisar, é só me avisar, Paiol. Você e Brown estão batendo uma bola depois do trabalho?

Eu ensinava duas disciplinas por semestre por um salário de dezoito mil dólares por ano, já descontados os impostos. E, apesar de você e de Tia Linda ganharem mais dinheiro, de alguma maneira eu sempre tinha mais capital disponível do que qualquer outra pessoa na nossa família. Quando consegui o emprego, imaginei todo tipo de uso para aquele meu novo salário, tipo comer panqueca no IHOP uma vez por mês, comprar três discos e três livros novos a cada trinta dias ou até descolar um novo par de Adidas no final de cada semestre.

Não demorou para eu perceber que dezoito mil dólares por ano não me deixavam nem sequer perto da riqueza, especialmente quando você me pedia mil e cem dólares para o ar-condicionado, quatrocentos para consertar o encanamento e trezentos para poder comprar pneus novos para o carro. Logo depois de Cole e Douglass realizarem aquela transação, você me ligou e perguntou se eu poderia enviar oitocentos dólares porque Vovó precisava de uma nova ponte dentária. Você me contou que ela vinha sofrendo com dores terríveis, mas que era orgulhosa demais para me pedir dinheiro. Eu te disse que até o final da semana mandaria todo o dinheiro que conseguisse mandar.

— Eu te amo, Kie — você me disse. — Obrigada por sempre ajudar sua família quando nós precisamos de ajuda.

Quando desliguei o telefone, Douglass olhava para os meus dedos, tamborilando de leve a madeira esmaecida da minha mesa. Observei Douglass observar a montanha de livros na parede, o pôster azul descascado de James Baldwin atrás da minha porta, o vinil de *Blueprint*, de Jay Z, que eu mantinha por ali, a surrada foto de Vovó apoiando o queixo com as mãos em cima do parapeito da janela.

— Paiol, me diga, cara, o que você quer fazer, Paiol? Você quer investir neste trabalho?

Desde os meus doze anos, vivi cercado de meninos negros do Mississippi para quem o tráfico era uma espécie de trabalho paralelo. Meus amigos não se chamavam de "trafica" ou de "aviãozinho". Eles eram meninos negros que desejavam incrementar a renda proveniente de um emprego primário a partir da venda de um produto capaz de fazer as pessoas se sentirem melhor por estarem vivas. Muitos de nós éramos netos de avôs e avós dedicados, que sabiam muito bem a importância dos múltiplos trabalhos paralelos e de variadas fontes de renda. Então, mesmo que nos envolvêssemos com o tráfico, nós ainda entregávamos listas telefônicas, limpávamos mesas no Applebee's, cortávamos a grama de alguém ou então dávamos aula.

Não era complicado.

Você, Tio Jimmy e Boots Riley me convenceram de que as drogas desvirtuavam nossa ética profissional e enfraqueciam a capacidade de imaginação, de resistência, de organização e de memória do nosso corpo. E você me dizia que corpos enfraquecidos e mentes enfraquecidas nos transformavam em presas mais fáceis para a supremacia branca. Eu não discordava de você, mas nunca tentei invalidar os trabalhos paralelos dos meus amigos. Tudo o que eu dizia era: "Quanto mais tóxico o seu poleiro, mais provável que os brancos cerquem o seu galinheiro".

Nenhum de nós vinha de famílias com avós que deixavam heranças ou propriedades para nossos pais. E mesmo aqueles indivíduos cujos pais faziam parte da brilhosa classe média negra sabiam que esses pais da brilhosa classe média negra estavam a dois contracheques da pobreza ou a um contracheque de pedirem aos próprios pais ou a nós, os filhos, um dinheiro que nós não teríamos uma semana antes do dia do pagamento. Não existia nenhuma riqueza na nossa família, você me disse mais de uma vez. Existiam somente os vencimentos das faturas.

Aos dezenove anos, quando finalmente me conformei com o vício de Tio Jimmy, decidi que, se eu algum dia fosse vender drogas, eu só venderia drogas para os brancos. Aos vinte, no entanto, entendi que nenhum branco na Terra merecia que eu arriscasse minha liberdade por ele. O problema de vender drogas para os brancos era que, independente de serem ricos ou pobres, eles já possuíam influência o suficiente para determinar se terminaríamos na prisão ou no caixão. E dar aos brancos um poder ainda mais absoluto me parecia o contrário dos propósitos de um trabalho paralelo.

Mesmo assim, pensando nos nervos inflamados na boca de Vovó, e sabendo que quase toda semana você precisava de um novo aporte financeiro, eu me perguntei se aquele era o momento de, quem sabe, "colaborar". Douglass me disse algumas semanas depois de nos conhecermos que ele "colaborava" com outros professores do condado de Dutchess em projetos "monetariamente benéficos para ambos os lados, Paiol".

Perguntei a ele se algum dos professores colaboradores era negro.

— Ainda não, Paiol — ele disse. — Ainda não. Você pode ser o primeiro.

Quando Douglass saiu do meu escritório, Adam, Niki, Bama, Ghislaine, Matt e Mazie me esperavam do lado de fora. Ao invés de entrarem um a um no meu escritório, meus alunos de diferentes raças e etnias sempre vinham juntos e se sentavam em um semicírculo. Quase todos os estudantes que fizeram do meu escritório uma segunda casa eram estudantes perseguidos, reprimidos, excluídos e fetichizados por causa de suas raças, etnias, gêneros e/ou sexualidade, dentro e fora das salas de aula, dentro e fora da universidade. Eles lidavam com ameaças de grupos neonazistas, iconografias racistas pelas paredes, alguns foram suspensos ou expulsos por infrações pelas quais os alunos brancos às vezes não recebiam sequer advertências, e os seguranças do campus e a polícia local cotidianamente exigiam seus documentos de identificação e as identidades dos seus convidados.

Três horas depois dos estudantes entrarem, eles saíram do meu escritório, exceto Mazie, uma corpulenta negra queer do Arkansas. O talento de Mazie enquanto escritora e pesquisadora era assustador. Um semestre antes, ela tinha sido processada pela faculdade por supostamente ameaçar sua colega de quarto, que teria desrespeitado sua mãe. Atuei como suporte docente durante o processo administrativo. E, quando a junta disciplinar resolveu suspendê-la, nós protestamos e apelamos contra a suspensão. Mazie foi autorizada a retornar ao campus, mas proibida de frequentar a biblioteca ou os dormitórios no período noturno. Com essa suspensão de Mazie, entendi o quanto eu precisava me infiltrar na junta disciplinar para garantir que aquele tipo de julgamento não se repetisse contra qualquer outro estudante vulnerável.

Uma hora e meia mais tarde, o sol começou a se pôr e eu disse a Mazie que eu precisava me arrumar para a audiência disciplinar de determinado aluno.

Desliguei as luzes e saí logo atrás dela.

— Você é amigo daquele menino branco, Cole? — ela me perguntou no estacionamento.

— Amigo? Nossa, não. Ele é meu orientando.

— Ótimo. Aquele menino branco e os amigos dele estão traficando um monte de merda aqui pelo campus.

— Como você sabe?

— Eu só sei — ela disse, antes de me estender a mão e andar na direção do prédio principal.

Pensei, ali na hora, naquele colega mais velho que me sugeriu trabalhar com Cole, o mesmo colega que, toda vez que nos encontrávamos, insistia no quão sortudo eu era por trabalhar naquele lugar. Ele não tinha a menor ideia do que eu pesquisava, nenhuma ideia do que eu pretendia, em termos de linguagem, nenhuma ideia de quem eu era ou do que eu fui antes de conseguir um emprego na Vassar. E nós dois sabíamos que, no nosso contexto social, Cole, um traficante de tudo e qualquer coisa entre maconha e cocaína, poderia se transformar em um diplomado, em um professor universitário, em um reitor de universidade ou até em um presidente de qualquer associação americana apesar de ser um menino assustado, desesperado e delinquente.

No meu terceiro semestre na Vassar, aliás, aprendi que a moda era chamar as particularidades de Cole de "privilégios", e não de "poder". Eu tive o privilégio de ser criado por você e por Vovó, que me amaram com responsabilidade no estado mais negro e mais criativo do país. Cole tinha o poder de nunca ser pobre e nunca ser considerado um criminoso, o poder de ter seus fracassos tratados como sucessos, independente da sua mediocridade. O poder de Cole exigia que, para existir, ele literalmente fosse muito branco, muito masculino e muito rico. George Bush era presidente por causa do poder de Cole. Um homem branco ainda mais rico e ainda mais medíocre poderia ser o próximo presidente por causa do poder de Cole. Mesmo presidentes progressistas abaixavam a cabeça diante do poder de Cole. Vovó, o ser humano mais inteligente e responsável que conheci na vida, abria a barriga das galinhas e lavava a merda das cuecas dos brancos por causa do poder de Cole. Ela nunca seria presidente. E ela nunca desejaria ser presidente porque ela sabia o quanto esse era um trabalho que exige mediocridade moral. Meu trabalho, aprendi naquele primeiro ano, era obedientemente ensinar Cole a usar o poder nas mãos dele de uma maneira um pouco menos abusiva. Eu deveria encorajá-lo a entender que o poder emanado por ele provocava a queda de inúmeros prédios, destruía nações, criava prisões, que era um poder banhado em sangue e sofrimento, mas que, ainda assim, se aquele poder pudesse ser direcionado para boas ações, ele estabeleceria as bases da liberdade e de um aprimorado senso de justiça no nosso país e talvez no mundo.

Eu só não conseguia era engolir essa conversa fiada.

Eu amava meu trabalho, mas entendi já na primeira semana de aula o quanto é impossível ensinar um estudante que você despreza. O trabalho de um professor é, na frente dos seus alunos, amá-los com responsabilidade. E, se quisesse performar corretamente as minhas funções, eu precisava descobrir um jeito de amar os meninos brancos ricos sob as minhas asas com a mesma integridade com a qual eu amava meus estudantes negros, apesar das várias divergências na constituição desse amor. Não era uma tarefa nada fácil, já que, independente do quão consciente, radicalmente curioso ou politicamente ativo eu encorajasse Cole a ser, ser pago para ensinar meninos brancos ricos como ele significava ser pago para fortalecer aquele poder já enraizado.

Como retorno pelo meu esforço, eu recebia um salário mensal, uma aparente estabilidade e a certeza edificante de que nós estávamos ajudando os brancos a serem seres humanos mais evoluídos. Era uma novidade para mim essa função, mas era o mesmo velho trabalho atribuído aos negros, e esse velho trabalho atribuído aos negros, como você me alertou de várias formas, era mais do que se vender; esse velho trabalho atribuído aos negros era uma inversão moral.

O CASO DISCIPLINAR que nos foi designado naquela noite era triste e simples como a maioria dos casos que acompanhávamos. Os seguranças entraram no quarto do melhor amigo de Cole. Eles encontraram e tiraram fotos de uma quantidade criminosa de cocaína, minibalanças e papelotes. O melhor amigo de Cole, um menino branco mirrado e malandro, com sobrancelhas grossas, estava sendo acusado de posse de drogas com intenção de distribuição. Nunca entendi muito bem como ou por que uma junta disciplinar da universidade precisava lidar com potenciais casos da esfera jurídica, mas eu confiava mais em uma junta disciplinar da universidade para buscar uma solução mais justa para a situação do que em celas, juízes, júris, polícia e penitenciárias.

Durante o depoimento inicial do menino branco mirrado e malandro, ele alegou que apenas passava a noite em uma boate da cidade de Poughkeepsie quando foi abordado por um "homem escuro grande" que o obrigou a comprar cocaína. Eu me endireitei na cadeira e observei a sala. Todos os presentes eram brancos. E todos os brancos naquela sala estavam paralisados pela história do menino branco mirrado e malandro sendo obrigado a comprar cocaína de um negão na pista de uma boate em Poughkeepsie. Respirei fundo durante o depoimento inicial do aluno, durante o depoimento dos seguranças e durante o depoimento final do aluno. Eu não parava de pensar em Brown, a primeira pessoa que conheci em Poughkeepsie. Ele estava preso por violar a condicional, e, nas primeiras vezes em que foi detido, as condenações se deram por vender bem menos cocaína do que a encontrada no quarto daquele menino branco mirrado e malandro. Fiquei pensando também no quanto as pessoas grandes e escuras como nós, mesmo quando não estão envolvidas com tráfico de drogas, podem ser usadas como escudos para que os brancos fujam das suas responsabilidades.

Brown media um metro e setenta, noventa e nove quilos. Grande e escuro.

Eu media um metro e oitenta e cinco, oitenta e um quilos. Grande e escuro.

Mazie media um metro e setenta e cinco, setenta e dois quilos. Grande e escura.

Eu parecia um homem grande e escuro desde os meus onze anos de idade. Vivi cercado de homens grandes e escuros desde que eu nasci. E nunca conheci um homem grande e escuro que obrigaria um menino branco a comprar cocaína. Mas, aparentemente, existia um homem grande e escuro assim na cidade de Poughkeepsie, estado de Nova Iorque.

Portanto, de acordo com o restante do comitê disciplinar, nós não podíamos considerar o menino branco mirrado e malandro culpado por posse de drogas porque os detalhes que levaram à tal posse da cocaína eram mesmo muito sinistros. Nós não sabemos o que é ser tão pequeno quanto esse garoto é, um professor ao meu lado me disse, ser tão pequeno e ser forçado a comprar cocaína de uma pessoa ameaçadora em uma festa no centro da cidade.

— A gente não sabe como é? — eu perguntei a ele.

— Nós não sabemos o que é passar pelo que ele passou — um diretor me respondeu.

Perguntei aos dois por que motivo no mundo alguém obrigaria outra pessoa a comprar sua cocaína se poderia simplesmente roubar o dinheiro da vítima e continuar com a cocaína em mãos. O professor começou a me falar sobre o conceito de justiça reparativa. Eu respondi a ele que conhecia muito bem o conceito de justiça reparativa e perguntei de novo que tipo de reparação acontecia naquela sala, se a base da decisão se estruturava no fato de acreditarmos que um negro gordo forçou um menino branco mirrado e malandro a comprar cocaína.

Todos os presentes na sala me olharam como se eu estivesse com patê de queijo escorrendo pelo nariz. O menino nunca disse que o traficante era negro, outro membro do comitê se apressou em dizer. E, se o menino branco mirrado e malandro tecnicamente não era o dono da cocaína, ele também não podia ser acusado de intenção de distribuir a cocaína. E, se o menino branco mirrado e malandro não podia ser considerado culpado pela intenção de distribuir a cocaína, ele deveria ser liberado.

Sem expulsão.

Sem suspensão.

Sem qualquer tipo de advertência.

Eu continuava olhando para as fotos em preto e branco da quantidade criminosa de cocaína, minibalanças e papelotes apreendida no quarto do menino. Aparentemente, eu não via o que eu via porque um homem escuro e grande da cidade de Poughkeepsie, um crioulo, me obrigou a ver.

Então, como eu não possuía meu próprio computador ou internet em casa, voltei para meu escritório depois da audiência decidido a escrever um e-mail para Cole. Eu acreditava na abolição das prisões. Mas eu não estava muito confiante na legitimidade de se aplicar uma justiça reparativa naquele corpo masculino rico, branco, heterossexual e cisgênero que já se beneficiava de justiças reparativas desde o seu primeiro dia no mundo. Eu não queria mais que Cole enxergasse o meu escritório como sua segunda casa. Eu não queria que aquele corpo branco mirrado me falasse sobre drogas que ele nunca seria considerado culpado de possuir ou de vender em Poughkeepsie. No e-mail, no entanto, só perguntei a Cole se poderíamos nos encontrar apenas na biblioteca a partir daquela data.

Eu me inclinei na cadeira e observei meu escritório.

Peguei uma caneta mastigada, um caderno de espiral verde e anotei os nomes de todos os meus conhecidos que estavam na cadeia por crimes relacionados ao tráfico de drogas. Preenchi aqueles pedaços brancos de papel com os nomes de amigos negros, primos negros, tios negros e tias negras. Alguns daqueles nomes negros cumpriam condenações de mais de trinta anos na prisão por bem menos cocaína do que aquele menino branco mirrado e malandro foi obrigado a comprar em uma boate. Escrevi ainda os nomes de todos os jovens que conheci em Poughkeepsie e que estavam presos por crimes relacionados ao tráfico de drogas.

Cole respondeu meu e-mail alguns minutos depois, me dizendo que realmente agradeceria se continuássemos nos encontrando no meu escritório porque meu escritório era o único lugar do campus onde ele se sentia seguro.

"Tudo bem", eu escrevi, "se é assim que você prefere".

E arremessei meu caderno pelo escritório, gritei "filho da puta" e mandei uma mensagem de texto para Douglass.

Paiol aqui. Cara, não vou fazer a parada. Vamos jogar amanhã às 8h se você quiser. Posso te pegar.

Na sequência, como eu não queria gastar nenhum minuto da minha franquia de telefone, aproveitei o telefone do departamento para te ligar antes de sair do meu escritório. Pedi desculpas por te acordar e perguntei se tudo bem se eu enviasse metade do dinheiro naquele mês e metade só no mês seguinte.

— Obrigada — você disse. — Mande o que você puder mandar amanhã, Kie. Lembre, por favor, que estamos precisando o mais rápido possível.

Desliguei o telefone, peguei minhas chaves, abri a sala dos professores de literatura e roubei o refrigerante de algum colega, um iogurte de mirtilo e baunilha e também um pouco de granola da geladeira da sala. Deixei meu carro no trabalho e, de lá, corri até o meu apartamento, paguei algumas flexões, me pesei, corri nove quilômetros e meio pelas ruas de Poughkeepsie, voltei para casa, tranquei a porta do quarto, paguei mais algumas flexões, rezei, deitei na cama e aceitei que, por mais peso que eu perdesse, meninos brancos mirrados e malandros sempre teriam o poder de forçar meninos grandes e escuros a forçá-los a comprar as últimas buchas de cocaína da boca. E que alguns de nós apenas assistiriam eles assistirem a gente assistindo esses meninos se livrando de qualquer acusação depois de serem flagrados com a droga. E que alguns de nós, se fossem sortudos o suficiente, conseguiriam dar aulas para esses meninos e meninas brancos mirrados, malandros e viciados para, então, conseguir pagar pelo atendimento odontológico das suas adoentadas avós.

CINTOS DE SEGURANÇA

Você viajava de Cuba para Vassar enquanto eu oscilava ao redor dos setenta e cinco quilos jogando duas horas de basquete, correndo quase dezoito quilômetros, comendo três barras de cereal e bebendo mais de sete litros de água por dia. No quarto dia do meu sétimo semestre na Vassar, comprei um step usado da academia. E, depois de mais três horas de basquete e de uma hora correndo, aumentei o aquecedor dentro do meu apartamento minúsculo e me exercitei no step até conseguir pesar exatos setenta e cinco quilos e cento e sessenta gramas, vinte e sete quilos a menos do que eu pesava aos doze anos de idade e sessenta e nove quilos e meio a menos do que no dia em que me vi mais gordo na vida. A versão mais pesada do meu corpo era passado. Meu corpo atual era o presente. Não existiam limites para o quão magro eu poderia ser, e eu sabia que eu precisava viver no futuro.

Eu tinha somente dois e meio por cento de gordura no corpo quando fui te pegar na estação de trem de Poughkeepsie.

Nos últimos seis anos, você havia trabalhado em mais de quinze países. Você não recebia quase nenhum dinheiro por essas viagens de trabalho, e ainda acumulava os cargos de professora com carga horária integral e reitora associada, mas você dizia que essas viagens transformavam sua vida no Mississippi e nos Estados Unidos em uma vida suportável. Você observou os prédios vazios no centro de Poughkeepsie. Você observou os mexicanos e os negros caminhando pela avenida principal e você me disse, pela primeira vez na minha vida:

— Acho ótimo que você tenha saído de casa. Você ia adorar Cuba.

— Você odeia o Mississippi e os Estados Unidos, não odeia?

— Não odeio o Mississippi, Kie — você disse. — E não odeio os Estados Unidos. Odeio a confusão que explode toda vez que os negros se esforçam para tornar o estado um pouco melhor do que ele era lá no começo. Às vezes acho que o Mississippi é o berço das melhores e das piores pessoas da história.

— É isso — eu disse —, eu acho a mesma coisa, só que sobre os Estados Unidos como um todo.

— Você acha que vai viajar para o estrangeiro algum dia? — você me perguntou. — Acho que você iria gostar do trabalho que eu desenvolvo em Cuba, ou no Zimbábue, na Palestina e na Romênia.

Eu chupei os dentes, dei risada, te lembrei do meu medo de voar e pedi para você nunca mais usar a palavra "estrangeiro" dentro do meu carro ou do meu apartamento. Você começou a rir e mandou que eu me controlasse.

No primeiro dia dentro da minha casa, você não parava de me perguntar o que meu pai falou sobre você na visita que ele tinha me feito algumas semanas antes. Quando enfim respondi, menti que ele me perguntou sobre o seu trabalho. E, quando você me perguntou se ele parecia orgulhoso do seu sucesso, eu apenas menti de novo e respondi que sim.

Mas a verdade é que, no momento em que meu pai entrou no meu escritório com seu um metro e setenta e dois de altura e seus cento e treze quilos, ele só fechou os olhos e me disse:

— Estou mesmo muito orgulhoso de você, meu filho.

Eu respondi que precisava encontrar alguns estudantes antes de irmos embora, então ele sentou em um banco do lado de fora e me esperou. Ele sentou lá com as mãos vazias. Nenhum livro. Nenhuma revista. Nenhum telefone celular.

Ele só observou as estantes vazias da sala de espera e não parou de sorrir.

Depois do expediente, ele me acompanhou à academia e me assistiu correr alguns quilômetros de aquecimento na pista. Não demorou e ele se derramou no chão, com as costas estiradas no capacho da quadra, enquanto eu treinava com o time de basquete. Vinte minutos mais tarde, meu pai já estava dormindo.

Quando entramos no meu carro, ele não afivelou o cinto de segurança. Meu pai não parava de observar as estrelas pela janela do passageiro.

— Estou mesmo muito orgulhoso de você, meu filho — ele me disse de novo, a caminho do restaurante onde fomos comer uma salada.

Ofereci minha cama ao chegarmos no meu apartamento de trinta e sete metros quadrados, mas ele recusou a proposta. Meu pai me disse mais uma vez o quanto estava orgulhoso de mim por não ter desistido depois de ser expulso da faculdade. E, independente do que estivesse falando, de tempos em tempos ele olhava para o meu peito, os meus braços, o meu pescoço e as minhas pernas e dizia:

— Você está ótimo, Kie. Estou realmente orgulhoso de como você está cuidando de si mesmo.

Então meu pai me disse que eu estava finalmente preparado para escutar uma história que ele deveria ter me contado muitos anos antes e pensei que ele fosse me contar algum segredo seu. Pelo contrário, ele me contou como um xerife branco de Enterprise, Mississippi, estuprou a mãe dele, minha avó Pudding, quando meu pai era uma criança, e que esse xerife ignorou o bebê nascido daquele estupro e jogou meu avô Tom por dois anos na cadeia, sob a acusação de contrabando depois de alguns adolescentes comprarem a mercadoria dele e terminarem se envolvendo em um acidente. Meu pai queria ainda que eu soubesse o quanto ele suspeitava que o irmãozinho dele, essa criança fruto do estupro, tinha sido morto por algum conhecido da família, assim como o xerife que violentou minha avó. No entanto, mais do que resolver o mistério de quem matou seu irmão ou o xerife, ele queria que eu entendesse que esse tal terrorismo que conecta todos os norte-americanos não era nada se comparado ao terrorismo racial e de gênero que controlava e deformava os corpos da nossa família.

— Não é uma questão de teoria, Kie — ele tentou me dizer naquela noite. — Não é nada teórico. Por isso eu sinto tanto orgulho de você. Eles te perseguiram como eles perseguiram os dois lados da sua família. Sua mãe e eu lutamos contra esse terrorismo de maneiras diferentes. Eu lutei dentro da América corporativa. Você e sua mãe lutaram através da educação.

Nunca entendi por que os homens negros que trabalhavam para organizações privadas sempre se referiam aos seus empregadores como "América corporativa", independente deles serem diretores, membros da equipe de limpeza ou ajudantes temporários.

Mas, enfim, aquela foi a única ocasião em que meu pai mencionou seu nome. Depois ele começou a contar sobre as viagens dele a Las Vegas e me perguntou se eu alguma vez pensei em viajar com ele para lá. Quando perguntei se ele sentia sua falta, seus olhos enormes começaram a se fechar, então fui ao banheiro, paguei algumas flexões, disparei alguns socos na direção do espelho e entrei no chuveiro. Ao sair do banho, encontrei meu pai desmantelado no chão, ainda de óculos, um punho fechado em cima das pernas, uma mão enfiada debaixo da coxa esquerda.

— Queria que eu tivesse tido um professor como você nos meus tempos de escola — meu pai me disse enquanto eu cobria seu tronco com aquela colcha laranja-avermelhada que você me deu de Natal. Meu pai não veio a Poughkeepsie para me contar coisas que eu já sabia sobre o impacto íntimo do terrorismo racial no nosso país. Ele não veio para me contar uma história sobre a qual eu já suspeitava e que envolvia a violação da sua mãe e do seu irmão. Meu pai estava correndo, fugindo e se esquivando e ele não queria mais correr, fugir e se esquivar. Eu senti tudo o que ele me disse, mas eu sabia que o corpo dele precisava desabafar um pouco mais.

Naquela noite, enxerguei, dentro daquele homem negro adormecido, a criança de dez anos que fugiu de casa por não aguentar mais as surras que seu pai dava na sua mãe e nos seus irmãos. Vi a criança negra de quatorze anos acusada de esconder o dinheiro que seu pai tinha conquistado com o contrabando. Vi a criança negra de dezesseis anos obrigada a dividir sua posição de orador da turma com um estudante branco de notas bem mais baixas. Vi a criança negra de dezenove anos que vendia maconha para poder sobreviver na faculdade. Vi a criança negra de vinte anos que orgulhosamente representava a República da Nova Áfrika. Vi a criança negra de vinte e um anos que adorava transar com sua esposa, mas detestava conversar sobre o amor. Vi a criança negra de vinte e sete anos que enviava cartões-postais toda semana para o seu filho e para a sua ex-esposa.

Nunca dei muito peso para a ideia de que pais negros presentes podiam de algum modo salvar as crianças negras. A maioria das crianças negras com as quais convivi cresceu tendo pais negros presentes dentro de casa. Claro, alguns desses pais ensinaram meus amigos a serem pessoas sólidas. Mas não consigo pensar em nenhum pai que tenha encorajado seu filho a ser emocionalmente ou mesmo fisicamente eloquente a respeito da alegria, do medo e do amor. Eu respeitava meu pai, mas nunca senti que precisava dele ou de qualquer outro homem para descobrir o caminho que me levaria a ser um homem amoroso. Eu sabia, para falar a verdade, que um homem norte-americano presente muito provavelmente só me ensinaria a ser um homem norte-americano presente. E nunca consegui imaginar como esses ensinamentos poderiam ter me deixado mais saudável ou me transformado em uma pessoa mais generosa. O que eu vi em meu pai naquele dia não me fez sentir falta do pai que raramente esteve presente na minha infância, mas fez com que eu me sentisse de novo o menino negro bonito pelo qual você se apaixonou. E reafirmei a minha crença de que você precisava de um parceiro carinhoso muito mais do que eu precisava de um pai presente. Ali, eu entendi que você e meu pai se arrebentaram e se destruíram e nunca contaram para ninguém sobre a profundidade dos seus abismos.

E tudo isso fez eu sentir a sua falta.

Mas, ao invés de te contar sobre todas essas questões, eu apenas perguntei por que você tinha tanta curiosidade a respeito de uma pessoa que você nem conhecia mais.

— Nós temos um filho juntos, Kie. A gente se conhecia. E nós sempre vamos nos conhecer.

No momento em que respondi que beleza, tudo bem, entendi o seu argumento, você me perguntou sobre os dois casamentos dele e sobre as crianças que ele teve com a terceira esposa.

— Tudo certo — eu disse. — Está tudo certo com ele. Eu não faço perguntas, não preciso lidar com as respostas.

Bom, quando você estava em Poughkeepsie, minha rotina de correr pelo menos nove quilômetros durante o dia e nove quilômetros durante a noite não funcionou. Você se preocupava demais com a hipótese da polícia atirar em mim, então eu não saía de casa depois da meia-noite. Eu te disse que corria à noite porque me ajudava a processar os dias de trabalho.

— Ok — você respondeu —, mas você precisa descobrir uma forma de lidar com o estresse do trabalho sem envolver a possibilidade de levar um tiro.

— Como é que correr vai aumentar minhas chances de levar um tiro?

— Por favor, Kie — você disse. — Você é um homem negro grande. Pare de correr à noite — e eu perguntei se você ainda me considerava tão grande mesmo que eu não tivesse quase nenhuma gordura mais no corpo. — Para os brancos e para a polícia, você sempre vai ser imenso, não importa quão magro você esteja — você rebateu. — Controle-se.

Na manhã marcada para a sua viagem de volta, tiramos uma foto em um dos gramados da Vassar. Eu não queria tirar essa foto porque eu me sentia muito gordo naquele dia. Eu estava vestindo uma camisa vermelha manchada e uma calça jeans que eu queria que estivesse mais folgada. Você colocou seus óculos escuros e inclinei minha cabeça para trás. Aquela foto vermelha, branca, verde, azul e marrom foi a última foto que nós dois tiramos juntos.

Antes de eu te deixar na estação, você me levou na loja de móveis e comprou um sofá de dois mil dólares para a minha sala, um móvel que implorei para você não comprar. Depois você me perguntou outra vez sobre meu pai e me parabenizou pelo meu corpo.

— Dá um trabalho enorme para chegar em um corpo forte e magro como esse — você me disse. — Você tem o corpo do seu pai quando eu e ele nos conhecemos. Você lembra daquelas bermudas minúsculas que ele costumava usar?

Eu não queria conversar sobre as bermudas minúsculas do meu pai.

— Obrigado — eu disse então. — Eu acho.

— Você ama muito seus alunos, Kie. Acho que é uma característica que você herdou de mim. E fico feliz que vocês tenham uns aos outros. Faz com que eu me preocupe menos contigo aqui.

— Não acho que eu ame meus estudantes de uma maneira saudável — eu disse. — Acho que eu nem sei como.

QUATRO DIAS DEPOIS, você me ligou e me pediu para enviar dois mil e quinhentos dólares para você comprar um remédio que seu plano de saúde estadual não cobria. Eu nem perguntei qual era a função do tal remédio. Simplesmente enviei o dinheiro e esperei a entrega do móvel de couro que agora custava dois mil e quinhentos dólares e que eu nem queria que fosse entregue.

Passei os meses seguintes na minha sala de aula e no meu escritório, escrevendo, me exercitando, cuidando dos estudantes e te mandando mais dinheiro. Fui de três para seis disciplinas na Vassar, e aí me ofereceram uma possível promoção para professor titular. Um mês depois que entrei no estágio probatório, você viajou para mais um trabalho em Cuba. Eu era o único da família que sabia da viagem. Você não queria deixar Vovó preocupada. E você me ligou assim que voltou aos Estados Unidos. No entanto, ao invés de me contar sobre a viagem, você me falou que a lareira da casa parecia destruída e que a estrutura do imóvel precisava de uma reforma com o máximo de urgência. Você ainda me contou que esquilos invadiram a casa e que você podia escutá-los correndo pela cozinha à noite.

— Mas não tem nada pra comer na cozinha — eu disse —, a menos que eles estejam comendo leite estragado e massa de panqueca velha.

— O homem está consertando a lareira agora — você disse —, mas não tenho dinheiro suficiente para pagar. Você consegue mandar mil dólares, Kie? Preciso de quinhentos para a lareira e mais quinhentos para essa fornalha nova.

— Posso falar com ele?

— O que você disse? A ligação está cortando.

— Posso falar com o homem que está consertando as coisas? — eu perguntei. — Talvez eu consiga um preço mais baixo com ele.

O telefone ficou mudo.

Liguei de volta. Nenhuma resposta.

Liguei para Vovó e perguntei se você podia ficar com ela até a lareira ficar pronta, já que os esquilos não paravam de correr pela sua casa.

— Que esquilo e do que cê tá falando, Kie?

— Parece que os esquilos invadiram a casa dela porque a chaminé estava escangalhada.

— Olha — Vovó disse —, eu passei ontem em Jackson e não vi esquilo nium, não. O ar não tava funcionando e o encanamento continuava quebrado, mas não tem nium esquilo e nem nada correndo pela casa, não. Do que cê tá falando, hein?

— É o que eu quero saber — eu disse. — Como é que o encanamento e o ar-condicionado continuam quebrados se eu mandei dinheiro pra consertar algumas semanas atrás?

— Kie — Vovó disse, e fez uma pausa. — Kie, me escute. Aquela casa está desabando ao redor da sua mãe. Alguma coisa está azeda no leite. Cê tá me escutando? Alguém roubou meu talão de cheque, meus cartões de crédito e também o miaeiro do meu armário. Eu não ia falar nada, mas essa coisa já tá ficando ridícula.

— Do que você tá falando, Vovó? Quem é esse alguém?

— Tô falando pra você não ficar sendo passado pra trás. Deus te deu cinco sentidos por um bom motivo.

Desliguei o telefone e sentei no sofá brega de couro. Desde que comecei a trabalhar na Vassar, eu já tinha enviado para você centenas e centenas de dólares para pagar hipotecas, consertos de motores, compras no supermercado e gastos com saúde. Algumas vezes, entrei em contato com as lojas e paguei diretamente para eles. Nunca me perguntei como uma pessoa que ganhava o dobro do meu salário acabava sem dinheiro nenhum já na segunda semana do mês, todos os meses. Eu não me importava. Você cuidou de mim metade da minha vida e eu queria, na medida do possível, cuidar de você. Mas eu não era rico. E eu queria saber qual era o destino do meu dinheiro se ele não era para pagar o que você dizia que precisava pagar.

Você me ligou de volta do supermercado e me pediu para enviar o dinheiro com o máximo de urgência. Respondi que alguma coisa estava meio estranha naquela história e que eu não me sentia muito bem de enviar mais dinheiro sem falar com a pessoa que supostamente receberia minha transferência. Eu tinha acabado de enviar para sua conta bancária mil e quatrocentos dólares da minha poupança para dar de entrada em uma suv, que, de acordo com suas palavras, serviria para fortalecer em você uma sensação de segurança, e, se eu ia depositar mais uma remessa de mil dólares, eu precisava ter certeza de que estávamos mesmo fechando o melhor negócio possível.

Você desligou na minha cara de novo.

Liguei de volta, mas você continuou sem me atender. Deixei um recado na sua secretária eletrônica reafirmando que eu poderia, sim, enviar mais dinheiro, mas que eu precisava entender qual seria o destino das minhas economias. Eu não contei para sua secretária eletrônica o que Vovó tinha me contado, sobre você ter roubado o dinheiro dela. Também não contei para a sua secretária eletrônica o tamanho da minha fome, ou que eu me percebia cada vez mais confundindo ensino com paternidade e amizade e amor.

— Por favor, me ligue de volta — eu disse.

Então calcei meus tênis, tirei minha camisa e expliquei ao meu corpo que eu correria mais de trinta quilômetros naquela noite. Meu corpo não queria correr mais de trinta quilômetros naquela noite porque ele já tinha jogado três horas de basquete e tinha corrido nove quilômetros e meio mais cedo. Meu corpo pedia por hidratação. Ele queria dormir a primeira noite de sono tranquilo dos últimos cinco anos. Queria ingerir mais do que mil calorias. E eu ignorei os pedidos do meu corpo porque nenhum dos pedidos do meu corpo me faria baixar de setenta e dois quilos e meio.

Trinta e sete quilômetros depois, eu me arrastei pela casa encharcado de suor, explodindo de endorfina. Pisei firme na balança e observei os números diminuírem e diminuírem.

131,5.
124,7.
113,4.
102,0.
93,0.
86,1.
83,0.
79,4.
74,8.
72,2.

Meu corpo não pesava tão pouco desde os meus nove anos. Conferi minhas mensagens, torcendo para você ter me ligado de volta. Mas você não ligou. Tomei um banho e me sentei na cama. E, quando tentei me levantar para te ligar, não consegui ficar em pé. O sangue da minha perna esquerda parecia borbulhar do alto da minha nádega até a ponta do meu dedão. Então me convenci de que tudo o que precisava fazer para me recuperar era beber água e dormir ali mesmo, no chão.

Acordei três horas depois. Eu não tinha me recuperado. As artérias e veias no meu corpo se digladiavam.

O dia seguinte foi o primeiro dia em dois mil quinhentos e sessenta e quatro dias que eu não corri pelo menos nove quilômetros e meio. Subi na balança. Eu estava pesando setenta e três quilos e novecentos. Tentei queimar algumas calorias pulando um quilômetro e meio só com a perna direita, até perceber que segurar minha perna esquerda no alto também me provocava uma sensação insuportável. Sem conseguir andar, eu não sabia como suar o suficiente para baixar de setenta e dois quilos e meio outra vez. E eu continuava ligando para você, sem qualquer tipo de resposta da sua parte.

O que eu fiz na sequência foi me deitar no chão daquele minúsculo apartamento escutando as tensões do meu corpo. Eu não conseguia sentir os dedos do meu pé esquerdo. Meu quadril parecia que tinha se transformado em alimento de formigas-de-fogo. Naquela quinta-feira, o primeiro dia em oito anos em que não coagi minha estrutura física à exaustão, meu corpo sabia muito bem o que ia acontecer, porque ele, e somente ele, sabia o que eu tinha feito com meus músculos e o que eu esperava que meus músculos esquecessem. Ou seja, me prostrei naquele chão muito consciente de que meu corpo tinha se despedaçado porque eu criei e carreguei segredos pesados demais.

    Meu corpo sabia que, em três semanas, eu continuaria sem conseguir andar. Ele sabia que, por eu não conseguir andar, minha punição a ele seria comer palitos de queijo e pãezinhos de mel até eu bater em oitenta e três quilos. Ele sabia que, com oitenta e três quilos, eu o chamaria de pedaço de merda de novo e de novo e de novo e que, em algum momento, eu o levaria ao médico, torcendo para que esse médico o consertasse para eu poder levá-lo à exaustão mais uma vez.

    Depois de todos aqueles exames, meu corpo sabia que o médico me diria que, para além das hérnias de disco, dos problemas no ciático, dos absurdos tecidos cicatriciais no tornozelo e no joelho esquerdo, em função de fraturas, entorses e sobrecargas, eu enfrentava um crescimento celular anormal que contribuía para a deterioração do osso do meu quadril. Meu corpo sabia os remédios que o médico me prescreveria e que ele iria marcar uma nova consulta, sugerir terapia e dizer que eu precisava passar por uma cirurgia que atrapalharia meus movimentos por pelo menos três a quatro meses.

    Meu corpo sabia que eu marcaria as consultas para o procedimento e que eu marcaria as sessões de terapia, mas que eu faltaria a todos esses compromissos. Ele sabia que eu ia devorar toda e qualquer comida por semanas e semanas até pesar noventa e três quilos de novo, e que eu me sentiria mais pesado com noventa e três quilos do que quando pesei quase cento e quarenta e cinco. Com noventa e três quilos na balança, ele sabia que eu ia cancelar todas as minhas atividades no campus da universidade, com exceção das aulas. E que, quando eu enfim aparecesse, meus colegas e alunos me perguntariam se estava tudo bem comigo. Meu corpo se lembrava de quando meu índice de gordura era de somente três por cento e eu corria vinte quilômetros por dia, mantinha uma dieta vegana, exibia as veias nos braços e nas pernas e desmaiava bastante. Ele se lembrava de como eu tirava minha camisa e meus sapatos na sala da pesagem para me pesar cercado por mulheres magras que eram secretamente descritas como anoréxicas e bulímicas. Ele se lembrava de como eu não me importava de ser chamado de anoréxico ou bulímico, ainda mais eu sendo o primeiro na academia às seis da manhã e o último a sair às dez da noite. Como quase todas as outras pessoas naquele lugar, eu não estava lá para ser saudável, eu frequentava a academia para me sentir no controle de quão gordo eu parecia e me sentia ser.

Meu corpo sabia que meu peso, o número exato do meu peso, tinha se tornado para mim um destino emocional, psicológico e espiritual muito tempo antes. Eu sabia e me preocupava com o quanto eu pesava e com o quanto de dinheiro eu economizava desde os meus onze anos de idade. Meu peso era um lembrete do quanto eu comia, do quanto eu passava fome, do quanto eu me exercitava ou de quanto tempo eu tinha ficado sentado no dia anterior. Meu corpo sabia que, pesando setenta e dois quilos e com um índice de gordura de somente dois por cento, eu não era mais livre e mais despreocupado do que quando pesei quase cento e quarenta e cinco e sentia dores nas articulações. Eu adorava a adrenalina de levar meu corpo a lugares a que ele nunca queria ir, mas eu também fiquei viciado em controlar aquele número na balança. Controlar o número na balança, mais do que escrever um romance ou um ensaio ou me sentir amado ou ganhar dinheiro ou mesmo transar, fez eu me sentir muito menos repugnante e muito mais abundante. Perder peso me ajudou a esquecer.

Meu corpo sabia o que aconteceria quando eu voltasse a pesar mais de noventa quilos, ele sabia que eu iria parar de tocá-lo. E que eu não desejaria mais sentir o toque de outras pessoas, porque eu não conseguiria acreditar que alguém que tinha me conhecido com setenta e dois quilos poderia me amar ou querer me tocar se eu agora pesava mais de noventa. Ele sabia que, enquanto o número na balança continuasse a subir, eu trabalharia e escreveria e revisaria e evitaria você e Vovó. Que eu continuaria a mentir para a única pessoa no mundo que fez tudo o que podia fazer para que eu fosse uma pessoa saudável. Que eu aprenderia, com quinze anos de atraso, que pedir e conceder consentimento, que sobreviver à violência sexual, que ser chamado de um bom menino e nunca forçar o início das relações sexuais não me impediu de ser um indivíduo emocionalmente abusivo — até porque, nos emaranhados das relações, o próprio conceito de consentimento perdia seu significado quando certas questões permaneciam escondidas durante todo o processo. O que e para quem minhas parceiras consentiam, se eu percorria toda a nossa relação tentando convencer seus cérebros de que um círculo não era um círculo, e sim um quadrado desleixado? Eu me especializei em perder peso e em convencer mulheres de que elas não viam ou não sabiam de coisas que elas absolutamente viam e sabiam sobre. Deitado naquele chão, aceitei que eu nunca tinha sido sincero em nenhuma das relações da minha vida, e que eu tampouco tinha sido sincero comigo mesmo sobre como décadas de mentiras podiam afetar os corações e as consciências das outras pessoas.

    Meu corpo sabia que eu iria parar de falar com você, porque eu não conseguia dizer não e porque todas as coisas para as quais eu dizia sim eram, na verdade, mentiras. E que, mesmo assim, você continuaria a me estender a mão, particularmente quando você entendia que nossos corpos e nossas casas corriam algum tipo de risco. Ele sabia que, na semana em que os diques se rompessem e o Katrina obliterasse a costa do Mississippi e o presidente Bush negligenciasse a nossa população por ela ser negra, pobre e sulista, você diria ao seu filho de noventa e cinco quilos que nossos primos tinham conseguido sair de Nova Orleans e que eles estavam dormindo no meu quarto. E que, alguns anos depois, nós conheceríamos um certo homem negro magro, assustado e cheio de cicatrizes, um homem negro brilhante que andava como você queria que eu andasse, que falava como você queria que eu falasse, que escrevia como você queria que eu escrevesse. Meu corpo sabia que, quando esse homem se tornasse presidente dos Estados Unidos, você diria ao seu filho de cento e seis quilos que os custos de qualquer presidente dedicar seu amor aos negros até poderia ser alto, mas que a violenta reação branca à vitória de Obama ainda assim seria muito diferente de tudo que já tínhamos vivido na vida. Meu corpo sabia que você repetiria a frase "Nós vamos pagar a conta da eleição de Obama hoje e amanhã" de novo e de novo e de novo.

Meu corpo sabia que, com cento e quarenta e dois quilos, eu deveria ter contado para você que eu me sentaria em uma sala do prédio principal da universidade junto com esse professor veterano e dois outros diretores de alta patente. E que eu iria para aquela reunião usando, por debaixo da minha camisa, um aparelho que media as irregularidades dos meus batimentos cardíacos. Meu corpo sabia que, no início do processo, o comitê encarregado de avaliar minha candidatura a professor titular exigiria acesso a um contrato do meu primeiro livro, apesar do presidente da universidade avisá-los para não me pedirem esse documento. E que eles, então, por engano, enviariam a uma colega minha, Flora Wadley, que compartilhava das mesmas iniciais de um membro do comitê, um e-mail insinuando que eu mentia a respeito da minha graduação. Meu corpo sabia que, já perto do final do decisivo encontro, esse professor veterano branco reafirmaria o compromisso liberal branco do grupo em relação aos "africanos americanos" e diria que membros do comitê acreditavam que eu não passava de uma "fraude".

Meu corpo sabia que eu enfiaria minhas duas mãos debaixo das minhas nádegas enquanto as lágrimas se acumulavam nos cantos dos meus olhos. E que eu entraria naquela reunião sabendo que a pior parte do terrorismo racial neste país é que ele é sancionado por corpos brancos lamentáveis e endinheirados que nunca vão sofrer terrorismo racial, e que ele é mantido por alguns negros e pardos desesperados e sem dinheiro que serão as vítimas desse mesmo terrorismo racial. Meu corpo sabia, por outro lado, que eu sairia daquela reunião compreendendo que existem poucas coisas mais vergonhosas do que ser tratado como um crioulo por — e sob o olhar de — norte-americanos brancos medíocres do ponto de vista intelectual e criativo, que não são, e nunca serão, tão bons nos seus trabalhos quanto você é no seu.

No entanto, nem no dia dessa reunião, nem no dia em que me vi imobilizado no piso do meu apartamento, torcendo para você atender o telefone, eu teria imaginado a noite em que um detetive de Poughkeepsie vai pedir ao meu corpo de quase cento e quarenta e cinco quilos para comparecer à delegacia. Eu já tinha visitado a delegacia de polícia de Poughkeepsie em outras quatro ocasiões, para ajudar alguns alunos, e mais sete vezes para pagar minhas multas de trânsito. Mas dois membros do comitê de avaliação do meu processo e outro professor veterano não relacionado à seleção vão receber cartas racistas, sexistas e antissemíticas os ameaçando pelo que fizeram comigo. Esses professores vão entregar as cartas à polícia de Poughkeepsie e um detetive vai me convocar à delegacia às dez horas de uma segunda-feira à noite.

Vou, então, entrar na sala de interrogatório e assistir esse detetive me perguntar se eu sabia quem poderia ser o autor daquelas ameaças. E vou explicar a ele, do melhor jeito que eu conseguir explicar, que, entre as pessoas que realmente se importam comigo, ninguém iria ameaçar os integrantes de um malfadado comitê com uma linguagem racista, sexista e antissemítica.

— Uhum, sim, claro, entendo — ele vai me dizer. — Bom, temos um suspeito.

— E quem é?

— Estou olhando pra ele — o detetive vai me dizer, antes de me perguntar se eu aceito me submeter a um teste no polígrafo.

— Faço essa merda agora mesmo.

— Sério?

— Com certeza — vou dizer, e chupar os dentes. — Sério.

Eu então vou entender que sou mesmo um pesado menino negro do Mississippi, o que significa dizer que, sim, eu sou vulnerável. Mas, ao contrário da maioria dos pesados meninos negros do Mississippi, tenho um salário sólido sendo depositado todos os meses na minha conta até o final da minha vida. Tenho um título de "professor" associado ao meu nome. Tenho uma mãe e um pai com amigos quase poderosos que poderiam me defender se eu precisasse me defender. Vou entender, portanto, que sou vulnerável, mas que não sou impotente. E que não sou impotente porque, apesar de não sermos ricos, nós temos um curioso acesso a algo muito próximo do que pode ser chamado de poder negro.

— Só estou fazendo meu trabalho — o detetive vai me dizer, e, na sequência, vou me questionar sobre o tanto que fomos obrigados a renunciar para termos esse curioso acesso a algo muito próximo do que pode ser chamado de poder negro. Ele também vai me perguntar se eu acho que ele quer desperdiçar o tempo dele com briguinhas estúpidas de professores da faculdade quando temos todos esses casos de drogas e de violência no condado de Dutchess.

Vou dizer a ele que também existem muitos casos de drogas e de violência dentro da universidade.

O detetive vai sair da sala de interrogatório e vou me sentar lá naquela cadeira olhando para as algemas na minha frente.

De imediato, vou me perguntar como é que me candidatar a uma vaga de professor titular terminou me colocando em uma delegacia de polícia. Eu não vou desejar nada a não ser correr daquela sala.

Não para o meu apartamento.

Não para uma sala de aula.

Não para o meu escritório.

Não para um sexo objetificante.

Não para você.

O detetive vai voltar à sala e me avisar que eles devem entrar em contato no dia seguinte a respeito do teste do polígrafo. O dia seguinte vai chegar e o detetive não vai me ligar. Quando eu ligar para ele, ele vai me dizer que não precisam mais que eu passe pelo tal teste. E nunca vou saber se o significado daquela resposta era que eles tinham descoberto o verdadeiro autor das cartas, se eles apenas não queriam desperdiçar mais dinheiro e recursos em ameaças contra os professores do comitê ou se, desde o começo, o detetive estava só deliberadamente me provocando.

De qualquer maneira, minha suposta obrigação é ficar feliz por estar livre, por não estar algemado, por ter um curioso acesso a algo muito próximo do que pode ser chamado de poder negro. Mas eu vou saber que não estou livre, justamente porque estou contente de como meus pulsos escaparam das algemas bem no mês em que vou ser promovido com excelência a professor titular da minha instituição de ensino.

Naquela quinta-feira, portanto, seis anos antes de eu me sentar dentro de uma sala de interrogatório em função da minha candidatura a professor titular, o primeiro dia em oito anos em que não coagi minha estrutura física à exaustão, meu corpo sabia o que ia acontecer, porque ele, e somente ele, sabia o que eu tinha feito com meus músculos e o que eu esperava que meus músculos esquecessem.

ENTÃO ME VI desfalecido no chão do meu apartamento, olhando para o deslumbrante sofá de couro marrom. Liguei de novo e torci para ouvir a sua voz, para eu poder admitir a você que, pela primeira vez na vida, precisava da sua ajuda. Queria muito te perguntar se você se lembrava do dia em que você me levou para a casa de Vovó, quando eu tinha doze anos de idade. Antes de você me buscar para aquela viagem, tentei ligar para o seu escritório e esperei o telefone tocar por vinte e três minutos. Quando você finalmente chegou, você me levou para a casa de Vovó porque você imaginava que ela poderia me consertar. Nós estávamos esperando meu pai pagar a pensão, mas você me disse que o cheque continuava desaparecido, talvez porque o carteiro tivesse roubado nosso dinheiro.

Ao pegarmos a saída para Forest, subindo à direita da interestadual, demos de frente com uma placa de Pare. No cruzamento, seguimos pela esquerda, entrando na Trinta e Cinco. Nenhum dos dois olhou para a direita, nenhum dos dois viu o semirreboque rugindo na minha direção. O motorista do caminhão triturou a buzina. Você pisou fundo nos freios do nosso carro e jogou seu braço direito na frente do meu corpo, sem se lembrar de que você tinha me obrigado a prender o cinto de segurança antes de sairmos de Jackson. Só que, como você não estava usando o seu, você esmagou seu próprio peito contra o volante. Eu media dez centímetros a mais do que você, e, naquele momento, pesava pelo menos treze quilos a mais, mas não tentei te segurar. Apenas perguntei se você estava bem antes do meu corpo se esticar na direção do seu e enfim prender seu cinto. Você me disse que me amava enquanto seguíamos pela Old Morton até a casa de Vovó. Eu respondi que também te amava. Nós queríamos dizer coisas diferentes com aquela declaração, mas ambos falávamos de amor.

— Sou eu de novo — eu disse, no chão do meu apartamento, para sua secretária eletrônica. Eu estava pelado, segurando o meu quadril com a mão esquerda e o telefone com a mão direita. — Você pode me ligar só pra eu saber que você está bem? Vou ficar aqui esperando até você se sentir preparada pra ligar. Não vou perguntar o que aconteceu com o dinheiro. Acho que tem alguma coisa muito errada com meu corpo. Você pode me ajudar?

PROMESSAS

Você seguia sentada na frente de uma máquina caça-níquel em Connecticut, olhando nervosa por cima dos ombros enquanto eu me escondia a cinco metros de distância com dez dólares no bolso, um dinheiro que roubei do apartamento de Flora Wadley. Eu não tinha a menor ideia do meu peso naquele momento. Eu só sabia que parecia muito mais do que cento e quarenta e cinco e muito menos do que setenta e cinco.

Nós dois estávamos distantes de casa. Você largou seu emprego na Jackson State e se mudou para um lugar a três horas e meia de Poughkeepsie e a uma hora e meia do cassino. Todo fim de semana, você me convidava para uma visita. Todo fim de semana, eu recusava o convite. Quatro anos antes, percebi que você não gastava o meu dinheiro no que você sempre me prometia gastar. E eu não conseguia ficar perto de você e não querer dar o que você me pedia para dar. Não era uma tentativa de punição. Eu só estava tentando me machucar um pouco menos. Nunca visitei sua casa, mas muitas e muitas vezes observei suas movimentações pelo cassino, jogando naquela mesma máquina, olhando nervosa por cima dos seus ombros do mesmo jeito que você olhou quando ganhou pela primeira vez em Las Vegas, ou do mesmo jeito que você olhou quando perdeu pela primeira vez em Philadelphia, Mississippi. Eu nunca disse uma palavra. Eu balançava a cabeça e me sentia melhor acreditando que você era pior no seu vício do que eu era no meu. Alguma vez você me viu mancar pelo cassino? Você alguma vez quis me dizer para voltar para casa?

Quando o vazio de perder e ganhar na Vassar por uma década inteira se tornou um peso excessivo, e quando minha estrutura física me proibiu de forçá-la até os limites, meu corpo se apaixonou pela atenção dos cansados crupiês que se compadeciam, encorajavam e se ressentiam.

Sempre nessa mesma ordem.

Depois de perder quase todo meu dinheiro nas mesas de blackjack, eu muitas vezes me sentava na frente de uma máquina caça-níquel olhando nervoso para as pessoas que me olhavam rezar na frente daquela sedutora máquina programada para me roubar. Essas máquinas me prometiam deliciosas promessas em um idioma composto de gratificações, grandes resultados, prêmios milagrosos e lances de sorte. Se elas cumpriam as promessas, eu amava todas com muita intensidade. Se elas me deixavam na mão, eu odiava cada centímetro daquele lugar.

Vi estranhos esboçarem falsos sorrisos nas minhas vitórias. Vi estranhos esboçarem falsos sorrisos nas minhas derrotas. Como você, eu não sabia como ganhar. Não sei nem se eu ia ao cassino para ganhar. "Qual a sorte de hoje?", era a minha única interação com as pessoas que eu chamava de "meus amigos do cassino". Eles não sabiam meu nome. Eu não sabia o nome deles. Eles sabiam o desgosto com o qual eu tratava o meu corpo, enojado com o que eu o obrigava a fazer. Eu sabia que a relação deles com o corpo era idêntica à minha. "Estou aqui porque estou triste, solitário e viciado em perder" era a frase nunca compartilhada entre os amigos do cassino.

Eu continuava a voltar ao cassino porque me sentia mais vazio e mais pesado quando perdia do que quando ganhava. Na verdade, não existia ali uma possibilidade real de vitória, porque, se eu já não tinha o suficiente para começar, eu também nunca conseguiria ganhar o suficiente a ponto de me convencer a parar. Se eu ganhava alguma coisa, voltava para tentar ganhar mais. E, se eu voltava para tentar ganhar mais, eu eventualmente perdia. E, depois de eventualmente perder, eu me lembrava da emoção que era ganhar. Independente do que acontecia, eu sempre voltava com a declarada intenção de ganhar e a não declarada intenção de me machucar. Não é à toa que, em um lugar onde não existiam detectores de metal, onde a bebida era liberada, onde o dinheiro era desembolsado em quantidades assombrosas, em um lugar onde a maioria das pessoas perdia todas as suas economias, eu sempre me perguntava o porquê de não termos ali muito mais casos de violência explícita.

Flora Wadley nunca tinha pisado em um cassino antes de me conhecer. Ela veio para a Vassar como professora assistente quatro anos depois de eu me tornar professor adjunto. Flora era brilhante e ousada o suficiente para ainda gostar de *Moesha*, de *The Parkers*, de *Girlfriends*, de Jane Austen, de Zora Neale Hurston e de *Jem and the holograms*. Mas ela nunca quis ser um holograma negro. Ela queria ser a Jem negra. Como eu, ela cresceu sendo educada por uma jovem mãe negra solteira. Como eu, ela amava a escola. Ao contrário de mim, ela perdeu a mãe aos dez anos de idade. Uma manhã, Flora foi para a escola, em Hartford, Connecticut, a sessenta e quatro quilômetros do cassino. Um pouco antes do meio-dia, alguém entrou na sua sala e a informou sobre a morte da sua mãe. Então Flora passou o resto da vida sabendo que as pessoas mais valiosas do nosso mundo não podem nos abandonar se nós estivermos sempre preparados para sermos abandonados. Ela não esperava vencer, mas, sem descanso nenhum, trabalhava para garantir que a derrota machucasse o mínimo possível.

Na primeira vez que Flora e eu fomos ao cassino, não fomos para fugir do trabalho, e sim para podermos passear em um lugar sedutor onde pudéssemos nos dar as mãos. Nós vínhamos realmente infernizando a vida um do outro, e estávamos tentando avaliar se a nossa relação era um projeto no qual deveríamos mesmo comprometer mais tempo e mais energia. Ganhamos uma hospedagem de graça. Ganhamos créditos gratuitos. Não gastamos um centavo do nosso dinheiro. Voltamos felizes para casa.

Mas, enquanto nos estressávamos a respeito do plano de carreira, da saúde, dos contratos dos livros, do trabalho e da família, as mentiras começaram a surgir com mais frequência na nossa rotina. Concluímos que sair de perto da Vassar era o único caminho para o fim dos conflitos. Só que fizemos o contrário, acabamos nos mudando para dentro do campus, em quartos oferecidos pela própria faculdade, sob a condição de nos colocarmos sempre à disposição dos estudantes que precisassem de assistência profissional. Flora morava em um lado do dormitório. Eu morava no outro. Não precisávamos pagar aluguel, luz, água, internet ou telefone e nem tínhamos gastos com comida. Pela primeira vez nas nossas vidas, todo o dinheiro recebido era de fato nosso e nós podíamos quitar todas as dívidas e empréstimos estudantis. Nem por um segundo cogitamos a existência de um preço a se pagar por dormir e acordar no trabalho.

Um dia, no aniversário de Flora, decidi "apostar realmente alto", o que significa dizer que eu saquei trezentos dólares para poder gastar sem qualquer tipo de censura. De repente, aqueles trezentos dólares se transformaram em seiscentos. E então, aos poucos, aqueles seiscentos dólares começaram a desaparecer. Flora inseriu sua última ficha de setenta e cinco dólares em uma máquina e apertou o número três. Ela pensou que estava apostando três dólares. Mas aquela máquina era uma máquina de vinte e cinco dólares, e sua aposta de setenta e cinco dólares se transformou em um prêmio de seis mil e setecentos dólares.

Comemoramos.

Estávamos ricos.

Mais tarde, naquela noite, ainda ganhamos mais quatro mil e saímos do cassino com doze mil dólares de lucro sobre nosso capital inicial. Enviei boa parte da minha metade do dinheiro para você e para Vovó. Flora usou a metade dela para abater a fatura do cartão de crédito e suas dívidas com os empréstimos estudantis. E comecei a voltar quase todo fim de semana ao cassino, tentando ganhar de novo aqueles doze mil dólares. Uma vez, ganhei quatorze. Outra vez, ganhei seis.

Certo domingo, perdi todo o dinheiro que levamos. E saquei mais. E perdi aquele dinheiro também. Então ganhamos um quarto de hotel "grátis" para podermos esperar até meia-noite, quando minha conta bancária voltaria a ser liberada para saques.

Perdi todo o dinheiro de novo.

Perdi todas as minhas economias e fui para casa revoltado com os cassinos e com Flora por ela não ter me obrigado a ir embora. Só que, sempre que eu pensava em nunca mais voltar, eu deixava o cassino me seduzir de novo com jogos gratuitos ou ingressos para shows ou hospedagem grátis. Toda vez que eles me ofereciam alguma coisa, eu aceitava. E eu perdia. E, quando eu perdia, eu queria sair de lá com pelo menos algum tipo de compensação, então eu utilizava os "pontos" ou os "benefícios", que eu acumulava perdendo dinheiro, para comprar o equivalente a um tênis grátis de oito-mil-dólares-do-cassino, vestidos grátis de três-mil-dólares-do-cassino, camisetas grátis de mil-e-quatrocentos-dólares-do-cassino e ingressos grátis de dois-mil-dólares-do-cassino para ver Beyoncé, Kanye, Jigga, Sade, Prince e Janelle Monáe.

Eu comia os hambúrgueres vegetarianos do cassino, os queijos grelhados do cassino, as batatas fritas do cassino, as cebolas empanadas do cassino e também bebia as batidas do cassino quando nós chegávamos, e, mais tarde, aproveitava um belo jantar de comida mexicana ou de comida italiana grátis. Depois de perder todo o dinheiro que tinha reservado para a noite, eu pedia o serviço de quarto e comia os omeletes grátis do cassino e as panquecas grátis do cassino antes de assistir Suze Orman até cair no sono. Essa era a vida para dentro da qual eu tentava arrastar Flora todos os fins de semana logo depois de perder minhas economias. Em geral, Flora recusava meus convites. Em três ocasiões, no entanto, ela disse sim. Mas a grande questão era que, independente de perder todo o dinheiro com o qual eu entrava no cassino ou de ganhar uma soma muito maior do que minha imaginação era capaz de conceber, eu sempre me punia com a comida do cassino de uma maneira tão feroz quanto na época em que eu me punia passando fome e me exercitando.

Uma vez, enquanto assistia você gastar seu último dólar em uma máquina caça-níquel, vi você remexer na sua bolsa, pegar seu celular e começar a digitar alguma coisa. Na sequência, recebi esta mensagem:

> Sinto muito orgulho de você e das suas conquistas. Algumas pessoas terríveis arremessaram tudo o que elas podiam arremessar em você e nunca perceberam que a sua luta era muito maior do que uma simples vaga de professor titular. Perdoe essas pessoas, filho. Elas não sabem o que fazem. Nosso trabalho nunca foi cuidar do lixo. Aquele tipo de lixo cuida de si mesmo. Toda nossa família lamenta que você esteja sozinho na estrada. E nós agradecemos a você pela sua generosidade e desejamos a você uma imensidão de amor, alegria e saúde. Deus é grande.

Eu li o texto e percebi que não existia nada mais triste do que saber que a gente se viu em um cassino a dois mil e duzentos quilômetros da casa que nós um dia compartilhamos e que nenhum dos dois teve a coragem de dizer oi, sinto sua falta, pare ou vamos embora.

Ao invés de sair do cassino, eu me sentei ao lado de uma médica de origem coreana que me contou ter perdido a casa, os carros e o dinheiro para a escola dos filhos. Ela tinha frequentado por duas vezes os Jogadores Anônimos e chegou a trabalhar em um cassino em certa ocasião, apenas para não perder contato com a jogatina. Essa mulher economizou um bom dinheiro e perdeu tudo de novo. Dei a ela os últimos cem dólares do meu bolso, e ela prometeu ir para casa com aquele dinheiro, mas eu sabia que era mentira. Depois que a mulher saiu, um homem branco se sentou na máquina que ela ocupava e ganhou um prêmio exorbitante. Enquanto esperava o dinheiro, ele disse:

— Eles deveriam dar a prioridade pros americanos nessas máquinas. Os asiáticos estão dominando a porra do lugar. Parece que eles ganham todos os prêmios pra eles.

— Vá em frente, garanhão — eu disse ao homem branco, e arrastei minha bunda triste para fora do cassino.

Aquela foi a última vez que secretamente observei seus movimentos, além de ser minha penúltima noite no cassino de Connecticut com Flora Wadley. No caminho para casa, Flora me disse que o problema com o nosso relacionamento eram as apostas.

Eu disse a ela que o problema com a gente era a gente mesmo.

Flora então me respondeu que, ainda que fôssemos o problema, nós poderíamos pelo menos economizar nosso dinheiro se parássemos de ir ao cassino toda semana e viajássemos para algum lugar mais divertido.

Eu disse a ela que, sim, nós aproveitaríamos muito mais as viagens para esses lugares divertidos se compreendêssemos qual era o mecanismo interno que, no final das contas, nos conduzia às mesas de apostas. E Flora me respondeu que, para ela, falar sobre traumas era traumatizante demais desde que a avó e a mãe morreram.

Eu disse que tudo bem.

Ela disse que nossas opções de vida deveriam ser muito melhores do que traumatizar um ao outro dentro de casa ou dirigir duas horas para ficarmos traumatizados e falidos.

Eu disse que tudo bem.

Ela sugeriu que procurássemos uma terapia de casal.

Eu disse que tudo bem.

Na única sessão que comparecemos da terapia de casal, eu não falei sobre o cassino. Não falei sobre você. Não falei sobre as minhas mentiras, as minhas memórias, os meus relacionamentos fracassados ou sobre o meu corpo. Falei sobre Flora. E Flora falou sobre Flora. E o terapeuta falou sobre Flora. E voltamos com um dever de casa que deveria equilibrar a nossa relação a partir das supostas deficiências de Flora. Joguei aquela tarefa fora no dia seguinte. Flora fez a mesma coisa alguns dias depois.

Seguimos em frente. Eu recebia meu salário no dia vinte e cinco de cada mês. Enviava vinte por cento para Vovó e gastava o restante do salário no cassino em mais ou menos dezoito dias. Quando meu dinheiro acabava, a solução imediata era sempre contrair empréstimos de alto risco. Flora não sabia de absolutamente nada. Eu pegava um empréstimo de mil e trezentos dólares no dia quinze de cada mês e eles sacavam dois mil e cem da minha conta no dia do meu pagamento. No fim, vendi meu carro por mil e seiscentos dólares e apostei cada centavo desse dinheiro em apenas um fim de semana. A partir daí, ao receber o salário, eu alugava um carro e dirigia duas horas e meia para desperdiçar o que estivesse no meu bolso. Alguns meses depois de perder meu carro para as apostas, vendi também o sofá de couro da sala por dois mil dólares a menos do que pagamos para comprá-lo, e perdi aqueles quinhentos dólares em menos de três minutos. Era uma doença nova dentro de mim. Era uma doença velha dentro de mim. Eu não podia correr, mas eu podia apostar.

E eu podia fazer promessas.

No sábado depois que o policial me disse que queria me submeter a um teste do polígrafo, implorei a Flora para ela me levar ao cassino. Ela me fez prometer que eu não iria gastar todo meu dinheiro.

Eu prometi.

Mas nós só estávamos lá há meia hora quando meu salário simplesmente desapareceu. De todo modo, antes de voltarmos para casa, encontramos uma raspadinha com um prêmio de cinco dólares no banco de trás do Kia de Flora. Pegamos o dinheiro da raspadinha e voltamos ao cassino. Aqueles cinco dólares se transformaram em dez. E os dez em cem. E os cem em mil e duzentos. E os mil e duzentos em três mil e seiscentos. Naquela noite, nos deitamos no hotel do cassino inebriados com a recompensa pela nossa persistência, mas não felizes o suficiente a ponto de nos tocarmos ou de irmos embora.

Acordei no domingo e continuei a apostar. Sem perceber, acumulei mais de dez mil dólares nas mãos. Naquele momento, Flora e eu sabíamos que não éramos bons apostadores. Algumas pessoas saíam por cima e nunca voltavam e outras pessoas nunca saíam. Decidimos então ser as pessoas que saíam por cima e nunca voltavam. Com dez mil dólares no bolso da minha bermuda cargo camuflada, entramos no carro de Flora e pegamos o caminho de casa. A oitocentos metros do cassino, considerando que ficaríamos trancados pelo resto do dia em um apartamento minúsculo do outro lado da rua da faculdade, perguntei a Flora se ela achava que eu conseguiria ganhar algum dinheiro extra se tentássemos mais um pouco.

— Olha, eu acho que você está endiabrado — ela me disse.

— Você acha que eu estou endiabrado?

— Eu acho que você está endiabrado.

Manobramos o carro e voltamos para o cassino. Você estava lá. Eu deveria ter perguntado se você queria voltar para casa com a gente.

Em uma hora, perdi todo e qualquer centavo daqueles dez mil dólares.

Eu não estava endiabrado.

Quando chegamos em casa, pedi desculpas a Flora por arrastá-la para dentro da minha bagunça. Ela me fez prometer que eu nunca mais iria pisar em um cassino de novo na vida.

Prometi.

Pedi desculpas.

Nos abraçamos.

Choramos.

Enxugamos as bochechas um do outro.

Mesmo assim, entrei no escritório de Flora, roubei os dez dólares que eu tinha visto escondidos entre os livros e perguntei a ela se eu podia pegar o carro emprestado só para dirigir um pouco por Poughkeepsie e espairecer a cabeça. Quando ela me disse que sim, dirigi pela Taconic, mergulhei na Oitenta e Quatro e corri para as apostas.

Mandei uma mensagem para você e perguntei se poderíamos nos encontrar no cassino. Eu não disse que precisava de ajuda. Não disse o quanto eu me sentia assustado. Eu não dormia no mesmo quarto que você há trinta anos. Não visitava a sua casa há quase seis. Não tinha a menor ideia do meu peso.

Entrei no cassino com dez dólares no bolso, uma bermuda camuflada toda amarrotada e um gorro preto fino da 3X, além de um Adidas preto sem meias nos pés. Eu sabia o quanto você ia odiar minha roupa. Só que você odiar esse meu estilo era um dos motivos para eu me vestir assim em todas as aulas dos últimos quatro anos.

Eu caminhava pelo saguão do cassino com a intenção de transformar aquela nota de dez em algumas centenas de dólares quando te vi sentada na frente do seu jogo favorito. Você não me viu. Eu subi para o nosso quarto grátis no hotel, o quarto que fui capaz de reservar porque, tecnicamente, entre os clientes do lugar, eu era uma "pessoa muito importante" — o que, no fundo, só atiçava minha curiosidade em saber quantas "pessoas muito importantes" no cassino possuíam somente dez dólares roubados nas mãos.

Dentro do quarto, olhei fixamente para o espaço vazio entre as duas camas tamanho queen, entre as duas pequenas garrafas de água, entre a televisão gigante e a janela ostensiva, entre aquele imenso lago artificial lá na frente do prédio e o meu corpo.

Você deveria ter chegado aqui trinta minutos atrás, eu disse para mim mesmo. Meu estômago doía pela expectativa de termos a primeira conversa sincera das nossas vidas. Então saí do quarto e liguei para desmarcar nosso encontro. Na metade do corredor, no entanto, você apareceu com um lenço fino de flores amarelas no pescoço e uma sacola plástica branca debaixo do braço.

— Trouxe um chapéu para você — você me disse, e me abraçou. Você cheirava a fumaça, sabonete preto e creme de cabelo bem forte. Perguntei se você estava lá embaixo apostando antes de subir para o quarto. — Você me disse que gostou do chapéu que eu te dei no Natal. Não estou tentando começar uma briga aqui, Kie — você me disse, descartando minha pergunta. — Você parou completamente com os exercícios, não parou? Muito peso em um corpo já pesado é uma receita para o desastre, você sabe muito bem.

Ignorei suas considerações a respeito do meu corpo e perguntei o que você achava de eu voltar a morar no Mississippi.

— Mas você vai voltar sem um emprego? — você me perguntou. — A Vassar está te ameaçando de demissão? Por que você iria querer retroceder depois de tudo o que você passou no Mississippi? Prometa que você não vai cometer essa irresponsabilidade. E você pode me dizer por que você ganhou todo esse peso?

Eu prometi e, de novo, ignorei sua pergunta a respeito do meu corpo. Sem perder um segundo, você continuou:

— Posso te fazer uma pergunta?

— Você sabe que pode me fazer uma pergunta.

— Você acha que eu menosprezo as pessoas? Essa mulher no meu novo trabalho me disse que eu faço com que ela e as outras mulheres no escritório se sintam menores. Elas são todas mulheres brancas liberais e nunca pensei que esse pudesse ser meu padrão de comportamento.

Respondi que, sem você acatar qualquer um dos meus apelos, eu já vinha há anos tentando trazer esse assunto à superfície.

— Nossa, mas eu não entendia que era assim que as pessoas me enxergavam — você me disse. — É um jeito horrível de interagir com as pessoas. Mas o que é que você quer me dizer, Kie?

— Acho que eu só quero saber o porquê.

— Por que o quê?

— Por quê?

Sentei ao pé da cama. Você se sentou à mesa. Nos olhamos por alguns minutos sem nos dizermos nenhuma palavra. Eu sabia que você pensava no quanto a minha pergunta não era mais do que uma projeção de culpa. Mas não era essa a questão. Para culpá-la de qualquer coisa, eu também precisaria admitir o quão triste eu me sentia e o tamanho do meu fracasso.

— Sei que não é justificativa — você me disse antes de se levantar e segurar minha mão —, mas, quando eu tinha a sua idade, você já era um adolescente de quinze anos. Você consegue imaginar o que é passar por seja lá o que você estiver passando junto com um filho negro de quinze anos em Jackson, Mississippi?

— Não — eu disse. — Não consigo.

— Você era uma criança teimosa correndo em direção à prisão ou a uma morte precoce. Eu ainda me preocupo que você esteja correndo em direção à prisão ou a uma morte precoce. Imagino que seja parte do motivo para você ter engordado de novo. Mas a verdade é que eu simplesmente não sabia como te proteger.

— Mas por quê?

— Por que o quê?

— Só por quê? — eu perguntei.

— Nós nunca falamos a verdade, Kie — você me disse. — Ninguém na nossa família nunca falou a verdade.

— Eu falei a verdade para você.

— Até você começar a se ressentir pelo que aconteceu com Malachi Hunter?

— Não foi o que aconteceu.

— Foi o que aconteceu — você disse. — Você não me contou a verdade, Kie. Diga.

— A verdade sobre o quê?

— A verdade sobre qualquer coisa. Você não me contou a verdade do porquê você ganhou todo o seu peso de volta. Você não me contou a verdade sobre as suas relações amorosas. Você não me contou a verdade sobre o seu trabalho. Eu acho que você agiu dessa maneira como uma forma de me punir. Quando a gente conversa no telefone, você levanta a voz para mim. Você não se controla. E, sinceramente, acho que esse seu comportamento é abusivo.

Olhei para você e esperei mais palavras saírem da sua boca. Quando nenhuma outra palavra foi dita, eu pedi desculpas pelas mentiras. Eu mentia para você, às vezes por não saber como contar a verdade, às vezes por não entender a verdade, às vezes por achar que você não poderia suportar a verdade. Toda vez que eu mentia, eu queria te controlar, controlar sua memória sobre nós dois, controlar sua interpretação a meu respeito. Eu tinha medo de falar sobre como eu era uma pessoa emocionalmente abusiva, sobre o quanto eu comia, sobre o quanto eu deixava de comer, sobre apostar todo meu dinheiro e perder, sobre querer desaparecer. Eu não queria falar sobre aqueles dias na casa de Beulah Beauford, sobre o que meu corpo sentiu nos quartos da nossa casa em Jackson. Eu não acreditava que você pudesse de alguma maneira me amar se eu realmente mostrasse quem eu era, o que eu era e os lugares onde eu estive.

Então eu fiz o que nós sempre fizemos.

Eu contei a você sobre como os brancos me trataram sem revelar nada a respeito de como eu me tratei ou de como tratei as pessoas próximas de mim enquanto eu sobrevivia àquele tratamento dos brancos.

E, depois de você me abraçar, depois de você me dizer o quanto se compadecia da minha dor, depois de você me perguntar sobre o que os policiais fizeram comigo naquela sala de interrogatório, eu perguntei algo como:

— Ô, espera aí. Então eu é que abusei de você? — e essa minha fala foi alta o suficiente a ponto das pessoas no quarto ao lado poderem escutar.

— Eu acho que sim.

— Eu abusei de você porque eu menti? Alguma vez você abusou de mim?

Você se levantou e andou na direção da porta.

— Você alguma vez se sente solitário, Kie? Eu sinto como se eu andasse pelo mundo em carne viva. É difícil se abrir quando você já está aberta e as pessoas simplesmente não se cansam de enfiar as mãos nojentas nas suas feridas.

— Eu estou escutando o que você está me falando — eu disse —, mas o que eu perguntei é se você abusou de mim. Como é que eu enfiei minhas mãos na sua carne viva? Como é que eu abusei de você?

— Você veio dessa mesma carne, Kie. E eu acho que você também vive em carne viva. Eu sei que você me ama. Eu só acho que você compartilha demais com pessoas que não amam nenhum de nós dois. Você deixa mãos demais se aproximarem da nossa carne. Tem coisas que eu quero dizer a você que os brancos não merecem escutar. Eu tenho um coração, Kie. Eu tenho um coração e um emprego. E, apesar de você fingir que não, você também tem. Você precisa ser muito mais cuidadoso.

Os brancos não merecem enfiar as mãos nojentas na nossa carne. Você se esconder deles ou alcançar certo nível de excelência são, na verdade, os únicos caminhos para sobreviver neste planeta.

Eu respondi que correr e se esconder de pessoas que não conseguem sequer enxergar a própria consciência pode, na verdade, descambar em consequências fatais. E você me disse que desnecessariamente se abrir para pessoas que não conseguem sequer enxergar a própria consciência pode ter consequências ainda mais fatais. Perguntei, então, por que continuávamos a falar sobre pessoas que não estavam naquele quarto de hotel.

— Porque elas estão escutando, Kie — você me disse. — Elas leem tudo o que você escreve. Elas observam como você se veste. Elas não abandonam seu posto de vigilância. Você facilita demais para os brancos colocarem você em uma posição de descrédito. Você realmente acha que você é livre. É uma das suas características mais cativantes. Mas, cada vez que eles fazem você se lembrar de quem você é de verdade, você implode e mente sobre essa implosão. Eu só quero que você se proteja.

— Me proteger do quê?

— O correto não é "do quê", e sim "de quem". Eu ainda estou aqui tentando proteger sua carne deles, do mundo. E eu falhei nas minhas obrigações.

Sem demora, respondi que não era bem assim, que eu nunca implodia, e perguntei se eu deveria ter tomado alguma providência para me proteger de você.

— Mas você se protegeu de mim — você me disse, e olhou pela segunda vez, durante a conversa, na direção da porta. — Você sabe qual é a sensação das pessoas não pararem de perguntar por que seu único filho nunca visita sua casa, por que ele nunca atende o telefone quando você liga, por que ele nunca responde os seus e-mails?

— Não — eu disse. — Não é assim que a história foi contada para mim.

— Kie — você enfim me disse. — Eu só estou pedindo que você me perdoe por qualquer coisa que eu por acaso tenha feito para te deixar assim tão ressentido comigo.

Agora eu é que queria atravessar para o outro lado da porta. Um cassino não é o lugar certo para perguntar a um pai ou a uma mãe ou a uma criança se afogando em vergonha o porquê deles terem sido tão abusivos.

— A gente pode simplesmente não mentir? — eu perguntei. — É a única coisa que eu peço, de verdade. Podemos começar assim? A gente pode prometer um ao outro que não vamos mais mentir?

Você enterrou sua cabeça no peito. Você pegou sua sacola e andou na direção da porta. Você se virou, caminhando de volta até se aproximar de mim. Você ficou em pé, enquanto eu sentava na beirada da cama. Olhei para o seu rosto. Meu corpo lembrava, mas ele não recuou, não estremeceu, não enrijeceu. Eu queria que você se ajoelhasse e segurasse minha cabeça com as mãos. Queria que você me dissesse "Olha, vamos, por favor, ser sinceros sobre tudo o que passamos?". Eu queria que você fosse carinhosa. Eu queria lembrar do que era ser uma criança.

— A gente pode simplesmente não mentir?

— Sim, a gente pode — você me disse. — Prometo que a gente pode. Só saiba que eu fiz o melhor que eu pude fazer, Kie. É tudo o que estou tentando dizer. Eu não sabia como fazer melhor. Eu fui até o meu limite.

— Mas por que você precisa que eu saiba disso? E se você não tiver feito o seu melhor? E se, na verdade, você pudesse ter feito muito mais do que você fez?

— Como assim?

— Só acho que às vezes a gente não faz o melhor que a gente pode, e é impossível saber a diferença se nós estamos tão assustados a ponto de sequer nos lembrarmos dos lugares por onde passamos e o que, no final das contas, nós de fato fizemos. Não acho que nenhum de nós dois fez o seu melhor. Eu sei que eu não fiz. Você realmente acredita que você fez?

Você ignorou minha pergunta e me questionou sobre o porquê de eu escrever ao invés de pintar ou cantar ou dançar ou cozinhar ou esculpir. Eu respondi que escrevo porque você me fez escrever, e que eu escrevo o que eu escrevo por medo de me transformar em você ou de me transformar no meu pai. Eu disse que demorei dez anos na frente de uma sala de aula para entender que meus estudantes me amavam e valorizavam o nosso convívio, mas que eles não queriam se transformar em mim. E eu disse que você se importava demais com os negros, mas que não conseguia acreditar que existiam pessoas neste país capazes de amar sua carne mesmo nos piores minutos das piores horas dos piores dias da vida. Eu disse que eu era uma dessas pessoas. E que Vovó também era.

Contei também que imagino você com onze anos de idade, escalando a nogueira-pecã de Vovó com *Um conto de duas cidades* nas mãos. Que eu vejo você lendo, mas que também vejo você olhando para a estreita casa rosa de Vovó enquanto observa seu irmão arremessar nozes nas suas duas irmãs. Eu vejo você admirar Vovó se balançando para frente e para trás sozinha naquela varanda. Seus olhos encontrando os olhos dela e Vovó mandando você descer da árvore antes de você cair e quebrar o braço. Você sorri, porque você sabe que Vovó só quer que você e que os outros filhos dela sejam mais cuidadosos. Você, uma menina curiosa. Estranha. Amada. Audaciosa. Segura como nunca no mundo. No dia seguinte, você e Vovó sabem que essa segurança não vai ser a mesma. Mas, naquele dia, a vinte minutos da escola dominical, com um livro na mão, encolhida com segurança em cima da nogueira-pecã, você é livre.

— Estou vendo você — eu disse —, especialmente quando você acha que está fazendo um grande trabalho se escondendo. Talvez você esteja me vendo também.

Você não reclamou do meu excesso de gerúndios porque não havia do que reclamar. Você segurou minha mão e nos abraçamos em um abraço mais longo do que qualquer abraço dos últimos trinta anos. Eu era um homem adulto, mas eu era seu filho, e eu me apaixonei por você de novo naquele dia.

De mãos dadas, saímos do quarto do hotel. Entramos no elevador. Atravessamos o saguão do cassino e fomos para a rua. Eu me senti livre, fantástico, arrebatado.

— Quero que você sinta que eu sou sempre a sua casa — você me disse. — E você pode, por favor, retomar o controle em relação ao seu peso? Você pode fazer um regime?

— Vou fazer — eu disse.

— Você promete?

— Prometo.

— Desculpe ter machucado você, Kie. Você quer falar mais alguma coisa?

— Acho que nós todos somos pessoas quebradas — eu disse. — Algumas pessoas quebradas fazem tudo o que está ao alcance delas para não quebrar outras pessoas. Se nós vamos ser pessoas quebradas, eu só fico aqui imaginando se poderíamos ser esse tipo de pessoa quebrada a partir de agora. Acho que é possível ser uma pessoa quebrada e também pedir ajuda sem acabar quebrando outras pessoas.

— Desculpe pelo tanto que quebrei dentro de você — escutei você me dizer.

— Você não me quebrou — eu respondi. — Você me ajudou a me construir. E eu ajudei você a se construir. Também podemos falar com mais sinceridade sobre essas construções. É o que eu estou falando, na verdade. É o que as pessoas fazem.

— Acho que viramos uma página na nossa relação hoje, Kie.

— Você acha? — eu perguntei.

— Tenho certeza — você disse. — Agora, por favor, venha me visitar. E, por favor, pare de comer tanto açúcar e tanto carboidrato. Você só tem um corpo. Valorize sua carne, por favor.

Então observei você entrar em um táxi. A porta do táxi se fechou. Você aos poucos desapareceu por uma curva sinuosa. Eu tinha estacionado o Kia de Flora do outro lado do prédio e, portanto, precisava atravessar o cassino para chegar até ele. Não fiz contato visual com os crupiês do blackjack. Não mandei os luminosos caça-níqueis se foderem. Não chupei os dentes ao ver os hambúrgueres do Johnny Rockets, os sorvetes do Ben and Jerry's ou os donuts do Krispy Kreme. Eu simplesmente me despedi e segui para o carro de Flora.

Eu sabia que seria minha última vez dentro de um cassino.

Obrigada por não desistir de mim, foi a mensagem que eu recebi de você quatro minutos depois.

Não coloque seu merecido dinheiro naquelas máquinas. Seja melhor do que eu. Eu vou procurar ajuda. Por favor, pare por um segundo e cheire as flores. E prometa que vai perder peso.

Prometo, eu respondi.

Pense em se casar e em ter filhos. Você vai ser um ótimo pai. Suas crianças vão ter muita sorte. Você é melhor do que os fracassos dos seus pais. Prometa que vai pensar em se casar e ter filhos.

Eu queria responder que, se algum dia eu tivesse uma criança, eu queria que essa criança fosse criada no Sul Profundo. Que eu queria uma terra livre, para essa terra poder grudar nos pés dela. Que eu queria que essa criança soubesse o quanto não precisamos ser uma pessoa mágica ou romantizar a batalha que enfrentamos. E que eu não tinha nenhuma certeza sobre quais seriam as necessidades da vida dela, mas que eu queria que essa criança se esforçasse para descobrir que tipo de paixão pelas crianças negras ela gostaria de ter. Que ela aceitasse que todos nós somos crianças negras. Que ela elaborasse dentro de si se seria mesmo capaz de manter vivo aquele paradigma de paixão. Que eu queria que ela nunca se encastelasse distante do mundo quando falhasse em se amar ou em amar o nosso povo.

Eu sei que é pedir demais.

Eu queria responder para você que eu tinha medo de trazer uma criança para este mundo porque eu não sabia como proteger essa criança da vida, de você, do nosso país e de mim. Eu me preocupava com a possibilidade dessa criança negra sentir que o meu toque era uma violação. E me perguntava o que essa criança veria quando eu estivesse assustado. O que ela escutaria quando eu estivesse nervoso. Indiretamente, aprendi com a sua história que nós não podemos amar alguém com responsabilidade, muito menos as crianças negras dos Estados Unidos, se insistirmos em nos escondermos e fugirmos de nós mesmos. E eu me perguntava se uma parte de mim não queria manter a possibilidade de continuar a se esconder, a fugir e a se mutilar. Era uma possibilidade que se tornaria inalcançável se eu me tornasse um pai.

Mas não tive coragem de responder nada disso. Apenas escrevi: **Prometo. Já fomos longe demais para voltar atrás.**

Nós realmente fomos longe demais, você me escreveu de volta. Prometa que você vai fazer o que eu pedi para você fazer. Prometa que você vai deixar o passado onde ele pertence e seguir em frente sem arrependimentos. Prometa que você não vai olhar pra trás.

Prometo, eu respondi. Você está certa. Amanhã é o primeiro dia do resto das nossas vidas. Vou tentar trazer uma criança pra este mundo. E vou ensinar essa criança a nunca olhar pra trás. Nós não podemos viver vidas saudáveis no presente se estamos nos afogando no passado.

Prometa que você quer mesmo dizer tudo o que você está me dizendo, Kie.

Não posso prometer isso.

Por favor, prometa, Kiese. Prometa.

Por alguns segundos, eu me lembrei de como as partes mais abusivas do nosso país obsessivamente negligenciam o passado enquanto leiloam as possibilidades do futuro. Eu me lembrei que chegamos onde nós chegamos justamente por nos recusarmos a uma memória coletiva honesta. Eu me lembrei que era muito mais fácil prometer do que reconhecer ou mudar. Mas eu queria continuar arrebatado. Queria continuar me sentindo fantástico. Queria continuar me sentindo livre. E queria continuar me sentindo amado por nós dois outra vez.

Prometo, eu escrevi devagar. **Chegamos muito longe pra voltarmos atrás agora. Prometo. Chegamos realmente muito, muito longe pra voltarmos atrás.**

O QUE SE DOBRA

A três quilômetros de distância de todas aquelas promessas e três minutos depois do nosso último clichê, vou entender que nenhuma promessa significativa é feita ou cumprida em cassinos. Vou voltar às apostas e gastar os últimos dez dólares que roubei do apartamento de Flora. Vou fazer uma parada no campus da Vassar quando eu sair do cassino. E não vou saber onde fica a minha casa. Não vou cheirar as flores. Não vou deixar o passado no passado. Vou dar aula para os meus alunos. Vou escrever e revisar. Vou me tornar um professor cansado e um escritor negro apavorado.

Vou pegar um trem até Washington para conversar com os arquitetos da iniciativa My Brother's Keeper, um projeto capitaneado por Barack Obama. Vou discutir, com um grupo de comprometidas feministas interseccionais, sobre como precisamos de remédios estruturais efetivos contra os obstáculos estruturais enfrentados por jovens negros no nosso país. Vamos debater sobre como as meninas e as mulheres negras, tal como os meninos e os homens negros, não podem se dar ao luxo de esperar. Vou pegar o trem de volta a Poughkeepsie ao lado de Flora me sentindo bem por participar da luta a favor das meninas e das mulheres negras. Mas, no caminho para casa, vou mentir para Flora, uma mulher negra que perdeu a mãe quando era apenas uma menina negra. E Flora não vai me perdoar.

Vou continuar a me esconder atrás de pódios, púlpitos, bermudas camufladas gigantes e moletons pretos. Vou escutar o seu discurso a respeito dos vícios. Vou dizer não quando você me pedir para enviar quatro mil dólares no dia seguinte. E vou me punir por dizer não, correndo para o cassino e destruindo meus últimos quatro mil dólares no dia seguinte ao dia seguinte.

Não vou saber onde fica a minha casa.

Vou odiar dormir. Vou odiar acordar. Não vou comprar uma arma por saber que, nas minhas mãos, ela será disparada. Vou assistir aquelas pessoas matarem o corpo de Tamir Rice por ele não reprimir a própria imaginação. Vou assistir aquelas pessoas festejarem Toya Graham, uma mãe negra que espancou a cabeça do próprio filho durante a rebelião de Baltimore, como a "mãe do ano". Vou assistir aquelas pessoas matarem o corpo de Korryn Gaines por ela usar sua voz e uma arma para defender sua criança negra de cinco anos de idade contra os Estados Unidos da América. Vou assistir aquelas pessoas matarem Philando Castile na frente da sua filha e da sua parceira, Diamond Reynolds. Vou assistir, e escutar, aquela criança negra falando para a mãe dela, que também é uma criança negra: "Não quero que você leve um tiro. Você está segura comigo".

Você está segura comigo.

Vou assistir aquelas pessoas nos ridicularizarem e depois pedirem exoneração por aterrorizarem os corpos das crianças negras em quem elas ainda não atiraram. Vou escutar aquelas pessoas se autodeclarando inocentes, norte-americanas e cristãs enquanto elas nos chamam de ingratos, irresponsáveis, imprudentes e criminosos.

Eu não vou comprar uma arma porque eu sei que, nas minhas mãos, ela será disparada.

Vou assistir a Dougie, LaThon, Donnie Gee, Abby, Nzola, Ray Gunn e vários dos meus alunos criarem seus filhos. Vou evitar todas essas pessoas por eu não ter filhos e pela vergonha do quão pesado me tornei. Assim como você, vou viver e dormir sozinho. Assim como você, vou querer mentir todos os dias da minha vida. Vou querer passar fome. Vou querer devorar todas as comidas. Vou querer punir meu corpo negro porque fetichizar e punir os corpos negros é o que melhor aprendemos a fazer nos Estados Unidos da América.

Vou escrever. Vou revisar.

Quando eu finalmente decidir abandonar meu trabalho na Vassar, vou me lembrar de ter conhecido *The college dropout*; *Compaixão*; *K.R.I.T. wuz here*; *The eletric lady*; *Prophets of the hood*; *Good kid, M.A.A.D city*; e *Salvage the bones*. Vou me lembrar de ter ensinado e de ter aprendido com os estudantes mais estranhos e mais avidamente curiosos que jamais imaginei conhecer. Vou pedir desculpas por decepcioná-los. Vou entender que cada colega meu na Vassar tentou amar, amparar e ensinar os estudantes sob sua responsabilidade. E, como eu, eles muitas vezes falharam em amar, amparar e ensinar os estudantes sob sua responsabilidade.

Vou voltar ao Mississippi para concluir a revisão de um livro que comecei trinta anos antes, debaixo do alpendre de Vovó. Vou dirigir até a casa de Beulah Beauford e visitar também a Millsaps, a St. Richard, a St. Joe, a casa de LaThon, a casa de Jabari, o apartamento de Ray Gunn, a Jackson State, a casa de Donnie Gee, vários estacionamentos por onde circulei, as lojas de conveniência, as estradas interestaduais e as quadras de basquete. Aos poucos, vou atravessar os quartos, as cenas, os cheiros e os sons que me obriguei a esquecer. Sentado em uma varanda de Oxford, Mississippi, prestes a renegar minhas bênçãos, vou escutar a voz de Vovó me dizer:

— Não tem nada pra você aqui, não, cê tá me escutando?

Vou cair de joelhos naquele dia e dar risada e dar risada e dar risada até a minha risada se transformar em choro. Vou dirigir até Forest e, debaixo do alpendre de Vovó, vou ler um rascunho desse livro para ela, do começo ao fim. Ela vai me dizer:

— Acho que tá ótimo, Kie — apesar dela periodicamente dormir durante a minha leitura. — Obrigada por todas essas palavras — ela vai me dizer toda vez que acordar. — E obrigada por tudo o que cês fizeram por mim.

Depois que eu terminar a leitura, Vovó vai me pedir para empurrar sua cadeira de rodas para dentro de casa e descobrir onde está aquela coisinha escangalhada que ela chama de agenda de telefone, o caderninho todo pintado de prata e dourado.

— Me diga seu telefone de novo, Jimmy Earl — Vovó vai me dizer, olhando bem para o meu rosto. — Eu tentei te ligar ontem de noite, mas acho que o número aqui está errado.

Vou olhar a agenda e mostrar para Vovó meu número, na página da letra K, e não da letra J.

— Ah, é isso — ela vai me dizer. — Eu já tenho seu número, Kie? — e Vovó vai pegar o telefone e começar a discar o número que ela tinha de Tio Jimmy. — Jimmy Earl não atende — ela vai me dizer. — Acho que depois eu ligo de novo pra ele.

Não vou fazer Vovó recordar como ela encontrou o corpo do seu filho mais velho, Jimmy Earl Alexander, morto no chão da cozinha dele por causa de uma overdose de drogas, alguns anos antes.

— Eu e Jimmy — ela vai me dizer —, nós adoramos conversar no telefone.

Vou me perguntar sobre as lembranças que Vovó confundiu, esqueceu ou perdeu de vez entre o dia em que comecei este livro e o dia em que terminei de escrevê-lo. Vou me perguntar se, por nos serem mais significativas, as lembranças que permanecem dentro de nós, apesar da idade, são mais pesadas do que as esquecidas, ou se os nossos corpos, do mesmo modo que o nosso país, eventualmente expurga as lembranças que não queremos aceitar como verdadeiras. Vou me perguntar se, aos noventa anos de idade, depois de carregar tantos fardos, e depois de mantê-los tão vivos na memória, Vovó ainda possui algum espaço disponível no corpo para novas lembranças.

Embora Vovó me confunda com Tio Jimmy em vários momentos da nossa conversa, ela vai se lembrar que tenho quarenta e três anos e que sou pesado e sem filhos.

— Está na hora de você ser o pai de alguém e o marido de alguém, Kie — ela vai dizer. — Você está com medo do quê?

Vou sorrir e dizer que não quero machucar ninguém.

Vovó vai me dizer que acredita em mim, mesmo ela sabendo que estou mentindo. Vou me ajoelhar, abraçar seu corpo e agradecer a ela por amar todos os seus filhos com responsabilidade e por nunca, jamais, ter me machucado.

— Eu só venho tentando mostrar procês o quanto a vida te cobra — ela vai me dizer.

— Eu só venho tentando mostrar procês o quanto a vida te dobra — eu vou escutar.

Vou mostrar minha primeira estria para Vovó e falar para ela como essa estria mudou ao longo de trinta anos. Vou mostrar a ela esses seis arranhões no meu pulso direito que ganhei depois de anos tentando enterrar uma bola. Vou mostrar essa mancha debaixo do meu olho direito. Vou puxar meu lábio inferior e mostrar a cicatriz provocada por uma queda. Vou mostrar esses meus três cílios do olho esquerdo que se curvam para baixo e não para cima. Vou mostrar como o dedão do meu pé direito é muito mais calejado do que o dedão do pé esquerdo desde que perdi a mobilidade no lado esquerdo do meu quadril. Vou mostrar os buracos que deveriam conter dentes se eu por acaso tivesse tratado minha saúde como um assunto digno de atenção. Vou mostrar como minhas coxas ficaram muito mais macias ao longo dos anos desde que interrompi minha tentativa de desaparecer do mundo. Vou mostrar minhas palmas das mãos alongadas e meus dedos curtos. Vou mostrar meu umbigo e os contornos das duas estrias em volta.

Vovó vai me perguntar se estou bem.

— Não — eu vou dizer a ela. — Não sei muito bem se alguém pode dizer que está bem.

Vovó vai me abraçar por muito mais tempo do que ela já me abraçou antes e vai chorar. Ela vai me dizer que não se olha há anos no espelho, porque o corpo negro que ela vê não é o corpo negro de que ela se lembra.

— Mas é o seu corpo negro — eu vou dizer a ela. — E você pode se lembrar do seu corpo negro e dos vários caminhos que ele já atravessou.

— Eu só conheço um caminho pra lembrar — Vovó vai me dizer.

— Agora você está mentindo, Vovó — eu vou dizer a ela. — E você sabe que está mentindo. Não se chega até onde a senhora chegou conhecendo só um caminho pra lembrar. Você sabe que eu te amo, mas você está mentindo pra mim.

Vovó vai dar risada e dar risada e dar risada até ela me pedir desculpas. Não vou ter coragem de perguntar qual é o motivo dela me pedir desculpas.

Mas eu vou saber qual é.

Eu vou lembrar que sou sua criança. E que, realmente, você é a minha. E que nós somos as crianças de Vovó. E que Vovó é a nossa. Você vai me dizer que se arrepende de ter, em algum momento, me espancado, me manipulado e me diminuído. Você vai me dizer que se arrepende do quanto você se puniu por se sentir solitária, envergonhada e assustada.

E vou lembrar que não escrevi este livro para você simplesmente porque você é uma mulher negra, ou profundamente sulista, ou porque você me ensinou a ler e a escrever. Eu escrevi este livro para você porque, apesar do tanto que nós nos machucamos, como os pais e as crianças norte-americanas tendem a se machucar, você fez tudo o que pôde fazer para garantir que o país e o nosso estado não machucassem suas crianças mais vulneráveis. Eu vou te dizer, então, que os brancos e o poder dos brancos muitas vezes contribuíram para que eu me sentisse repugnante, criminoso, nervoso e amedrontado durante a infância, mas que eles nunca conseguiriam fazer com que eu me sentisse incapaz, do ponto de vista intelectual, porque eu era a sua criança.

Você deu aos seus estudantes, e também a mim, muito mais do que os presentes da escrita, da revisão, da leitura e da releitura. É o que eu quero que você saiba ao terminar este livro. Você esboçou o que pode ser chamado de áspero amor do Mississippi. Você insistiu que a nossa libertação encontra seus alicerces na compaixão, na organização, na imaginação e na ação direta. Você exaltou a educação dentro de casa. Você exigiu que nós desenvolvêssemos uma imaginação moral radical. E eu finalmente entendo que revisão, releitura, compaixão, educação, imaginação e o amor pelas crianças negras são os maiores presentes que qualquer norte-americano pode compartilhar com qualquer criança neste país. Você nos ensinou a doarmos nossas vidas e trabalhos pela liberdade das crianças negras da nossa terra. Estou trabalhando para que essa emancipação aconteça, e finalmente entendo que não pode existir qualquer tipo de liberdade quando nossas relações mais íntimas são construídas — e realmente moduladas — por traições, abusos, insensatez, antinegritude, patriarcado e mentiras esfarrapadas. Não ter me ensinado isso teria sido o seu pior tipo de abuso.

Vou te oferecer meu coração. Vou te oferecer minha mente. Vou te oferecer meu corpo, minha imaginação e minha memória. Vou te pedir para que nos dê uma chance, para que você e eu possamos percorrer um processo mais significativo de cura. Se falharmos, vou te pedir que você nos dê uma chance de desabarmos com honestidade, juntos na nossa compaixão — até porque nosso país, tal como ele é constituído, nunca lidou com um ontem e com um amanhã onde nós todos somos radicalmente honestos, generosos e carinhosos um com o outro.

Mas ele vai lidar. E ele não vai apenas se regenerar. Ele vai envergar, quebrar, se desfazer e se reconstruir. E o trabalho de envergar, quebrar e reconstruir a nação que nós merecemos não vai começar ou terminar com você ou comigo, esse trabalho vai exigir uma família negra amorosa — independente de quão estranha ela seja, independente de quantas mães, de quantos pais, tias, tios, agregados, sobrinhas, sobrinhos, avôs e avós queers, trans, cis e não binários constituírem essa família —, uma família negra amorosa aprendendo como falar, escutar, organizar, imaginar e planejar, uma família negra amorosa que lute lute lute pelas crianças negras e com as crianças negras.

Sempre vão existir cicatrizes por dentro e por fora do meu corpo, nos lugares em que você me machucou. Sempre vão existir cicatrizes por dentro e por fora do seu corpo, nos lugares em que eu te machuquei. Você e eu não temos nada e temos tudo do que nos envergonharmos, mas eu não sinto mais vergonha deste corpo negro pesado que você ajudou a criar. Eu sei que nossos belos e danificados corpos negros são os nossos pontos de inflexão.

Eu vou mandar para você um rascunho do livro quando eu achar que ele está pronto. Vou retirar os trechos que você acredita que precisam ser retirados. Não vou ignorar suas perguntas a respeito do meu peso. Não vou me punir. Não vou desorientar ou manipular qualquer ser humano, independente da idade, especialmente aqueles seres humanos que me amam o suficiente a ponto de se arriscarem a ser desorientados ou manipulados por mim. E também não vou me desorientar ou me manipular. Não vou dizer que estou pelado quando estou vestido. Não vou dizer que me arrependo quando estou ressentido. Não vou renegar as minhas bênçãos. Vou me amar o suficiente para ser honesto comigo mesmo quando falhar no amor. Vou aceitar que as crianças negras não vão se recuperar de um cenário dominado por desigualdade econômica, discriminação imobiliária, violência sexual, heteropatriarcado, encarceramentos em massa, despejos em massa e abuso parental. Vou aceitar que todas as crianças negras são dignas da liberdade e do amor mais paciente, responsável e abundante que este mundo puder produzir. E que nós somos dignos de compartilhar a liberdade e o amor mais paciente, responsável e abundante com toda e qualquer criança vulnerável neste planeta.

Nós vamos descobrir igrejas, sinagogas, mesquitas e alpendres cujos ideais se comprometem com o amor, a liberdade, a memória e a imaginação das crianças negras. Nós vamos compartilhar esses lugares com o mundo. Nós vamos descobrir psicólogos e psicólogas cujos ideais se comprometam com o amor, a liberdade, a memória e a imaginação das crianças negras. Nós vamos compartilhar essas pessoas com o mundo. Nós vamos descobrir professores e professoras cujos ideais se comprometam com o amor, a liberdade, a memória e a imaginação das crianças negras. Nós vamos compartilhar essas pessoas com o mundo. Nós vamos descobrir curandeiros e curandeiras cujos ideais se comprometam com o amor, a liberdade, a memória e a imaginação das crianças negras. Nós vamos compartilhar essas pessoas com o mundo. Nós vamos encontrar comunidades artísticas, cooperativas, programas de estudos e organizações jurídicas e trabalhistas cujos ideais se comprometam com o amor, a memória e a imaginação das crianças negras. Nós vamos compartilhar esses grupos e instituições com o mundo. Nós vamos lembrar, imaginar e ajudar a criar o que nós não pudermos descobrir.

Ou talvez nós não vamos lembrar.

Não vamos imaginar.

Não vamos compartilhar.

Não vamos nos recuperar.

Não vamos nos organizar.

Não vamos ser honestos.

Não vamos ser carinhosos.

Não vamos ser generosos.

Vamos fazer o que os americanos fazem.

Vamos abusar como os americanos abusam.

Vamos esquecer como os americanos esquecem.

Vamos caçar como os americanos caçam.
Vamos esconder como os americanos escondem.
Vamos amar como os americanos amam.
Vamos mentir como os americanos mentem.
Vamos morrer como os americanos morrem.
Não precisávamos ser assim.
Não precisaremos ser assim.

Eu queria escrever uma mentira. Você queria ler uma mentira. O que eu escrevi, no entanto, eu escrevi porque eu sou a sua criança e você é a minha. Você também é minha mãe e eu sou o seu filho. Por favor, não fique brava comigo, Mamãe. Eu só estou tentando mostrar até onde minha vida se dobra. Só estou tentando mostrar para você até onde a nossa vida se dobra.

produzir. E que nós somos dignos de compartilhar a liberdade e o amor mais paciente, responsável e abundante com toda e qualquer criança vulnerável neste planeta.

Nós vamos descobrir igrejas, sinagogas, mesquitas e alpendres cujos ideais se comprometem com o amor, a liberdade, a memória e a imaginação das crianças negras. Nós vamos compartilhar esses lugares com o mundo. Nós vamos descobrir psicólogos e psicólogas cujos ideais se comprometam com o amor, a liberdade, a memória e a imaginação das crianças negras. Nós vamos compartilhar essas pessoas com o mundo. Nós vamos descobrir professores e professoras cujos ideais se comprometam com o amor, a liberdade, a memória e a imaginação das crianças negras. Nós vamos compartilhar essas pessoas com o mundo. Nós vamos descobrir curandeiros e curandeiras cujos ideais se comprometam com o amor, a liberdade, a memória e a imaginação das crianças negras. Nós vamos compartilhar essas pessoas com o mundo. Nós vamos encontrar comunidades artísticas, cooperativas, programas de estudos e organizações jurídicas e trabalhistas cujos ideais se comprometam com o amor, a memória e a imaginação das crianças negras. Nós vamos compartilhar esses grupos e instituições com o mundo. Nós vamos lembrar, imaginar e ajudar a criar o que nós não pudermos descobrir.

Ou talvez nós não vamos lembrar.

Não vamos imaginar.

Não vamos compartilhar.

Não vamos nos recuperar.

Não vamos nos organizar.

Não vamos ser honestos.

Não vamos ser carinhosos.

Não vamos ser generosos.

Vamos fazer o que os americanos fazem.

Vamos abusar como os americanos abusam.

Vamos esquecer como os americanos esquecem.

Vamos caçar como os americanos caçam.
Vamos esconder como os americanos escondem.
Vamos amar como os americanos amam.
Vamos mentir como os americanos mentem.
Vamos morrer como os americanos morrem.
Não precisávamos ser assim.
Não precisaremos ser assim.

Eu queria escrever uma mentira. Você queria ler uma mentira. O que eu escrevi, no entanto, eu escrevi porque eu sou a sua criança e você é a minha. Você também é minha mãe e eu sou o seu filho. Por favor, não fique brava comigo, Mamãe. Eu só estou tentando mostrar até onde minha vida se dobra. Só estou tentando mostrar para você até onde a nossa vida se dobra.

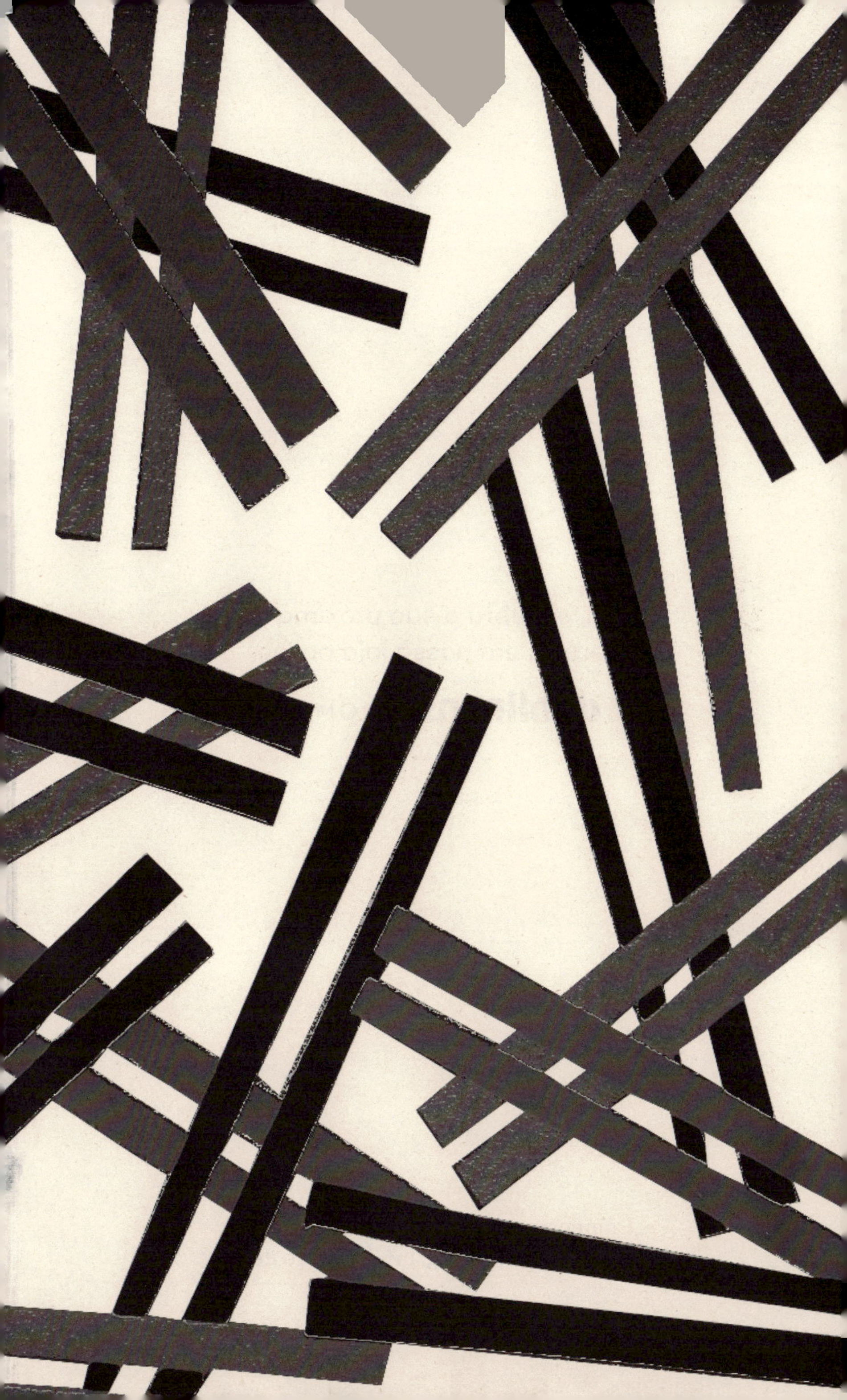

Descubra a sua próxima
leitura em nossa loja online

dublinense.COM.BR

Composto em BELY e impresso na BMF,
em PÓLEN NATURAL 70g/m², em MAIO de 2022.